尾崎真理子（おざき・まりこ）
1959年宮崎市生まれ。1982年読売新聞社へ入社。1992年から2019年にかけて読売新聞東京本社の文芸担当記者、編集委員。『大江健三郎　作家自身を語る』の聞き手・構成、『大江健三郎全小説』（全15巻）の解説を務める。著書に『現代日本の小説』、『ひみつの王国　評伝 石井桃子』（芸術選奨文部科学大臣賞、新田次郎文学賞）、『詩人なんて呼ばれて』（谷川俊太郎氏との共著）、『大江健三郎全小説全解説』など。2016年度日本記者クラブ賞受賞。現在、早稲田大学文学学術院教授。

大江《おおえ》健三郎《けんざぶろう》の「義《ぎ》」

二〇二二年一〇月一八日　第一刷発行

著者　尾崎《おざき》真理子《まりこ》
発行者　鈴木章一
発行所　株式会社講談社
〒一一二-八〇〇一　東京都文京区音羽二-一二-二一
電話　出版　〇三-五三九五-三五〇四
販売　〇三-五三九五-五八一七
業務　〇三-五三九五-三六一五
印刷所　凸版印刷株式会社
製本所　株式会社若林製本工場

KODANSHA

ISBN978-4-06-528444-5

はじめに

ある時、大江健三郎は言った。

「独創というのは、新しいことを思いつくことではありませんよ。誰もがそう感じていることに納得する形を与えるとか、的確な言葉で言い当てるとか」。それが独創的ということだと定義した。こんな言葉も聞いた。

「実際にあったことなら、あっさりと。そうじゃない場合は念入りに、細部まで描写するように書く」。それがウソにリアリティーを与える創作の秘訣なのだ、と。

どちらも録音をオフにした後の雑談の中で、筆者の認識を正すよう不意に出た言葉だった。この通りの言い方ではなかったにしろ、忘れることのできない箴言《しんげん》として胸に刻んだ。

一方で、「ギー兄さん」はなぜ、「ギー」という名なのか。成城に住み続けている理由は何か。筆者の発したこれらの質問は、どこか創作の柔らかな根の部分に触れてしまった、ゆえに弾かれたという感触が、かすかな傷のように記憶に残った。そのような負傷覚悟の問いなら、ほかにも持っている。父上は病死だったのに、どうして精神を病んだ人物として何度も造形されるのか。「魂のこと」とは詰まるところ、何なのか。あなたの想像力は、一体どこから湧いてくるものなのか。結局、口に出せないまま終わったが。

大江は八十歳を機に活動に終止符を打つ。一九九三年以来続けてきた筆者の取材も、二〇一八年四月、『大江健三郎全小説』（全十五巻）刊行に際したインタビューをもって終了した。筆者もほぼ同じ時期に記者の仕事を終え、「仕事の紡錘形を閉じていく」（大江）、そういうめぐり合わせだと思った。あとは独力で模索し、考え続けるしかなくなった。

しかし、『全小説』の解説を書き進めるうちに、諦めかけていた問いに呼応するように、作中に埋め込まれていた答えが、ある時から顔をのぞかせるようになった。なかでも、もっとも難解な『同時代ゲーム』、自伝的と言われながら謎の多い『懐かしい年への手紙』、神秘に包まれた『燃えあがる緑の木』に差しかかったあたりから、さまざまな手がかりが見つかり始めた。そして作中に時々引用される柳田国男の文章から、ある仮説を直感するに至った。直ちにやみくもに書いて行ったのが『群像』二〇二〇年四〜六月号に集中連載した内容を土台とした第一部「柳田国男の「美しき村」」である（連載時のタイトルは「ギー兄さんとは誰か　大江健三郎と柳田国男」）。

四国の谷間の村を舞台とする長編に、次々に登場する「ギー」という名の人物たちは、いった

い何者なのか。それが柳田国男に関係あるとして、大江は柳田に何を求めたのか。なぜ、柳田国男だったのか。一塊の試論をとにかくまとめた。加筆、修正するために、その後も参考文献を読み続けた。すると今度は、柳田の奥にもう一つ、謎を解く扉が開きかけているのに気づいた。時代の変わり目に精神に不調をきたして死んだ父といえば、島崎藤村の『夜明け前』に、あの青山半蔵がいたではないか。そこから着手したのが第二部「『万延元年のフットボール』のなかの『夜明け前』」になる。

『群像』二〇二二年一月号、四月号に分載したこちらの論考では、地方の大庄屋から沸き起こった謀反の志で、百年を隔てた両作の世界は固くつながり合うことを述べている。島崎藤村は、実は近代でもっとも国際的な経験と視野を持つ作家の一人であり、大江がフランス・ルネサンスを志した理由につながる可能性も出てきた。さらに、大江と藤村と柳田が、絶対主義的天皇制の根拠に用いられた江戸期の国学者、平田篤胤《あつたね》によって、一つの流れとして結ばれていることも分かってきた。読みながら、調べながら、驚きの連続だった。大江健三郎の文学はこんなふうに深々と、『古事記』以来の日本の古層に根を張っていたのだ、と。

それにしてもなぜ、大江健三郎は、平田篤胤、柳田国男、島崎藤村に特別な関心を寄せたのだろう。彼らはいずれも経世済民の志を持つ上京者であり、それは大江と同じである。また、柳田も藤村も早い時期から世に知られる仕事を成したため、保守的な立場の人物と見られがちだが、その初志から晩年の仕事まで目を凝らすと、主流の中にあってひそかに体制に抗い、未踏の領域を切り開いた果敢な知識人であることが理解されてきた。篤胤には距離を置いた柳田だったが、

日本人の固有信仰を考える上で、篤胤の思い描いた幽冥界や「生まれ替わり」への願いは採り入れざるを得なかった。平田篤胤は十九世紀初頭、最初に西欧の知と向き合い、奇矯な形ではあれ、いち早く世界に目を開こうとした人物であり、人間の幸福を希求した。柳田と藤村の父は、いずれも熱心な平田派の学徒である。そして大江も、「ギー」の中に「七生報国」の想いをひそかに込めていた……そのように筆者は想像している。ただし、大江にとっての「国」とは《村＝国家＝小宇宙》(『同時代ゲーム』)。「国」と「村」は同義であり、「村」という「私ら」の共同体に報いて未来を拓く――そのような思いを込めていただろう。

戦後民主主義の申し子としてデビューした大江健三郎は、フランス文学をはじめとする西洋の文学に多大な影響を受け、ウィリアム・ブレイク、W・B・イェーツらを創作の源泉だと公言し、M・バフチンからE・W・サイード、J・G・フレイザーまで、海外由来の文学理論、文化人類学から小説の方法を学んできたと受け取られてきた。それは事実である。しかし同時に、本書で挙げる三氏の思想、文脈やイメージからの影響も、また顕著である。長年の友人だった井上ひさし、山口昌男らは知っていたのではないか。大江自身、いずれ指摘されることを予《あらかじ》め織り込んでいたと感じられなくもない。

ともかく、大江健三郎は小説の創作を発展させるにあたって、彼らの仕事を想像力のジャンプ台として、切実に必要としてきた。大江は、〈柳田の言葉で文学者をどのようにとらえれば正当かと考える時、公認されたウソツキという言葉がうかぶ〉(「想像する柳田國男」『新潮』一九七九年一月号)。また、柳田の遺作『海上の道』の解説では、〈その「私」の文体は、柳田国男がわれ

われの詩的言語・文学表現の言葉の世界にもたらした巨大な達成であって、その側面で柳田に並ぶ存在は他にはなかったし、今後も新しくあらわれて来るはずはない〉と断言していた（岩波文庫『海上の道』一九七八年）。

対照的に、島崎藤村については調べた限り、その名に言及した例がない。しかし、『万延元年のフットボール』の主人公、根所蜜三郎が、《作家のうちには、かれらの小説をつうじて、本当の事をいった後、なおも生きのびた者たちがいるのじゃないか？》と言った時、それは、実の姪との恋愛を『新生』の中でみずから明かし、『夜明け前』では座敷牢で狂死した父の生涯を描き切った、藤村を指しているようにしか思えない。そして『燃えあがる緑の木』の中には、藤村の遺作『東方の門』で故郷の村から巡礼に出る僧侶「松雲」が、谷間の村の僧侶「松男さん」に姿を変え、同じ長崎を目指して巡礼の旅に出ている。

平田篤胤については、大江はまさに独創的な、イメージの組み替えを行っている。大江作品の大きな謎の一つである、谷間の村の守護神かつ禍の元凶の「壊す人」。『同時代ゲーム』では道沿いの斜面で冬眠していた、干からびたキノコのようなその存在は、篤胤が『古史伝』に生命の始原として書いた「牙《カビ》」＝「神」を模しているように思われる。

異なる時代に生きた彼らの、大量の著作や関連資料を行きつ戻りつしながら想像を巡らせるのは、困難であったけれど、愉快な仕事でもあった。大江自身、倦《う》むことも時にはあったはずの長い創作生活の中で、これらの個性的な人物の仕事を愉しみながら読み返し、想像力を組み替え、ウソに力を与え、独創的であろうとしたのではないか。西洋のキリスト教世界の神秘と対峙する

際の援軍として、この三人は背骨となり根となり、冗談も通じる懐かしい祖先のように寄り添って、大江の文学を支えてきたことを想像する。大江も含め四人に共通するのは、西洋の知との真剣な格闘。それぞれの「義」を貫いた、長く闊達《かったつ》な生涯である。

本書に取り組んでいる途中、大江と親しい古井由吉の遺作『われもまた天に』（二〇二〇年）に収められた「遺稿」最終行に、〈自分が何処の何者であるかは、先祖たちに起こった厄災を我身内に負うことではないのか〉とあるのを読み、心に刺さった。この惧《おそ》れの感覚が、昭和中期生まれの筆者らにまでは共有されている。本書はどこかでこの惧れを抱え、さまざまな事象を共鳴させたいと願いつつ、無謀なやり方で論を進めている。いっそう深く面白く、大江健三郎小説を読むために、本書が役に立つことがわずかにでもあるように願う。

大江健三郎の「義」

目次

【凡例】

①年号は西暦を基本とし、適宜、元号を併記した。

②引用文は〈 〉で示し、典拠は本文中に記載した。

③大江健三郎の小説作品の引用文のみ、《 》で示した。

④引用文中の改行は／で示し、省略は（中略）と表記した。

⑤参考文献、媒体（新聞・雑誌・同人誌）等は『 』で揃えた。

第一部　柳田国男の「美しき村」

I 「ギー兄さん」とは誰か

『同時代ゲーム』と柳田国男

大江健三郎の『同時代ゲーム』は、謎に包まれた作品である。

一九七九年十一月、書き下ろし長編として発表以来、作者の代表作の一つとされてきただけでなく、日本のポストモダン小説はここから本格的に始まったともいわれる。単行本はたちまち十万部以上売れた。にもかかわらず、この作品を堪能した、よく理解できたという読者、批評家に会ったことがない。

『同時代ゲーム』とは一体、どんな作品だったのか。

概要としてはメキシコに滞在中の四十代の歴史家の「僕」＝「露己《つゆき》」がある日、双子の妹、「露巳《つゆみ》」に宛てて書き始めた「第一の手紙」から「第六の手紙」までが、六つの章のように並ぶ約一千枚の長編小説である。六通の手紙は、「僕」が幼い頃から「父＝神主」に口承で教えられてきた故郷、四国の谷間にある村の創建以来の伝承と歴史を縦軸とし、横軸には自分たち五人兄妹がくぐりぬけてきた、数奇な敗戦後の物語が織り込まれている。その中心には、神話の登場人

物であると同時に、現在も妹のもとで成長しつつある「壊す人」という、謎の生命体が存在する。

それぞれ長大な六通の手紙は、「妹よ、」という呼びかけで始まり、この呼びかけを繰り返しながら記述は続く。なぜなら露己は、「壊す人」の巫女として父に育てられた妹の露巳に宛ててしか、これらの長い手紙は書き得ないと信じ込んでいるから。歴史家の露己は「父＝神主」に教え込まれた《村＝国家＝小宇宙》の出来事と自分の体験を細大漏らさぬよう、解説を交えながらひたすら書き進める。だが、その縦横の軸はゆがみや断裂を孕んだ、限りなく多義的な偽史として膨らんでいく。とりわけ「第一の手紙」は、メキシコにいる「僕」＝露己の現況と一家に関する説明、『古事記』にまで遡る日本の建国神話までが絡み合い、小林秀雄は「二ページでやめた」と大江自身が自虐的に伝える、難渋な沼である。

四十四歳の大江は、この時なぜ、これほど複雑怪奇な架空世界を書いてしまったのか。作者自身にすら、今も説明がつかないままではないか。そのために『同時代ゲーム』は七年がかりで『M／Tと森のフシギの物語』に書き直され、その後も『懐かしい年への手紙』『燃えあがる緑の木』から最後の小説『晩年様式集《イン・レイト・スタイル》』に至るまで、一九八〇年代以降のほぼすべての長編は『同時代ゲーム』の謎を解く七通目の手紙のように、書き続けられなければならなかった――そう考えることさえできるだろう。

『同時代ゲーム』についてあれこれ調べているうちに、ひとつだけ確実な手がかりだと感じたのが、作者の、柳田国男への強い共感だった。ちょうど六十歳年長の日本民俗学の父、柳田国男に

ついて、『同時代ゲーム』単行本付録の対談で、大江はこう語っていた。

「僕はこの二年間ほど、毎日、『柳田國男集』を読むことを続けていますが、柳田國男は、ある原初的なものに対して自分の精神が強く方向づけられることを「懐しい」と表現する。過去に向ってだけではなく、未知のものに対しても「懐しい」と言う。そして僕の場合「懐しさ」の対象は《村》です。それも実際の僕の育った《村》ではなく、《村》の純粋な要素を完全にそなえた《村》でなければならない」

『同時代ゲーム』に、では柳田はどのような影響を及ぼしているかというと、それは全身のすみずみにまで張り廻った毛細血管のような埋め込まれ方。さまざまな挿話、表現の根拠として、柳田の全著作物が有機的に基底でうごめいている、という感じだろうか。大江は民俗学への造詣が深いと感じた読者がいたにしろ、この超博識で引用の多い小説家にとって、そのような専門知を指摘していけば、他の領域に関してもきりがない。むしろ八年後に完成した大江の自伝的要素も濃い長編『懐かしい年への手紙』（一九八七年）の中に、柳田国男の名は何度も登場している。作中、故郷で青年たちを集めて農業改革を試みる「ギー兄さん」が、共同農場を「根拠地」と名づけたのは、柳田の「美しき村」（『豆の葉と太陽』一九四一年に収録）にちなんでいると説明されていたり、青年らが取り組む芝居の教習にも、柳田の講演録を用いたりしている。とはいえ大江作品の常として、引き合いに出される書物や人名はダンテの『神曲』をはじめ多岐にわたり、柳田だけが目立つ扱いというわけではない。よって、柳田を主題とした大江健三郎論をこれまで目にしたことはない。ただ、「ギー兄さんとは誰か」を二〇二〇年春に『群像』で発表した直後、社

会学者、鶴見和子の講演集『日本を開く』(一九九七年)の副題が「柳田・南方・大江の思想的意義」とあるのに気づいた。するとその中で鶴見は、「想像する柳田國男」を引いて、次のように言い当てていた。

「わたしは大江のこの文章をよんで、『同時代ゲーム』そして『燃えあがる緑の木』は、大江自身が意識化した柳田の想像力論を、方法として継承するはっきりした意図をもって書かれたものと思います」

講演が行われたのは大江のノーベル文学賞受賞の翌年、一九九五年七月。その年末、鶴見は脳出血に倒れて療養生活に入ったため、この着眼は発展することがないままとなった。だが、大江の小説を年代順に読み、その記憶が新しい間に『定本柳田國男集』を読み通せば、柳田の仕事が大江の初期から晩年までを覆い尽くすほど長く広範に行き渡り、その文学をいきいきと支えてきたことに気づくはずなのだ。何より大江と柳田は、その並外れた頭脳も生まれ持った気性も、成育した環境も、兄弟のように相通ずる部分が多い。

「神隠し」という神秘体験

導入となる例をまず一つ、挙げよう。『同時代ゲーム』は最後、語り手の「僕」=露己が十歳に満たなかった頃、森に迷い込んで六日間の「神隠し」に遭った間に見た夢のような、目くるめく幻視体験をクライマックスとして物語を閉じる。続く『M/Tと森のフシギの物語』(一九八六年)、『憂い顔の童子』(二〇〇二年)や『さようなら、私の本よ!』(二〇〇五年)などの長編、

短編「「罪のゆるし」のあお草」（一九八四年）にも、「神隠し」の話は登場する。大江本人も、「もっと幼い年齢で私が夜なかにひとり森へ上って行き雨に降り込められ、シイの大木のウロに熱を出して寝ているところを、消防団の人たちに助けられた。それは事実です」と語っている（『大江健三郎 作家自身を語る』二〇〇七年）。

「神隠し」。この前近代的な事象について、柳田国男は次のような文章を書いている。

〈神に隠されるような子供には、何かその前から他の児童と、ややちがった気質があるか否か。これが将来の興味ある問題であるが、私はあると思っている。そうして私自身なども、隠されやすい方の子供であったかと考える〉（『山の人生』一九二六年）

柳田は四歳、七歳、十歳頃の自身の体験を複数の著作で明かしている。四歳の頃には、昼寝から覚めると身重だった母親に、「神戸には叔母さんがあるか」と何度も問い、そのうち起き上って県道を南へ歩き、家から二十何町、二キロ以上離れた松林の道端で折よく隣家の人に発見された。神隠しに遭った少年たちは、〈普通の児のように無邪気でなく、なんらかやや宗教的ともいうべき傾向をもっていることを、包含していたのではないか〉と推察し、そのまま行方不明になったままの者も多かったと述べている。

〈運強くして神隠しから戻ってきた児童は、しばらくは気抜けの体で、たいていはまずぐっすりと寝てしまう。それから起きて食い物を求める。何を問うても返事が鈍く知らぬ覚えないと答える者が多い。それをまた意味ありげに解釈して、たわいもない切れ切れの語から、神秘世界の消息をえようとするのが、久しい間のわが民族の慣習であった。しかも物々しい評判のみが永く伝

わって、本人はと見ると平凡以下のつまらぬ男となって活きているのが多く、天狗のカゲマなどといって人がこれを馬鹿にした〉（同）

カゲマ（陰間）とは年少の男娼を指す江戸期の俗語で、大江の小説でも神隠しに遭った大江の分身のような少年は、周りの子供に後日、「天狗のカゲマ」とさかんにからかわれたことになっている。

柳田も大江も神秘主義者と呼ばれることはなく、柳田は実証的な研究をめざし、大江はリアリズムを貫く作家である。だが、自身の幼年期における神秘的な体験については積極的に語り、その体験の意味を繰り返し自問している。

柳田国男にはもう一つ、重要な神秘的体験がある。最晩年に口述した自伝『故郷七十年』（一九五九年）の記述がよく知られているが、『妖怪談義』（一九五六年）中の「幻覚の実験」の記述の方が精確だろう。長兄の鼎《かなえ》が「済衆医院」を開業した茨城県布川町（現・利根町）に身を寄せていた十四歳の国男は、ある日、借家の庭で一人いる時、ふと思いついて長命を保った女性を祀った石の祠《ほこら》の扉を開く。すると中に〈五寸ばかりの石の球〉があるのを見る。それから庭で土を掘り返していると美しい寛永通宝が七、八枚出てきた。茫然とした気持ちで空を仰いだ時、幻覚が訪れた。

〈今でも鮮かに覚えて居るが、実に澄みきった青い空であって、日輪の有りどころよりは十五度も離れたところに、点々に数十の昼の星を見たのである。その星の有り形なども、こうであったということは私には出来るが、それが後々の空想の影響を受けて居ないとは断言し得ない。ただ

間違いの無いことは白昼に星を見たことで、〈その際に鵯《ひよどり》が高い所を啼いて通ったことも覚えて居る〉〉

小林秀雄は『故郷七十年』でこの逸話を読み、「もしも、鵯が鳴かなかったら、私は発狂していただろうと思う」と柳田が回想している部分について、「私はそれを読んだ時、感動しました。柳田さんという人が分った」と講演の中で述べている。「球に宿ったおばあさんの魂を見たからでしょう。柳田さん自身それを少しも疑ってはいない。疑っていて、こんな話を、「ある神秘なる暗示」と題して書ける筈がない（中略）それが信じられなければ、柳田さんの学問はなかった」（『考えるヒント3』一九七六年）。

小林秀雄にこれほどの印象を与えた右の逸話から連想されるのが、『同時代ゲーム』のクライマックスで「僕」が目撃した次のような光景だ。

《森の裂けめの深い空を見あげている間に、鶏卵の黄身のような色とかたちの飛行体が、当の裂けめの上限から下限へと、輝きつつ回転して通過した》

もっとも、この部分は『日本書紀』冒頭部分、〈古天地未剖、陰陽不分、渾沌如鶏子、溟涬而含牙。及其清陽者、薄靡而為天、重濁者、淹滞而為地〉、読み下し文にすると、〈古には天地が未だ裂けず、陰陽は分かれず、渾沌たること鶏子《たまご》の如く、溟涬《めいけい》として牙《きざし》を含む。其れ清陽な者は薄靡《たなび》いて天となり、重濁な者は淹滞《とどこお》って地となるに及ぶ〉という天地創生の説話とも重なる。

もう一つ、『同時代ゲーム』から想起される、柳田の生い立ちに関わる重要事項がある。この

長編は先に触れた通り、「僕」＝露己《つゆき》から双子の妹、露巳《つゆみ》へ宛てた六通の手紙から成っている。村の「三島神社」の神主を務める彼らの父親は、もともと日本海側生まれの「他所者《よそもの》」。作中の「五十日戦争」という、昭和の「十五年戦争」を思わせる戦時の混乱期が始まる前、谷間の村に赴任してきた。柳田の実父、松岡賢次（神職としては約斎）も、平田派の国学の知識を生かすべく、中年になって神職に転じた人物だった。最初は家業の漢方医を継ごうとし、次いで漢学の教師となったものの世事に疎く、維新後の変革期にはひどい神経衰弱に陥り、座敷牢に入れられていた時期もあったと柳田は語っている。その上、「ある夏の夜、座敷牢から出して蚊帳の中に寝ませていた父が急に行方不明となり、手をつくして八方捜したところ、この井戸の中に入っていた」（『故郷七十年』）。

一八六八（明治元）年、神仏分離令が布告され、神道の国教化政策を進めたことが、長年、仏教に抑圧されてきた神職らによる激しい廃仏毀釈運動につながる。各地で起きた破壊的な行為から、隆盛を誇っていた平田篤胤の国学への信望は一気に失墜。爪痕は大きく、日本の過度な同調圧力は、この時期の出来事の後遺症だとみる向きさえある。平田派の門人の中にはその打撃から柳田の父と同様、精神的不調に陥る者も相次ぎ、第二部でとりあげる『夜明け前』は、まさに座敷牢で無念の死を遂げた平田派の学徒、島崎藤村の父、正樹の物語である。

狂気にとり憑《つ》かれる「父」ほど、時代の残酷な変革を象徴する者はいない。大江は『われらの狂気を生き延びる道を教えよ』（一九六九年）に収録された中編「父よ、あなたはどこへ行くのか？」で初めて、狂気の父を登場させている。この父は第二次大戦末期、「＊＊＊蹶起」に託し

ていた現実変革への希望が潰えると、理髪店にあるような古い機械椅子に肥満した身体を押し込め、屋敷の土蔵の奥に自身を幽閉する。七十四歳の大江が挑んだ大長編『水死』(二〇〇九年)で描かれた、最終形としての「父」は、敗戦前年の嵐の晩、増水した川へ短艇で一人漕ぎ出して濁流にのまれる。時代に敗れるように正気を失い、自滅した作中の父たちは、敗戦前年のある晩、病に倒れた大江の実父ではなく、「約斎」と号した柳田の父を思わせる。

なぜ「ギー」なのか

このように大江作品と対照しながら柳田の全集や関連書を読んでいくうちに、ある時、ふと気がついた。大江健三郎が故郷、愛媛県の村のような場所を舞台に描いた一九六七年の『万延元年のフットボール』は、いうまでもなく大江を世界的な作家に押し上げた代表作だが、その中に何度か、夜になると谷間に姿を現わす「ギー」という男がいた。正気かどうかも不明のまま、森の奥深く生き延びる、繿褸《ぼろ》をまとった「ギー」。この小説の中心人物である「根所蜜三郎」は、「ギー」が村で唯一の徴兵忌避者であり、かつて村の代用教員をしていたことを覚えていた。「ギー」の本名は「義一郎」とあるが、その音は、やなぎたの「ぎ」に由来するのではないか? しかも、「ギー」と名付けられた人物は、以降、数々の作品に姿も立場も変えて「ギー兄さん」「新しいギー兄さん」「ギー・ジュニア」などとなって登場する。一度死んでも生まれ替わるように、入れ替わるように、繰り返し「ギー」は現われ続ける。

「ギー」とはいったい何者だろう? 柳田国男とどんな関わりがあるのだろう? 何を意味し、

託されているというのか。もしかしたら、大江が学生時代からずっと、東京・成城に住み続けてきたのも、そこが柳田翁の選んだ永住の地だったからではないのか……。まずはちくま文庫版の『柳田國男全集』三十二巻を常に携帯して、読み進めるしかなかった。すると、この国の古代に届く根を張り、西洋の近代知の枝葉を繁らせた、より大きく複雑な日本の作家として、大江健三郎のあらたな相貌が浮かび上がり始めた——。

「ギー」という特異な名の人物については、大江自身、これまである程度の説明を行ってはきている。大江の曽祖父は、大瀬村に隣接する大洲藩に仕えた、伊藤仁斎の系譜の漢学者だったという。父の好太郎も『論語古義』『孟子古義』などの本を大切にしており、それが『取り替え子《チェンジリング》』（二〇〇〇年）以降の長編に連続して登場する、作者の分身のような語り手「長江古義人《ちょうこうこぎと》」の名につながったのだと聞いた。古義人は幼い頃、「コギー」と呼ばれていたことになっている。その名が「ギー兄さん」につながるのかと尋ねた際、大江はこう答えた。

「どうして「ギー」という名前が好きか、自分では理由がわからないんですけど、この音が好きで名前に付けたい。それで自分の小説に出てくるもっとも兄貴的なというか、中心的な人物としての「ギー」が出現したわけですね。一番最初に『万延元年のフットボール』に現われたのは、森の中に住んでて森の精みたいに枯木を全身にまとわせる格好をしていた」

「小説のなかで、古義人が兄から、お前は小さい頃、自分で神話の世界を作っていて、自分の分身のコギーという子供と一緒に暮しているつもりだった、そのうちコギーはひとり森に昇って行

ってしまった、とからかわれるシーンを書きました。実際、それが私自身の不思議な思い込みでした。それを書いていて、初めて自分でもギーとコギーの連関に気がついたんですよ。まずギーがあって、大きい役割をはたして、そしてコギーがいる……」(『大江健三郎 作家自身を語る』)

まず柳田国男があって、大きい役割をはたして、そして大江健三郎がいる……そんなことがこの時、意識されていたのだろうか。読者からも類した質問は繰り返しあったのだろう、二〇一〇年には『朝日新聞』の「定義集」と題した連載エッセーで、「ギー」に関する一つの解釈が示されている。大江の曽祖父は大洲藩に仕える前の若い頃、大坂(現在の大阪)に奉公に出て商人たちが設けた学問所「懐徳堂」に連なる塾で学び、村に帰ると私塾を開いたという。〈とっくに廃屋になったそこの壁にかかっていた「義」と大書してある額を大切にしながら、父はそれがどういう教えだかは、かれの祖父を継ぐ能力も気力もなくて教えてもらえなかった〉。続けてこの文章では〈父のために〉と断って、テツオ・ナジタ著『懐徳堂――18世紀日本の「徳」の諸相』(子安宣邦訳、一九九二年)から、次の文章を引用している。

〈利とは、人間の合理的判断、「正しさ――義――の認識論の延長にほかならないのである。実際、商人は彼らの職業を利益を追求することであると決して考えるべきではなく、「義」という道徳的な原理から発する倫理的な活動と考えるべきものなのである。義が客観的な世界のなかで行動に移される場合には、「利」は努力を要さず、欲望に乱されることもなく「自然に」現れるのだ(後略)〉

この曽祖父について、アメリカのシカゴ大学での講演で話したところ、〈あなたの小説には、

同じ名前が、同一人物の再現というバルザック式のやり方じゃなく、関係のない人物のものとして出て来る。とくにギーにいさんが、その代表。それもギーにいさんは、私らの教育の仕組みでテューターという、身近な指導者格で……あれは、義にいさんなんですね〉。このように翌朝、構内で大学院生から話しかけられたという（『定義集』二〇一二年）。あくまで読者から受け取った読み取りの一例として紹介され、「ギー兄さん」も「ギーにいさん」にずらして表記されている。

が、「義」の字がここで紹介されたのには、作者の深謀遠慮も匂う。「義」とはまず、良い、正しいの意だが、中国では元来、外から来て固有でない、血縁でない者を結びつける倫理的な意味を持ち、善意の共同事業にも「義田」「義舎」などとこの字を付記する。儒教では、仁、義、礼、智、信の「五常」の一つ。仏教では利を排した結びつきの意を含み、キリスト教でも「義」は罪に対立する概念。「ギー」が「義」とは、納得し得る説明である。

ちなみに、正宗白鳥が八十二歳で書いた短編に「リー兄さん」（『群像』一九六一年十月号）という作品がある。家族の厄介者のようであった「真木村家」の長兄の死を弟の視点から描いた名品で、「兄さん」には「あゝさん」と岡山方言に由来したルビが付く。この短編は『群像』創刊五百号記念の、大江も出席した座談会でとりわけ高く評価されており、かねて愛読していた白鳥のこの小説から「〜兄さん」という呼び名を発想した可能性もありそうだ。

生い立ちの類似性

このあたりで柳田国男の生い立ちから青年期を、大江健三郎と比較しながらたどっておきたい。一八七五(明治八)年七月三十一日、飾磨県神東郡田原村(現・兵庫県神崎郡福崎町)辻川に、松岡賢次、たけの六男として国男は生まれた。一九三五(昭和十)年一月三十一日生まれの大江健三郎とは、六十年と半年違いとなる。

松岡家には男児ばかり八人の子供が生まれたが、三人は早世し、残った五人が揃って名を残している。長兄の鼎《かなえ》は国男より十五歳年長で、生家に同居した二度の結婚に失敗した後、茨城県北相馬郡布川町で医院を開業し、のちに千葉県東葛飾郡布佐町(現・我孫子市)に移住して千葉県議などを務めた。次兄の泰蔵は郷里で養子に入って井上通泰を名乗り、東京帝国大学医科大学の同窓だった森鷗外と親しく、歌人として知られる。三男として育った国男も柳田家の養子に迎えられている。次弟の松岡静雄は海軍大佐を務めた後、言語学や南洋諸民族の研究者となった。末弟の輝夫は日本画家、松岡映丘である。兄弟の父、賢次はその母、小鶴を継いで家業の漢方医、漢学の教師などをしながら、平田篤胤を仰ぐ国学の徒として維新を迎えると操《みさお》と改名。先に述べたように神職に就くと約斎を名乗るが、精神的不調に陥り、布川の長男のもとに引き取られるとほどなく、たけと共にその地で生涯を終えた。

柳田の没後まもない時期から辻川や布川での足跡を調査して書かれた、橋川文三による評伝「柳田国男」(『20世紀を動かした人々1』一九六四年)では、〈読書の性癖と神秘的な他界感覚の素

質とは、この父の親ゆずりともいうべき〉で、〈潔癖なリアリストの素質と負けじ魂とは、主としてこの母から〉とされている。橋川は、国男が十二歳まで過ごした故郷での体験を書き残した中から、六つの挿話を取り出しているが、その六番目の目立たぬ引用に、大江とつながりの濃い資質をみる。

それは、「辻川の中ほどを、南北に貫いた堰溝については、前にもちょっと語ったが、この溝に沿って下流に下ってゆくと、そこに小さな五、六坪ほどの森がある。美しい藤の花がそこの樹々にからまって咲く季節になると、子供心にも和やかな気持になったものである。……森には小さな稲荷様の祠があった。いまではそれを中心に稲荷講も結ばれていると聞いたが、当時はほんの小さな祠であって、その森へのなつかしみが、稲荷信仰や、狐の研究に心を寄せるようになったもとであった」。晩年の口述による自伝『故郷七十年』中の記述である。同じような役割を果たした場所が大江健三郎の故郷にも残る。故郷、愛媛県喜多郡大瀬村（現・内子町）を流れる小田川の近くには、こんもりと樹木に囲まれた小さな「お庚申様」のお堂があり、その場所が特別に懐かしく、大切であることは、短編「「罪のゆるし」のあお草」（二九八四年）で、作中の一家がお参りする場面からも伝わる。ウィリアム・ブレイクの詩「知の旅人」を読み、西洋の秘教的な伝統への夢想に誘われながら、道端で待っている作家の前に、祈りを終えて上機嫌になった母親が、孫と共にお堂の中から出てくる。植物や樹木が媒介する神秘に、作者が感受性を研ぎ澄ませる重要なこの箇所には、追って再度、触れる。

もう一つ、成育環境に関して見逃せない共通点がある。大江の生家は三椏《みつまた》を農家から買い取

り、その繊維を精製し、大蔵省印刷局へ紙幣原料として納める指定業者だった。戦争中には愛媛県知事も視察に訪れている。曽祖父は武士ではないものの、大洲藩に仕える漢学者だった。一方、国男の生家、松岡家は江戸時代の身分制のもとでは農家で、兵庫県のほぼ中央を流れる市川と因幡街道の交わる辻川辺りを開墾したが、五代目だった父の代には農地はすでになく、国男が生まれた一八七五年には職業不定の状態に陥っていた。それでも松岡家は、村で特別な位置にあった。〈「農」でありながら農業はやっておらず、武士でないのに武士の学識〉、農民でもなく武士でもない、「境の人」だと藤井隆至は評している（『評伝・日本の経済思想 柳田国男』二〇〇八年）。

さらに共通するのが、二人共、十歳頃に衝撃的な出来事と出遭い、剝き出しの現実に直面した点である。七人兄弟の五番目、三男として生まれた大江健三郎は、敗戦の前年、昔話をよく聞かせてくれた祖母、続いて父が突然、病死している。その頃、一番上の姉は満州まで骨董商の叔父の手伝いに行き、長兄（歌人、大江昭太郎）は甲種飛行予科練習生として松山海軍航空隊に入っていた。松山の商業学校に通う次兄も勤労動員で家を離れており、国民学校四年生の健三郎は、弟妹を守り、母親を助けねばならないと思い詰める。

「母はそのころよく、ひとり帳簿をつける部屋で「どうしようぞのう？」と嘆いていましたが、私は「どうしようもない！」と心の中でそれに答えていました。父が亡くなって、自分らの生活はどうなるかわからない、国がどういうふうになるのかもわからない。そういう不安な、恐ろしい、こちらの抵抗などすぐにもはねつけてしまいそうな、暴力的な「現実」に直面した（『大江

健三郎 作家自身を語る』)。

知力の突出した健三郎少年は読書と、そこから広がる空想の世界に浸ることで窮地を乗り切るものの、地元の新制中学に進むと激しい暴力を浴びる現実が待ち構えていた。暴力の記憶は初期の「飼育」『芽むしり仔撃ち』『遅れてきた青年』などに刻まれ、敗戦前後の過酷な体験は後年の『水死』まで繰り返し書かれることになる。

柳田国男は一八八五年、十歳の年に深刻な飢饉を体験している。「その経験が、私を民俗学の研究に導いた一つの動機ともいえるのであって、饑饉を絶滅しなければならないという気持が、私をこの学問にかり立て、かつ農商務省に入らせる動機にもなったのであった」(『故郷七十年』)。

年の離れた二人の兄は家を出て、父はすでに精彩を欠いていた一家の中で、国男少年も母の独り言の聞き役だった。その後、病弱という理由から、義務教育を終えた十二歳から十三歳にかけての二年間、茨城県布川町の近所の蔵で、漢籍から大衆雑誌まで気の向くままに本を読んで過ごしていたが、ある時、利根川べりにある地蔵堂の中で「子がえしの絵馬」を見たことが、飢饉に対する思いを強めたという。十八世紀の天明の飢饉以来、同地ではいわゆる間引きが広く行われていた。男児と女児、各家に一人ずつ。以降に生まれた子供らはやむを得ず出生直後に息を止められる。「その図柄は、産褥の女が鉢巻を締めて生まれたばかりの嬰児を抑えつけているという悲惨なものであった。障子にその女の影絵が映り、それには角が生えている。その傍に地蔵様が立って泣いているというその意味を、私は子供心に理解し、寒いような心になったことを今も憶えている」(同)。何人も兄のいた国男は、この地に生まれていれば命はなかった。

「平野宇宙」と「小盆地宇宙」

柳田と大江の環境には決定的な違いもあった。それは生まれた土地の地勢である。柳田は播州生野（現・兵庫県朝来市生野町）に祖先の墓があり、育った福崎町辻川はお伊勢参りの交通路に沿い、城下町の姫路市に近かった。温暖な気候で、瀬戸内海に面した肥沃な低地帯に位置して京都にも通じ、江戸時代には栄えた村だったという。十二歳で身を寄せた長兄の家のあった茨城県布川町、しばらくして引っ越した千葉県の布佐町は、どちらも関東平野の中央を流れる利根川に近く、この大河川を白帆の川蒸汽が往来する風景を晩年まで柳田は懐かしんだ。

対する大江は周知の通り、故郷の大瀬村を森に囲まれた「谷間の村」と称することが多い。「甕形の盆地」と表現されることもあるそこは、「内子盆地」に位置している。

文化人類学者の米山俊直は、四国を代表する三ヵ所の盆地として愛媛県の内子盆地と、隣接する宇和盆地、大洲盆地を挙げている。〈小盆地を中心とする文化領域は、いわばひとつの世界〉だとして「小盆地宇宙」と米山が呼ぶその場所には、盆地の底にひと、もの、情報の集散する拠点としての城や城下町、市場がある。その周囲には平坦な農村地帯、その外郭の丘陵部には棚田に加えて畑地や樹園地をもち、その背後に山林と分水嶺につながる山地を備えた世界である。まるで『同時代ゲーム』に登場する村の地形そのものだが、米山の『小盆地宇宙と日本文化』（一九八九年）が出たのは『同時代ゲーム』の十年後。米山が典型としたのは柳田が『遠野物語』に描いた岩手県の「遠野盆地」であり、そこは〈孤立して四方が尾根に取囲まれているが、盆地に

集まった水は一方の方角から盆地の外へ流出〉するという特徴を持つ。

また米山は、「小盆地宇宙」に対立するものとして、相互交流の行われやすい「平野宇宙」があり、やがて中央集権的な国家という統治機構の確立につながると説く。江戸期の幕藩体制下では「小盆地宇宙」という地方分散的な文化が点在し、それぞれ温存されていたが、明治以降はおのずと「平野宇宙」の中央集権的、均質的な文化に均《なら》されていき、〈一民族（一人種）、一言語、一文化伝統〉という思い込みが日本人に強まっていったと米山は指摘している。

平野育ちの「平地人」である柳田国男が、中央官僚として遠野の伝承に特別な関心を寄せ、のちに一国民俗学の確立を試みたことと、盆地に生まれ育った大江健三郎が、同じ遠野をモデルとしたような「村」を描いて世界普遍の文学をめざしたことは、双方の生い立ちの地勢的条件と無縁とは思われない。

松岡国男が農商務省（現・農林水産省）に入ったのも、ここまで挙げた要件を考えれば必然の選択だった。東京帝国大学法科大学政治科に籍を置いたが、初めから農業政策を志した。指導教授の松崎蔵之助はドイツで社会政策学派の経済学を学んでおり、「協同組合」にも詳しかった。協同組合は当時、「産業組合」と呼ばれ、のちの農業協同組合や生活協同組合につながる。松岡国男の卒業論文は、江戸期に協同組合的な役割を果たした「三倉」の沿革に関するものだった。明治以降の工業化の過程で工業と農業に格差が生じていた状況下、国男は民友社の掲げる平民主義の思想にも影響を受けたとされる。農商務省農務局農政課に配属になると、さっそく産業組合

法の普及に携わる。ところが、明治期の農政を生産力向上、富国強兵に向かってリードした課長の酒匂常明と対立し、一年半で農商務省から法制局（現・内閣法制局）へ異動となる。十二年勤めた法制局でも農商務省や内務省の嘱託として国内各地を出張し、最初の著作『最新産業組合通解』（一九〇二年）に続いて、早稲田大学などでの講義をまとめた『農政学』『農業政策学』を次々に出版した。これらの著作には「救世済民」への強い意志がこもる。

柳田が最初の世代として着手した「産業組合」の制度と思想は着実に津々浦々まで行き渡り、新憲法が施行された一九四七年、新制大瀬中学校の生徒だった大江は「子供農業組合」の組合長に選ばれ、職業科の教師と二人で村の農業協同組合から十万円もの資金を借り入れ、二百羽の鶏の雛を育てて農家に売る事業を成功させた。その頃、村の森林組合に就職するつもりだったとも語っている。大江は村の中学校の蔵書を読破しつつあったから、創元選書として十作以上刊行されていた柳田国男の著作に親しんでいたとしても不思議はない。

詩人・松岡国男

松岡国男は、十四歳で早くも森鷗外の主宰する「しがらみ草紙」に短歌を投稿し始めている。翌年、兄たちに進学を勧められて上京し、次兄の井上通泰宅に同居すると、通泰の友人である鷗外宅への出入りを許される。桂園派で神秘的作風とされた歌人、松浦萩坪《しゅうへい》に入門し、その歌塾で田山花袋と知り合う。私立中学を経て第一高等学校へ進学するが、在学中に両親や嫂二人が相次いで死去。喪失感から死の問題と向き合って新体詩を創作し、『文學界』に発表し始める。

一八九三年創刊の同誌には、戸川秋骨、島崎藤村、平田禿木ら、明治学院出身者でキリスト教（プロテスタント）の洗礼を受けた二十歳過ぎの同人が集った。北村透谷、上田敏、田山花袋らと共に松岡国男も「松男」などの筆名で常連寄稿者となり、作品は田山花袋、国木田独歩らの作品と合わせて宮崎八百吉編『抒情詩』（一八九七年）に収録されている。島崎藤村による新体詩集『若菜集』より四ヵ月ほど早い出版である。

柳田の青春の日の詩には、両親と同じ頃早世した、茨城の農家の娘をうたったとされる「野の家」や「ある時」などの恋愛詩もある。

松かぜさむき山かげの
をざゝがくれの墓をのみ
何にもとめてなげきけん

すみれ咲くなる春の野も
雲雀さゑづる大ぞらも
いづれか妹が墓ならぬ

いづれか妹がはかならぬ
まどふなこゝろ今さらに

いづこかは我が墓ならぬ

（「ある時」）

青年期に作ったこうした詩歌を「ロマンチックなフィクション」（『故郷七十年』）だとして、柳田国男は再録を断固として許さなかった。にもかかわらず、秘めた悲恋や役人生活の苦労話がかなり子細に伝わっているのは、田山花袋が青年期の国男をモデルとした小説を多く残しているからである。なかでも『妻』という、国男が社会に出た後に花袋が発表した小説の中で、「西」という青年が発する次の言葉は、そのまま国男の「歌のわかれ」だと受け取られてきた。〈僕は文学が目的ではない、僕の詩はディレッタンチズムだった。もう僕は覚めた。恋歌を作ったッて何になる！　その暇があるなら農政学を一頁でも読む方が好い〉

これより早く、国木田独歩も『欺かざるの記』に明治三十年三月の日付で、〈一昨夜松岡君と語りつゝわが感いたく激昂したり。松岡氏に説くに神の愛と人の義務とを以てせり。／人生は真面目なり。真面目なるよろこび、真面目なるかなしみ也〉と記している。つけ加えれば、国男の青年時代の美貌はよく知られていた。「背の高いスッとした柳田君がすました態度で入って来た」とか「瀟洒な貴族風な大学生」と花袋は書いており、泉鏡花も『湯島詣』に白い縞の袴姿の国男青年を描写している。

「怪談」の時代

『文學界』は一八九八年に第五十八号をもって終刊した。

一九〇〇（明治三十三）年、二十五歳で農商務省に入った国男は翌年、二十六歳で大審院判事、柳田直平の養子に迎えられる。ここから「柳田国男」を名乗り、三年後に直平の四女、孝と結婚する。

役人生活の蹉跌を伝えるこの頃の田山花袋宛ての手紙も残っているが、結婚は却って文学の世界に浸る余裕を与えたようだ。柳田は都心、牛込加賀町の一等地に住居を得ると、給料の大半を図書費に充てて多くの洋書を購入し、自邸で西欧文学の研究会（「土曜会」）を開いて披露した。中心メンバーは田山花袋、島崎藤村、国木田独歩。他にも小栗風葉、真山青果、川上眉山ら十人ほどが、月二回ずつ集まった。岩野泡鳴や小山内薫らも加わり、フランス料理店に場所を変えて「竜土会」として続いたことは、花袋がのちに書いた『東京の三十年』に詳しい。ゴルキー（ゴーリキー）、チエホフ、モーパッサン、フロオベル、ゾラ、ハウプトマン……。「文章世界」に連載された田山花袋の時評的随筆『インキ壺』（一九〇九年）からは、西欧の小説を片端から読んでは自作に反映させようと躍起になっていた彼らの様子が伝わる。

二十世紀初頭の日本の巷は、「怪談の時代」でもあった。柳田の「山人」への傾倒もそうした背景と関係があると指摘しているのは、大塚英志著『怪談前後 柳田民俗学と自然主義』（二〇〇七年）だ。一つには夏目漱石の『夢十夜』にも読み取れる欧米由来のスピリチュアリズム、オカルティズムの流入があった。井上円了の「妖怪学」のように、迷信の排斥運動に対する抵抗としての側面もあり、死傷者十五万人を出した日露戦争も重なった。柳田国男と田山花袋は一九〇三年に編校訂『近世奇談全集』を連名で出しており、その序文には、〈霊といひ魂といひ神といふ、

皆これ神秘を奉ずる者の主体にして、わが小自然の上にかの大宇宙を視、わが現世相の上にかの未来相を現ずるもの丶謂なり〉とある。大塚は〈「怪談」への関心はただ明治期の科学的啓蒙への反動としてあるわけではない。「怪談の時代」は日露戦争から靖国神社の成立に至る幽霊の国家管理の時代であったことを忘れるべきではない〉と述べている。

この頃、急速に読者を拡げていた新聞も、猟奇的事件を総ルビの活字と煽情的な大見出しで競って報じた。そこに「私小説」という日本流の自然主義が急速に広がる。田山花袋は一九〇七年、「蒲団」を雑誌に発表し始める。周知の通り、三十代半ばの小説家が女子学生に横恋慕して煩悶する、露骨なる描写で話題になった小説だが、それまで花袋から小説の種をあれこれ取材され、モデルにされてきた柳田は「蒲団」については我慢ならなかったようで、「あんな不愉快な汚らしいもの」(『故郷七十年』)と、晩年まで否定し続けている。一方でその前年に刊行された島崎藤村の初の長編『破戒』については、差別される「新平民」の青年、丑松の描き方が〈あまり劇《はげ》し過ぎる〉などと注文をつけながらも、〈天然の叙景のみならず人事についても詳細な所は好いと思う、特に雪の夜女の泣きじゃくりする所などは完全〉(『早稲田文学』一九〇六年五月号)だと認めている。

言文一致の文章が確実に拡がり、西洋流の本格的な自然主義の時代が訪れることを、柳田も待ち望んでいただろう。農商務省の官僚となっても、新時代の文学を展開する当事者の一人として、大いに目論んでいたはずだ。そして一九一〇(明治四十三)年六月、柳田国男の『遠野物語』が私家版としてわずかに三百五十部製本され、友人らに進呈される。牛込加賀町の屋敷に通い、

柳田に自分の郷里の伝承譚を伝えたのは、二十代半ばにさしかかった岩手県遠野出身の早稲田の学生、佐々木喜善。『遠野物語』は装幀もハイカラなフランス綴じで、田山花袋は〈粗野を気取つた贅沢。さう言つた風が到る処にある。（中略）芸術的のにほひのするのは、其内容よりも寧ろ其材料の取扱方にある〉（「卓上語」）と評している。

だが、この著作が田山花袋流の自然主義への批判として、また、国木田独歩の行った内面の描写を一切排した挑戦的な「文学作品」と意識されていたことは、今では定説となっている。序文に〈自分もまた一字一句をも加減せず感じたるままを書きたり。思うに遠野郷にはこの類の物語なお数百件あるならん。我々はより多くを聞かんことを切望す。国内の山村にして遠野よりさらに物深き所にはまた無数の山神山人の伝説あるべし。願わくはこれを語りて平地人を戦慄せしめよ〉とあるのは、この作品もまた、〈感じたるまま〉に書かれた、自然主義の時代から生まれたことを物語っている。

そして、この「遠野郷」が、先ほど触れた米山俊直の「小盆地宇宙」、すなわち一つの完結した世界を成す盆地の典型だったことを思い出しておきたい。『遠野物語』の最初の部分には、現地を訪問した柳田が、実際の見聞から地勢を説明した部分がある。

〈遠野郷は今の陸中上閉伊《かみへい》郡の西の半分、山々にて取り囲まれたる平地なり。（中略）今日郡役所のある遠野町はすなわち一郷の町場にして、南部家一万石の城下なり。城を横田城ともいう〉〈遠野の町は南北の川の落合にあり。以前は七七十里《しちしちじゅうり》とて、七つの渓谷おのおの七十里の奥より売買の貨物を聚め、その市の日は馬千匹、人千人の賑わしさなりき。四方の山々の中に最も秀で

たるを早池峯《はやちね》という〉

山に囲まれ、分水嶺から内側に流れ落ちる雨雪の水を七つの谷を通じて盆地の底にあつめ、やがてそれは一つの方角から盆地の外へ流れ出す。盆地の底、中心には城や住居が街を成し、情報の集散が行われる。盆地の平地では稲作、山腹には棚田の開発が進み、独自の信仰が生まれる。幕末から近代に入る頃、奈良盆地には天理教、京都の亀岡盆地には大本教、岡山の小さな盆地である金光町からは金光教、岡山市では黒住教など、相次いで新興宗教が始まっている。よって、『燃えあがる緑の木』で内子盆地に位置する四国の谷間に「新しいギー兄さん」が新興教団の教会を建てるのは、地勢的にも要件に適ったことだったわけである。『同時代ゲーム』だけでなく、『燃えあがる緑の木』でも「村」のモデルとなったのは、柳田国男が『遠野物語』に描いた、実在する遠野郷だと考えてよいだろう。

柄谷行人、井口時男の柳田観

共通する資質、文学への志を持ちながら、六十年もの年齢差がある柳田と大江の生きた時代は大きく異なり、したがって両氏の仕事は結びつき難かった。それでも、『同時代ゲーム』刊行前年の一九七八年、大江は柳田の生前最後の著作となった『海上の道』岩波文庫版に解説を寄せており、〈大きい「老人」の個人的な語り口でくりだされる。その「私」の文体は、柳田国男がわれわれの詩的言語・文学表現の言葉の世界にもたらした巨大な達成であって、その側面で柳田に並ぶ存在は他にはなかったし、今後も新しくあらわれて来るはずはないものであろう〉と、最大

級の賛辞を贈った。また、同年末に出た『新潮』一九七九年一月号に寄せた、鶴見和子も言及していた長文の論考「想像する柳田國男」は、次のように始まっている。

〈想像力論について考えながら、文学を越えたひろがりにおいて見る。その時、柳田國男は著作の記述において、もっともしばしば想像という言葉をもちいている、日本文の書き手であろう。しかも永い著作活動にわたってかれの想像という言葉の用い方は確実な原則に立っているし、その生涯の仕事の全体が、大きくひとつの想像力論でもあることに人は気づくだろう〉

大江は『定本柳田國男集』（一九六二～七一年、全三十一巻、別巻五巻）の中から、「想像」という言葉の用例をさまざまに引いて論を進めている。そして、〈既知の素材によって想像力のための仕組みをつくり出し、それに乗って未知の境界の向うへ跳ぼうとしている、そのような姿勢をとり、そのようなジャンプ力を全身に示している人間の全容である。想像する柳田國男。日本人の想像力ということを個人について考える上で、これほど強く綜合的に大きい具体例を僕はほかに知らない〉と明言していたのである。

ここで、数多い批評家の中でも傑出した大江作品の読み手である柄谷行人、井口時男が、そろって柳田国男と長年、本格的に取り組んでいることに注視したい。

柄谷行人は『柳田国男論』（二〇一三年）、『遊動論　柳田国男と山人』（二〇一四年）をまとめ、柳田の文章を集めた『「小さきもの」の思想』（二〇一四年）を編んでいる。この編著の序文で、柄谷は柳田の仕事を次のように紹介している。

〈一言でいえば、近代の発展の中で急速に廃れ忘れられていくものを記録することであった。そ

れは先ず、消滅してしまうものへの供養であり、且つ、そこから得た将来に役立つかもしれない知恵を保存することである。その方法は民俗学と呼ばれるが、広い意味で、史学である。それは文献にもとづく、したがって、政治的次元を中心にする歴史では無視されるものを見ることである。柳田はこのような仕事を、たんに学者としてではなく、詩人、官僚、ジャーナリストとして現実に深くコミットする中で成し遂げた。その意味でも稀有な人物である〉

井口時男には評論『柳田国男と近代文学』（一九九六年）があり、橋川文三著『柳田国男論集成』（二〇〇二年）の解説、講談社文芸文庫『柳田國男文芸論集』（二〇〇五年）の編集と解説も担当した。井口は「内景としての「日本」」と題した文章で、柳田の『木綿以前の事』から次の文章を引いている。

〈そうして愈〻棉種の第二回の輸入が、十分に普及の効を奏したとなると、作業は却って麻よりも遥かに簡単で、僅かの変更を以て之を家々の手機で織出すことが出来た。其為に政府が欲すると否とに頓着なく、伊勢でも大和河内でも、瀬戸内海の沿岸でも、広々とした平地が棉田になり、棉の実の桃が吹く頃には、急に月夜が美しくなったような気がした〉

この文章の魅力を井口は、〈柳田の描く風景は、〝外のない内部〟がそのままで何ひとつ欠けるもののない自足した「全体」であることを証明しようとする。しかしそのためには、この風景は「日本」という時間（歴史）と空間（国土）の広がりを一望に収めるだけでなく、同時に、内側から、身体化された感覚と官能によって充たされていなければならない。（中略）いわば〝不死の人〟としてふるまわなければならない〉（『柳田国男と近代文学』）と表現している。

文中にある〈何ひとつ欠けるもののない自足した「全体」〉とは、大江が『同時代ゲーム』でめざした《《村》》の純粋な要素を完全にそなえた《《村》》と呼応する。井口は続いて『木綿以前の事』から〈それよりも更に隠れた変動が、我々の内側にも起って居る。即ち軽くふくよかなる衣料の快い圧迫は、常人の肌膚を多感にした。胸毛や背の毛の発育を不必要ならしめ、身と衣類との親しみを大きくした。乃ち我々には裸形の不安が強くなった（後略）〉を引いて、こう述べる。〈この文章は歴史を語りながら客観的な時間の目盛りを消去している。しかし、「胸毛や背の毛の発育を不必要ならしめ」とさえ語られるこの身体感覚の「隠れた変動」は、木綿移入の歴史を考えれば、少なくとも二百年以上の長きにわたっているはずだ。柳田の文章は、その二百年を、あたかも「我々」という一個の集合的な身体によって統一された経験であるかのように語るのである。この長命の身体が自分の内部感覚の履歴を内省する。それが、この〝不死の人〟のふるまいである〉

「集合的な身体」「不死の人」といえば、『同時代ゲーム』『M／Tと森のフシギの物語』などに登場する村の伝承の中心、「壊す人」を連想するが、大江による次の文章などは、まさに井口のいう〈あたかも「我々」という一個の集合的な身体によって統一された経験であるかのように語る〉、その効果を柳田に学んだことが明らかではないだろうか。

《流浪する一家のあわれな狩猟生活のすべては、あの穴ぼこの底の焚火の炎のうちに永遠に同時的に実在しており、夢をつうじては万能の僕が共同行動への参加を申し出る。かれらと共に四国の深い森を流れる、真冬の狭い川のネコヤナギのかげにかくれて、氷に雪のまじる水面からぬっ

と頭をもたげるカワウソを、およそ原始的な針金の罠をにぎりしめて待機している自分。われわれの猟が、絶対に失敗することはわかっており、しかもわれわれは凍えて待機する》

これは大江健三郎が一九六八年に発表した中編「狩猟で暮したわれらの先祖」の文章。大江が住む東京・世田谷の成城辺りを模した住宅地に、ある日、野性的な顔立ちの六人家族がどこからかやってきて、空き地で野営生活を始める。作家の「僕」は彼らが敗戦の前年、故郷の四国の村から追われた「山の人」ではないか、かつて父と共に苦痛を与えた自分を捜しに来たのではないか、と怖れながらも、次第に竪穴を掘って暮らす彼らへの好奇心を抑えることができなくなる。

この作品を大江の代表作として『日本文学全集 22 大江健三郎』（二〇一五年）の巻の主要作に選んだ編者の池澤夏樹は、流浪する一家を〈柳田國男が「山人」と名付けて解明を途中で放棄した先住の人々のよう〉だと解説している。その通り、大江が「山の人」とここで呼んでいる彼らの様子は、柳田が『遠野物語』や『山人外伝資料』などに描いた「山人」――三千年に及ぶ歴史をもつ日本の先住民族だと想定した人々を思わせる。

柳田は〈山人がかつてこの国に存在したという単純なる事実からが、すでに厳しい吟味批判を受けねばならぬのである。拙者はこの出発点の困難を凌ぐために、将来に向ってももちろんあらゆる便利なる及び不便利なる史料を蒐集しかつその抵触を解説するだけの勇気をもっている。（中略）しかし徂徠翁の「なるべし」や平田（註・篤胤）氏の「疑なし」や某々氏の「ならん」「あらざるか」などの連続では歴史は書けない〉（『山人外伝資料』）と強弁しながら、結局、確たる史料も痕跡も得ることができず、南方熊楠との論争などを経て「山人」の証明から遠ざかる。

「狩猟で暮したわれらの先祖」に登場した「山の人」は、「サンカ」と呼ばれる流浪の人々のようにも思われる。この小説が発表されたのは、犯罪と関連づけた煽情的な読み物に描かれたりしていた時期でもあった。柳田も『山の人生』の中でサンカの人々について触れている。彼らは穀物、果樹、家畜を当てにせず、定まった場所に家がなく、〈特別の交通路があって、渓の中腹や林の片端、堤の外などの人に逢わぬところを縫うている故に、移動の跡が明らかでない〉。また、〈仲間から出て常人に交わる者、ことに素性と内情とを談ることを甚だしく悪むが、外から紛れてきてサンカの群に投ずる常人は次第に多いようである〉。

大江は柳田の想定した「山人」の末裔はまだわずかに現代に生き延びていると実感させようとするかのように、「狩猟で暮したわれらの先祖」を書いている。野性を忘れ果て、衛生的な郊外生活を営む小市民を脅かす小さな集団として、『同時代ゲーム』誕生の十年も前に、いきいきと柳田の夢を再生させていたのである。

遡れば、大江はデビュー後まもない一九六〇年頃にはもう、「山人」とおぼしき人々を自作に登場させている。もしかしたら、「狩猟で暮したわれらの先祖」の六人家族の中心にいる年配の女性は、『遅れてきた青年』（一九六二年）で谷間の村の少年らを魅了していた、村の奥地にある神社の巫女《シャーマン》だった「文《フミ》」ではないか……そんな想像に誘われるほど、両作はどこかでつながっている。

四国の村を舞台に始まる初期の大長編『遅れてきた青年』には、敗戦直後、進駐軍を怖れる村

人や疎開者らが、村の中心から外れた集落に住む「高所衆《タカジョシュ》」というわずか五家族二十人ほどの人々へ、怒りの矛先を向ける挿話が出てくる。独自の風習を持ち、自分たちの神社を持つ「高所衆」を、作中の郷土史家は「原・四国人」＝《古代アジア人の血をひいているものたち》と呼び、終戦まで彼らの存在は容認されていた。ところが、「文《フミ》」も絡んだと噂される進駐軍人の刺傷事件が起き、犯人探しが始まると、村人たちは「高所衆」を調べさせるかどうか、協議を始める。

《戦争に負けたんじゃ、神風も吹かなんずろ、天皇陛下も人間というぞ、日本にはもう神社はなしぞ、高所様も、戦争に負ければ、神様なくならば、同然ぞ》

《この村に、日本人がくるまえの神様ぞ、四国に天照大神よりまえに住んじおった人間の、生きのこりの唯一つの村の神様ぞ！》

結局、《あいつらはおとなしい、獣みたよなもんや》と、村人は高所衆を差し出そうとする。しかし高所衆はその前に村から姿を消す。語り手の青年「わたし」は、《高所衆は犠牲の羊であったのだろうか？　進駐軍は荒ぶる神であり、高所衆の羊はささげられて、村から神の怒りの大打撃をそらしてくれたのであろうか？》と考え続ける。この「高所衆」の存在は、台湾原住民研究の第一人者で、柳田とも交流のあった岩手県遠野出身の伊能嘉矩《かのり》の著作から学んだようにも思われるが、それにしても大江健三郎はいつ頃から、どれほど熱心に民俗学や人類学に親しんでいたのだろう。

敗者としての柳田

柄谷行人は先に挙げた『遊動論』において、「山人《やまびと》」は富や権力の格差のない豊かな社会を実現していたはずだと主張している。柄谷は、農商務省の官僚だった柳田が南九州への調査旅行をまとめた著作『後狩《のちのかり》詞《ことばの》記《き》』（一九〇九年）と関係の深い論考「九州南部地方の民風」の中で、「社会主義の理想の実行さるる椎葉村」の小見出しを付け、次のように述べていることに注目している。

〈此山村には、富の均分というが如き社会主義の理想が実行せられたのであります。『ユートピヤ』の実現で、一の奇蹟であります。併し実際住民は必しも高き理想に促されて之を実施したのではありませぬ。全く彼等の土地に対する思想が、平地に於ける我々の思想と異って居るため、何等の面倒もなく、斯る分割方法が行わるるのであります〉

焼畑と狩猟による共同所有、協同自助。明治期の椎葉村の人々は「山民」であって「山人」ではない。この地には「異人種」である「山人」が先住しており、その後に「山民」がやってきたと柳田は考えている。のちの『山人外伝資料』で柳田は、〈拙者の信ずる所では、山人は此島国に昔繁栄して居た先住民の子孫である。其文明は大に退歩した。古今三千年の間彼等の為に記された一冊の歴史も無い。それを彼等の種族が殆と絶滅したかと思う今日に於て、彼等の不倶戴天の敵の片割たる拙者の手に由って企てるのである。此だけでも彼等は誠に憫むべき人民である〉と想を拡げている。

柄谷は一九七〇年代初頭に「柳田国男試論」を雑誌連載し、その仕事は『日本近代文学の起源』（一九八〇年）で国木田独歩を論じた「風景の発見」、田山花袋に関する「告白という制度」へとつながったものの、一冊にまとめられることはなかった。フランス現代思想が席巻した一九八〇年代には、脱領域的、遊牧民的な「ノマド」が注目され、稲作農民、すなわち定住の「常民」を中心とする柳田民俗学への関心は、長く停滞したまま二十一世紀を迎えた。だが、『世界史の構造』（二〇一〇年）を出版した後、柄谷は再び柳田の仕事が気になり始めたという。それは、柳田が「山人」と呼ぶのは遊牧民ではなく狩猟採集民であったこと、また、柳田が自身の民俗学を日本に限定して「一国民俗学」と満州事変以後に言い始めたのは、「五族協和」を唱える大東亜共栄圏構想に反対するためだった——つまり、〈一九三〇年代において、柳田の一国民俗学は、時代状況に抵抗するものであった〉と気づいたからだと述べている。

約四十年を経て『柳田国男論』をまとめた柄谷は、続く『遊動論』では柳田の生涯をあらためて振り返っている。初期に打ち込んだ「山人」の存在を証明することができぬまま、柳田は関心を南島へと向けた。また、農商務省の官僚としては、企てた農業政策の実現をことごとく阻まれ、それでも出世街道を歩んで一九一四年には貴族院書記官長に就いている。しかし貴族院議長、徳川家達と対立し、五年後、四十四歳で官僚生活に終止符を打つ。その後は朝日新聞論説委員となって大正デモクラシーの一翼を担い、吉野作造と共に論陣を張って普通選挙の実現に力を注いだ。それでも実施された選挙結果は、零細農業者の民意の反映からは程遠かった。

〈柳田の民俗学＝史学はこのような「実際問題」と切り離せない。柳田国男は明治以来、一貫し

て、現実の政治に関わってきたのである。それらはことごとく敗北に終わった。が、その敗北の原因を問うことがむしろ、彼の民俗学であり史学であった〉。柄谷行人は官僚、勤め人時代の柳田を敗者としてとらえる。

敗戦の年、七十歳を迎えた柳田は枢密顧問官の任を受け、新憲法の審議にも呼ばれている。主宰した「民間伝承の会」(前身は「木曜会」)には、中野重治をはじめ左翼運動の経験者も加わったことはよく知られる。そのようにさまざまな仕事と関わりながらも、柳田は「山人」を諦めきっていたわけではなく、彼らにつながる焼畑狩猟民の痕跡として、稲作農民を主体とした国家、社会が成立してもなお残り続ける「固有信仰」を探究し続けた。柄谷はその点を重視する。

固有信仰とネオプラトニズム

柳田国男がまとめた、仏教伝来以前から日本に受け継がれてきた「固有信仰」については、『先祖の話』(一九四六年)の次のような文章がよく知られる。

〈無難に一生を経過した人々の行き処は、これよりももっと静かで清らかで、この世の常のざわめきから遠ざかり、かつ具体的にあのあたりと、大よそ望み見られるような場所でなければならぬ。少なくともかつてはそのように期待せられていた形跡はなお存する。村の周囲のある秀でた峰の頂から、盆には盆路を苅り払い、または山川の流れの岸に魂を迎え、または川上の山から盆花を採って来るなどの風習が、弘く各地の山村に今も行われているなどもその一つである。霊山の崇拝は、日本では仏教の渡来よりも古い。仏教はむしろこの固有の信仰を、宣伝の上に利用し

たかと思われる〉（「六六 帰る山」）

江戸期の国学者らはこうした日本古来の信仰について、それぞれ著わしているが、柳田は全国各地に民間信仰を採集し、実証の姿勢をもって分かりやすい文章にまとめた。柳田の示した「固有信仰」を、今では幼少期の記憶と重ねてさまざまな作家、思想家が自分の言葉で語り直している。大江健三郎は死後の魂の行方について、自作には「ネオプラトニズム的な傾向」が現われていると海外の研究者らに指摘されることがあると言い、次のように説明している。

「ネオプラトニズムといわれるものには、時代ごとに、また民族ごとにいろんな側面があるけれども、私はそれへの入り口を一つに限っている、と。それは私の村にあった伝説で、人間が死ぬとその魂はぐるぐるまわって山の森の中に入って、自分に決められている木の根方に留まる。それから何年間か経つと、そこから魂が下りてきて、赤ちゃんの胸の中に入る……その言い伝えが自分の根本にある。このように死と再生との自然な関係を説明し受け止める考え方を、私は自分のネオプラトニズムの基点と考えている。そしてその二つが、自分の文学において生きているし、本を読む側としていえば、たとえばウィリアム・ブレイクを読むときの、自分の奥底にあると答える」（『大江健三郎 作家自身を語る』）

こうした考え方を、大江は何度も小説にもエッセイにも書いてきた。しかし、だからといって、大江と柳田を結びつけることは誰もしてこなかった。柳田のまとめた固有信仰とは、それほど日本人に馴染んだ死生観なのである。とはいえ、柳田を中心に全国の郷土史家、有志に広がった民俗信仰の採集活動が行われていなければ、こうした伝承も戦前のうちに消え失せていたかも

しれない。そして大江のように、故郷に伝わる素朴な信仰を自身の文学の核にもつ世代の作家も、すでに稀少になりつつある。

柄谷行人も井口時男も柳田を論じながら、一度ならずと大江健三郎を連想した局面があったと想像する。実際、井口は『柳田國男文芸論集』の解説に書いている。〈柳田自身が回想しているように、田山花袋をはじめとする当時の自然主義作家たちは柳田から小説の「たね」をたくさん提供されている。また、大江健三郎の『万延元年のフットボール』や古井由吉の『聖』、中上健次の『千年の愉楽』といった現代文学の大きな成果も、柳田が切り拓いた民俗学の知見を参照することなしにはありえなかった。文学はこの隣人から大きな援助を受けているのだ〉

ただ、柳田国男の影響は、繰り返すが当たり前すぎて見えにくい。東京大学文学部でフランス文学を学んで小説を書き始めた大江健三郎の場合は、ラブレー研究の巨匠、渡辺一夫教授の教え子だという認識がまずある。その土台上に、ロシアやイギリスをはじめとする外国文学への見識を独力で築いた作家だと考えられてきた。先に挙げた「狩猟で暮したわれらの先祖」にしても、表題はイギリス出身の詩人、W・H・オーデンの詩句に由来する。長編ごとに多様な言語と年代の古典文学から思想まで積極的に組み入れ、そうすることによって個々の小説の奥行きを増し、国や言語を越えて人類が共感可能な意味を張り巡らせたテクストを構築する——それが大江健三郎という作家であり、日本よりも圧倒的に西洋の知を自身のバックボーンにしていると、その著作や発言から見なされてきた。そうした大江作品のなかでも海外文学からの引用がめずらしいほど少なく、土俗的な日本の「村」を描いた『同時代ゲーム』は、本章の冒頭で述べた難解さのた

め、ロシア語を除いて翻訳紹介も進んでいない。同じ谷間の村の伝承と歴史を描いた『M／Tと森のフシギの物語』がノーベル文学賞の授賞理由に挙げられたのも、その物語が国や民族を越えた神話の原型とつながり、欧米文化圏でも理解を得られたからだったろう。

山口昌男の影響力

このように、人類普遍を求める大江の知的関心を引き受けてきた人物ならば、まず、山口昌男がいただろうと長年の読者は思うはずである。たしかに大江は、一九七五年に山口が発表した『文化と両義性』をはじめとする著作に、大きな影響を受けたと公言している。一九八〇年には山口昌男と哲学者の中村雄二郎、大江健三郎が編集代表を務めて『叢書 文化の現在』（全十三巻）を岩波書店から刊行した。同叢書の「4 中心と周縁」（一九八一年）で、大江は〈山口が、多様な現実世界の様ざまな層をむすびつけ、媒介し、そこに新しい宇宙観をもたらす存在として、トリックスターを示しているのが、僕の小説の人物像の、それまで漠然とながら追いもとめてきた原型に、一挙に照明をあたえた〉。また、山口の紹介するロシア・フォルマリズムの「異化《オストラネーニエ》」についても、〈小説家としての基本態度に、あきらかな定義をあたえてくれ〉たと謝辞を記す。『同時代ゲーム』の三年前に刊行された『ピンチランナー調書』や一九八〇年代の『新しい人よ眼ざめよ』をはじめとする長編、一九八四年に刊行された『いかに木を殺すか』に収録された短編を、山口昌男が『天皇制の文化人類学』（一九八九年）で書いている贖罪の原理にまつわる論考と併せて読めば、作品理解の大きな助けとなる。だが最近では、大江の小説が山口の理論に先行

したとの見方も強い。大江は一九六〇年代半ばには、フランスで発表されて間もないレヴィ＝ストロースの“La Pensée Sauvage”を原書で読み、〈すぐ後に書いた『万延元年のフットボール』には、やはりレヴィ＝ストロースの、通時的な歴史感覚とは別のものに向けて目を開いてくれる力の影響があるように感じます〉（『定義集』）と振り返っている。海外にまで、絶えず独自にその方面の知見を求めていたのだ。

例えば、「グルート島のレントゲン画法」という『いかに木を殺すか』の一作がある。オーストラリア大陸を舞台に、若い贖罪山羊のような日本大使の娘が巻き起こす多分に性的な冒険譚で、作家の「僕」がアイロニーを交えて彼女の行動を伝えるという趣の軽やかな短編だ。娘の性的放縦には、レヴィ＝ストロースの『今日のトーテミスム』からの知見なども織り込まれていただろうし、作品の核には原住民《アボリジニー》が信じるとされる「ドリームタイム」、大江の作中の言葉を使えば、《永遠の夢の時《ジ・エターナル・ドリーム・タイム》》という、かの地古来の信仰が埋め込まれている。「ドリームタイム」とは宇宙と動植物が生まれ、神や精霊が活躍したはるか彼方の時代を指し、原住民《アボリジニー》たちは神話を語ることによって、今この時も「ドリームタイム」を生きているという時間感覚を共有する。大江がこの信仰に関心を抱いたきっかけは、一九六八年春のオーストラリア訪問にまで遡る。この信仰は『懐かしい年への手紙』の中にも取り入れられ、「ギー兄さん」と語り手の「僕」は、この「ドリームタイム」＝《かつてあった良き時代「永遠の夢の時《ジ・エターナル・ドリーム・タイム》」に、最高・最良の暮しの原型がある》というかの地の信仰を、故郷の伝承、すなわち日本人の固有信仰と結んで大切に考えている。同じく『いかに木を殺すか』に収録される「もうひとり和泉式部が生まれた日」は、女性

と女性の言葉を主役とした名品だが、下敷きになっている平安中期を代表する歌人、和泉式部にまつわるさまざまな言い伝えは、柳田の『桃太郎の誕生』中の「和泉式部の足袋」を参考にしていることは明らか。そして、同短編集には、柳田と大江を考える際にもっとも重要な作品の一つとなる、先にも引いた「「罪のゆるし」のあお草」がある。この作中に出てくるお堂の奥に、大江が柳田を信頼する鍵が隠されているように思われてならない。

国家に対する異議申し立て

「「罪のゆるし」のあお草」は、前年の連作集『新しい人よ眼ざめよ』(一九八三年)の最終編と内容がつながっており、この時期の大江家と同じ年齢、構成の作家とその家族が登場する。二十歳になって「イーヨー」から「ヒカリさん」と呼ばれ始めた障害を持つ長男を囲むように、家族五人が四国の谷間の村に里帰りするところから話は始まる。実在する大江の故郷で、作中の作家が大江自身の少年期と重なるところの多い思い出を語り始めるという外枠が用意されることで、そこからの物語は「本当にあったこと」に近い感覚を読者にもたらす。その感覚をバネにして、作中の作家の告白は現実から虚構の世界へと一気に跳ぶ。ここでも入り口は「神隠し」である。

村の創建者「壊す人」の伝承を繰り返し聞かせてくれた祖母に続いて、突然、父まで亡くなった年の翌年、すなわち敗戦の年の四月のある日。十歳の「僕」は「壊す人」の呼びかけにみちびかれるように森へ昇り、「神隠し」に《入っていく》。高台にある「在」に住む女たちに招かれてもてなしを受け、江戸期の「高山嘉津間」になりきって、「僕」は千里眼を働かせる。女たちは

懇願する。

《――息子はレイテ島で戦死したといいますのやが、こんな毛皮の服まで支給され、満州で元気にしておるのやと思うておったものやから、いつのまにか南洋に派遣されていたと聞いても、寝耳に水で……私らはどうしたらよいものか、わかりませんが……遺骨も戻っては来んのやし、公報だけでは……なんとも腑に落ちませんのやが……》

「僕」は実況中継する。

《夕焼けの蜃気楼現象によって、島々が空に映っている。赤い地図の一点に向けて、ためらいなく眼がゆく。その一点がぐんぐん自分に近づくのは、肉体をはなれて眼が飛行するからだ。千里を飛ぶ眼。眼は見る、南方の前線を、満州から持参した防寒服に身をかため、匍匐前進する、懐かしい若い兵士》

『懐かしい年への手紙』のギー兄さんが、戦争中に女の衣装をまとって千里眼で占ったのが、やはり出征者の消息だった。「高山嘉津間」とはおよそ二百年前、仙境を探訪して戻ってきたとされ、江戸で評判になった少年「寅吉」に仙境で与えられた名。柳田の『山の人生』でも紹介されているが、なぜ、ここで採り入れられねばならなかったのだろう。考えられるのが、一九四五（昭和二十）年の春に柳田が書き、翌春刊行した『先祖の話』との関連である。柳田はその自序で次のように述べている。

〈この度の超非常時局によって、国民の生活は底の底から引っかきまわされた。日頃は見聞することも出来ぬような、悲壮な痛烈な人間現象が、全国の最も静かな区域にも簇出《そうしゅつ》している。（中

略）かつては常人が口にすることをさえ畏れていた死後の世界、霊魂はあるか無いかの疑問、さては生者のこれに対する心の奥の感じと考え方等々、大よそ国民の意思と愛情とを、縦に百代にわたって繋ぎ合わせていた糸筋のようなものが、突如としてすべて人生の表層に顕れ来ったのを、じっと見守っていた人もこの読者の間には多いのである。私はそれがこの書に対する関心の端緒となることを、心窃かに期待している〉

大戦末期には、神霊現象への関心が異様に高まりもしたという。『先祖の話』では「家の初代」「御先祖になる」など八十一の項目について、それぞれ定義や指針を示していく。このような文章もある。

〈少なくとも国のために戦って死んだ若人だけは、何としてもこれを仏徒のいう無縁ぼとけの列に、疎外しておくわけには行くまいと思う。もちろん国と府県とには晴れの祭場があり、霊の鎮まるべき処は設けられてあるが、一方には家々の骨肉相依るの情は無視することができない。家としての新たなる責任、そうしてまた喜んで守ろうとする義務は、記念を永く保つこと、そうしてその志を継ぐこと、および後々の祭りを懇ろにすることで、これには必ず直系の子孫が祭るのでなければ、血食ということができぬという風な、いわゆる一代人の思想に訂正を加えなければならぬであろう〉（「八一 二つの実際問題」）

柳田の没後五十年が経過した二〇一二年夏以降、著作権が消滅した著作物が続々と復刊されており、角川ソフィア文庫版『先祖の話』の解説で大塚英志は、右の部分を国家に対する異議申し立てだと読み取る。〈「国と府県」の「晴の祭場」とは靖国神社及び護国神社であり、柳田はそれ

だけでは死者は祀れない、と主張する。何故なら死者は「先祖」として「家」に祀られるのが自然であり、その「家」そのもの、死者を祀る人々もまた、東京大空襲下、とめどなく死者の列に加わっている、ということに柳田は強い危機意識を持っている。これは戦闘員である死者を「英霊」と祀って済ませる感覚とは大きく異なる。はっきりと書くが、戦時下に書かれた「先祖の話」は、靖国に英霊を祀り、それで死者の魂は慰撫されるのかと問うている書なのだ〉

『先祖の話』に対する当初の反応は鈍かったとされるが、これを「万一の場合を考えて柳田國男の書き残した、日本人への「遺書」」とする見方もある（牧田茂著『柳田國男』一九七二年）。『先祖の話』には海外で命を落とす者も多い状況を意識した項目も多い。「一二三 先祖祭の観念」には、〈私がこの本の中で力を入れて説きたいと思う一つの点は、日本人の死後の観念、すなわち霊は永久にこの国土のうちに留まって、そう遠方へは行ってしまわないという信仰が、恐らくは世の初めから、少なくとも今日まで、かなり根強くまだ持ち続けられているということである〉。

また、「八〇 七生報国」には、〈人があの世をそう遥かなる国とも考えず、一念の力によってあまたたび、この世と交通することが出来るのみか、さらに改めて復立帰り、次々の人生を営むことも不能ではないと考えていなかったら、七生報国という願いは我々の胸に、浮かばなかったろう〉とある。

日露戦争で部下の命を守ろうとして戦死し、最初の「軍神」として祀られた帝国海軍軍人、広瀬武夫中佐が最期に遺した「七生報国」。そこから戦時にさかんに使われ始めたが、元をたどれば楠木正成が足利尊氏に敗れて自害した際の誓いの辞とされる。柳田国男は「七生報国」の項で

説く。〈人生は時あって四苦八苦の衢《ちまた》であるけれども、それを畏れて我々が皆他の世界に往ってしまっては、次の明朗なる社会を期するの途《みち》は無いのである。我々がこれを乗り越えていつまでも、生まれ直して来ようと念ずるのは正しいと思う。しかも先祖代々くりかえして、同じ一つの国に奉仕し得られるものと、信ずることの出来たと言うのは、特に我々にとっては幸福なことであった〉。この箇所は柳田の戦争責任を問う記述ともなった。

大江健三郎の『セヴンティーン』で、語り手である「おれ」の稽古着に「皇道派」のリーダーが書き入れた文字が《七生報国、天皇陛下万歳》だった。社会党の浅沼稲次郎委員長を日比谷公会堂の壇上で刺殺した少年が、自殺する直前、少年鑑別所の壁に書き残したと報道された文言でもある。そして「七生」が大江健三郎の深い部分で響き続けたことについては、この後、何度か言及することになる。

「柳田に弟子なし」

作品に抑え難く滲み出ている柳田国男から大江健三郎への影響について、少なくとも山口昌男は気づいていただろう。山口自身、五十歳以上年長の柳田の仕事への賛否の判断を重ね、自国の民俗の探究をめざした柳田の「一国民俗学」から「文化人類学」へと移行する時代をくぐった世代。その山口は一九六二年八月に柳田国男が亡くなった直後、「柳田に弟子なし」と題した過激な一文を、「若き民俗学徒への手紙」と副題をつけて月刊誌『論争』（十月号）に発表している。山口が柳田の存在を知ったのは東大文学部に在学していた昭和二十年代半ばだった。膨大な柳田

門下を称する人々が存在する一方で、当時から柳田は「弟子を得ず」と言われていた。その原因は弟子に対する厳しさ。とりわけ折口信夫に対して厳しかったといい、柳田には〈度量の狭さと、異邦人に対する歓待意識が同居していた〉。門下でもっとも師を悼んだのは、〈好事家の道楽〉から救われた地方の研究者で、〈よい意味での新興宗教の雰囲気に近いものがあると感じませんか。それでよくなければ最もすぐれた演出家を持った野外劇と云い換えてもよいと思います〉などと功罪を述べている。この時、駆け出しの研究者だった山口昌男は三十一歳で、大江ともまだ面識はない。

山口による「柳田に弟子なし」を〈独創的な継承者の不在を正確についた山口のこの一文は、柳田亡きあとの日本民俗学批判の嚆矢としていまだその価値を失っていない〉。『民俗学の熱き日々　柳田国男とその後継者たち』（二〇〇四年）でそう評しているのは、歴史家の鶴見太郎。父である哲学者の鶴見俊輔は、大江健三郎の生涯に重要な役割を果たしたテューターであり、大江が一九七六年に『ピンチランナー調書』を書き上げ、『同時代ゲーム』の構想をまとめたのは、鶴見俊輔と入れ替わりに赴任したメキシコのコレヒオ・デ・メヒコでのことだった。

丸山真男、都留重人、渡辺慧らを同人として一九四六年に『思想の科学』を創刊した鶴見俊輔は、しばしば柳田論、柳田本人へのインタビューを同誌に掲載している。「柳田國男の学風」と題したエッセイで俊輔は、柳田の伝統主義は現状維持主義でも復古反動思想でもなく、〈進歩主義とつねに対話する用意のある保守主義である〉（『日本読書新聞』一九五七年四月二十二日付）と評している。俊輔の姉、鶴見和子には柳田論「われらのうちなる原始人」を収めた著作『漂泊と

定住と』（一九七七年）があり、和子も柳田と親交があった。一九六〇年代後半に本格化する「柳田ブーム」の端緒をひらいたのも、「思想の科学」の力が大きかったとされる（絓《すが》秀実、木藤亮太著『アナキスト民俗学 尊皇の官僚・柳田国男』二〇一七年）。

鶴見太郎は、〈突出して個性の強い「弟子」がいなかったことは、そのまま特定の集団によって柳田の方法、仕事が独占されるという事態を未然に防ぎ、こんにち著作を通して無数の人々が影響下に入ったのではないのか〉（『民俗学の熱き日々』）と眺める。戦前の柳田は新渡戸稲造、有馬頼寧、牧口常三郎ら異分野の大物らと交流し、戦後は今西錦司、貝塚茂樹、梅棹忠夫、桑原武夫、中野重治、花田清輝ら、やはり他の領域で名を成した学者、文学者らと意見交換している。

そうした交流の中から、没後、柳田国男の真価を伝え得た学識者として、少なくとも三人の名を挙げることができそうだ。先の橋川文三、それに中村哲《あきら》、神島二郎。いずれも柳田と同じく東京帝国大学法学部出身者であり、橋川、神島は丸山真男門下の政治思想史、中村は憲法学を専門とする。「日本人にとって神とは、魂とは何か」。柳田と大江健三郎の精神を結ぶためにも、これらの人々の仕事は欠かすことができない。

『遠野物語』と大江文学

しかし、まずは文学の話から始めよう。大江が柳田に引かれたのは、やはり『遠野物語』があったからにほかならないからだ。

「自然主義」「私小説」をめぐる柳田と花袋に生じた複雑な葛藤は、その六十年後に生まれた大江健三郎にもあった。デビュー時から「僕」「私」という一人称の語りを多く選んだ大江は、身近な実在する人物、出来事、時代の現実から離れた設定で小説を書くことは少なかった。自らの内面を語り、身近な対象に近づけば近づくほど、才能を発揮する資質だと考えてもいい。しかし、その書き方では限界があることを大江は最初から知っていた。だからこそ多声的であること、想像力の拡げ方を海外の文学理論から学ぶことに意識的であり、評論『小説の方法』(一九七八年)に書いたバフチンのロシア・フォルマリズム、グロテスク・リアリズム、パロディー等の理論を投入して『同時代ゲーム』を創作した。その結果、メキシコシティーから始まる「第一の手紙」のカオスも出現したわけだが、同時に、大江が柳田国男から励まされていたことは、先に引いた「想像する柳田國男」から明らかだ。

〈僕には近代・現代日本の生んだ巨人のひとり柳田の、想像する人間としての、その想像の現場にかれがある〉

〈柳田は山間に人間のつくる村の元型を考える。(中略)小さなひとつの宇宙としての村、横と縦のひろがりとその限定があらわしている、トポグラフィックな宇宙論。その小宇宙の周縁は、人間とそれを越えるものとの出会いの場所である〉

『遠野物語』を念頭に置いたように、大江はこう書いている。それでも突破口は開かず、もがき続けていたにも違いない。そうした作者の苦闘がそのまま、故郷に暮しているはずの双子の妹に向かって果てしなく長い手紙を書き続ける四十代の、メキシコに滞在中の歴史家である「僕」の

窮境に反映されていただろう。そして、『同時代ゲーム』を機に多くの読者を失ったことは、誰より作者本人が何度も口にしている事実である。しかし、それではなぜ、以降は私小説への接近と見紛うような態度を取り始めたのだろう？　それが際立つのは四年後、一九八三年の連作集『新しい人よ眼ざめよ』で、大江は自身と家族の相似形の人物を登場させ、エッセイのように親密な私語りの文章のスタイルによって自然に、大胆に、作家自身の現実を虚構にずらし、その虚構をさらにずらしながら繰り返すという独自の技法を使い始めた。その兆候は、大江そのもののような作家が現代の苦悩を背負う女性たちの嘆きを受け止める、連作集『「雨の木《レイン・ツリー》」を聴く女たち』（一九八二年）にもすでに表れている。この作品を「私小説」と受け止める読者も少なくなかったが、疑似化がさらに家族にまで及んだ『新しい人よ眼ざめよ』で、作品のリアリティーはおそるべき完成度に達する。

この短編連作は、二百年前のイギリスに生きた詩人、ウィリアム・ブレイクの残した預言詩《プロフェシー》と綯《な》い合わせるように物語が展開していく。つまり、作中の出来事の多くは、大江の身辺で実際に起ったことではなく、先にブレイクの預言詩があり、そのイメージを際立たせるストーリーが、私小説のように語られると考えた方がいい。そしてここから大江健三郎の長編のほぼすべては、西洋の古典文学、大詩人、大作家を下絵のように取り込んだ上で、その時制での大江本人と夫人や長男との生活を背景に、「反・私小説」として創作されたものだとみていいだろう。ブレイクに続いてダンテ、W・B・イェーツ……好んで選ばれたのは狂気と接した、神秘の系譜の詩人たちだった。二〇〇〇年代に入って長江古義人という、三人称であるが「私」に近いナラティブ

（語り口）で一貫したのちも、セルバンテス、T・S・エリオット、ナボコフなどの作品が、筋書きを左右するほどの存在感で〝本歌取り〟される。先の「「罪のゆるし」のあお草」には、「お庚申様」のお堂に入った母親と長男を道端で待ちながら――ここまでは実際にあった出来事だったかもしれない――、四国の谷間の村という日本の周縁の地に根づいてきた民間信仰と、キリスト教世界の底流にある神秘主義が凝縮したブレイクの言葉の間で、揺れ動く語り手の想念を伝える文章がある。

《僕は、はっきりした目的を持って、『ピカリング草稿』のうちの特定の詩を読み、たまたま自分の胸うちに湧いた着想にかたちをあたえようとしたのであった。それはいまお庚申様のお堂のなかで、森にひそむ神の力が、母親を媒介に、息子の脳を治療しているのではないか、というものなのだった。そうなれば内部のどこかを破壊されたまま生きる者は自分ひとりになる、という奇態な動揺にみちた着想。そのようにして母親から僕ひとりが見かぎられるという寂しい思いが、谷間の幼・少年時から一挙に回復するようだった……》

ここで作中の作家＝作者、大江健三郎が信じようとしている《森にひそむ神の力》とは、いったいどちら側の、どんな「神」だったのか。

この短編の二年後には、この時の家族の帰郷を現実世界とつながる外枠として創作された『M／Tと森のフシギの物語』（一九八六年）が出版される。『同時代ゲーム』に書かれた村の伝承と歴史をそのまま内包した長編だが、最終章「「森のフシギ」の音楽」では、過去の村から現実の一九八〇年代という外枠の世界に戻ったのち、息子の「光」は帰郷の際に祖母から聞いた話から

着想した“Kowasuhito”というピアノ曲を作曲する。それは虚構であるはずなのに、単行本『M／Tと森のフシギの物語』の装幀には、大江光が実際に作曲した同じタイトルの手書きの楽譜が印刷されている……。

大江は自身と家族を模した人物を用いて、作品のリアルを保証した。これが大江の一九八〇年代前半に決断した転換で、のちに大江が〈日本的私小説は乗り超えるべき対象でした。しかし知的な障害を持った子供と共生する決心をした私は、私生活を根拠地にする小説家になりました〉(『定義集』二〇一二年)と述べる由縁となった時期である。『海上の道』で柳田が、野原に光る「ズズダマ」を子供の日に見た記憶を、この列島に定住した日本人の記憶の根拠としたように、大江も、自身と相似形の作家と家族が東京で生活し、四国の谷間の村とを往還するストーリーの中に、祖母らから教えられた民俗的な記憶を意識的に埋め込んで、作品の根を作った。そうしながらブレイクの神秘の世界へ飛躍の通路を開き、その先に『遠野物語』の、いや、もっと生々しく近代小説的に書かれた『山の人生』の次のような場面を逆手をとるように大胆に、小説に組み込むことまで可能にした。

〈眼がさめて見ると、小屋の口一ぱいに夕日がさして居た。秋の末の事であったという。二人の子供がその日当りの処にしゃがんで、頻りに何かして居るので、傍へ行って見たら、一生懸命に仕事に使う大きな斧を磨いで居た。阿爺《おとう》、此でわしたちを殺して呉れと謂ったそうである。そうして入口の材木を枕にして、二人ながら仰向けに寝たそうである。それを見るとくらくらとし

て、前後の考も無く二人の首を打落してしまった。それで自分は死ぬことが出来なくて、やがて捕へられて牢に入れられた〉

感情を排して異様な状況を伝えるこうした文章は、『懐かしい年への手紙』の「ギー兄さん」の不可解な行動を思わせる。

《ギー兄さんは、「美しい村」での花見の後、夜の十一時すぎ、林のなかの曽我十郎の首塚へいたる細い道の入口で小型ワゴン車を停め、同乗していた繁さんの頭を石で殴り強姦した。頭蓋骨が潰れている繁さんの死体をそのままに放置して屋敷に戻り、セイさんに川下の町の警察署へ連絡するようにといった》

なぜ、ギー兄さんはこれほど簡単に人を見殺しにし、逮捕され、長く収監されたのか。『燃えあがる緑の木』で「救い主」とされた「新しいギー兄さん」は、どうしてあれほど攻撃誘発性《ヴァルネラビリティ》をまとった人物として描かれ、石礫を浴びて死んだのか。『万延元年のフットボール』の鷹四の猟銃を自身に向けた激烈な死、妹の農薬自殺、さらにそれ以前の、あるいは晩年の……とたどって行かなければならないが、どうして谷間の村で次々と人は死んでいくのだろう？　猟奇的な殺人を文学作品に取り込むことなど、世界中の作家が当たり前に書いてきた。とはいえ、大江健三郎のように自身の実生活のすぐ近くと思わせる状況、故郷の狭い集落を舞台に殺人や自殺や強姦事件を繰り返し発生させ、その出来事が一級の文学に昇華する、決して通俗に堕さないというのは、考えてみればかなり特別、かつ奇妙なことではないだろうか。そしてここにも、柳田国男の影が濃く差していると考えることができそうなのである。

吉本隆明「無方法の方法」

今も日本人を戦慄させ続ける柳田国男の『遠野物語』(一九一〇年)は、実際には評価の声が上がるまでかなりの時間がかかっている。その嚆矢は口語文で第二部を増補して一九三五年に再刊されたのを機に発表された、フランス文学者、桑原武夫の文章とされる。初版から耽読していた桑原は、再刊までの四半世紀のうちに日本人の心から古来の伝承が消え、産業化が遠野地方でも著しいことを現地に確認している。その上で、〈まず何よりも、一個の優れた文学書〉であり、アンドレ・ジイドも評価した『千夜一夜物語』に比する口承文学だと賞賛している(『文學界』一九三七年七月号)。一九六〇年には民俗学者の谷川健一が、日本民俗学の書物のうちどれか一冊となれば、『遠野物語』を選ぶと明言した(『日本読書新聞』一九六〇年八月八日付)。谷川はのちに〈つまり彼の文学の心を充足させるものが民俗の世界にあった(中略)民俗世界の中に柳田は「共同体の詩」を見た〉(『柳田国男の民俗学』二〇〇一年)とも述べている。

『定本柳田國男集』の刊行後、柳田の読者はさらに増えていくが、そうした風潮に逆らう仕事を残しているのが、大江健三郎と同学年で、やがて大江のもっとも信頼する友人の一人となる作家の井上ひさしだった。山形県に生まれ、遠野に近い岩手県釜石市で上智大学を休学中の一時期を過ごした井上は、最初の長編戯曲『日本人のへそ』(一九六九年初演)の劇中劇で、遠野出身のストリッパーがその「ズーズー弁」によってさまざまな差別を被る様子を描いた。また、短編集『新釈遠野物語』(一九七六年)では本編の序文のパロディーを手始めに、宮沢賢治の作品も混入

させながら「山人」ならぬ「山男」の後進性を自虐的に強調し、笑いに変えている。自伝的長編小説『花石物語』(一九八〇年)には「栗野物語」という、艶笑譚を集めた「遠野物語」のパロディーも書いている。が、『遠野物語』の影響力は井上の風刺の精神をもってしても痛痒とならなかった。今、あらためて重い意味を持つと認めざるを得ないのは、次の三島由紀夫による文章だろう。

〈柳田氏の学問的良心は疑いようがないから、ここに収められた無数の挿話は、ファクトとしての客観性に於て、間然するところがない。(中略)同時に文学だというふしぎな事情が生ずる。すなわち、どの話も、真実性、信憑性の保証はないのに、そのように語られたことはたしかであるから、語り方、語られ方、その恐怖の態様、その感受性、それらすべてがファクトになるのである。(中略)しかし、これらの原材料は、一面から見れば、言葉以外の何ものでもない〉(「名著再発見」『読売新聞』一九七〇年六月十二日付)

三島はまた、〈最近、吉本隆明氏の「共同幻想論」(河出書房新社)を読んで、「遠野物語」の新しい読み方を教えられた。氏はこの著書の拠るべき原典を、「遠野物語」と「古事記」の二冊に限っているのである。近代の民間伝承と古代のいわば壮麗化された民間伝承とを両端に据え、人間の「自己幻想」と「対幻想」と「共同幻想」の三つの柱を立てて、社会構成論の新体系を樹てている〉とこの寄稿で述べていた。

吉本隆明は『共同幻想論』(一九六八年)の五年前、『定本柳田國男集』の月報に「無方法の方法」と題して書いている。

〈柳田國男の方法を、どこまでたどっても「抽象」というものの本質的な意味は、けっして生れてこない。珠子玉と珠子玉を「勘」でつなぐ空間的な拡がりが続くだけである。この柳田学の方法的な基礎は、かれ自身の語るところによれば、「宮中のお祭と村々の小さなお宮のお祭とは似てゐる。これではじめて本当に日本の家族の延長が国家になつてゐるといふ心地が一番はつきりします。」(「民俗学の話」)という認識にあった。かれは土俗共同体の俗習が、そのまま昇華したところに国家の本質をみたのである〉

文学は息の根をとめられた……

吉本は〈何よりも抽象力を駆使するということは知識にとって最後の課題であり、それは現在の問題にぞくしている。柳田國男の膨大な蒐集と実証的な探索に、もし知識が耐ええないならば、わたしたちの大衆は、いつまでも土俗から歴史の方に奪回することはできない〉と述べていた(『定本柳田國男集』「月報二二」一九六三年)。〈歴史の方に奪回する〉ために、『共同幻想論』を書く。そのためのテクストとして『遠野物語』と『古事記』が選ばれた理由は、三島の文章の中にあるだろう。ここでは吉本が引用した〈宮中のお祭と村々の小さなお宮のお祭とは似てゐる。これではじめて本当に日本の家族の延長が国家になつてゐる〉という部分に注目したい。柳田がまとめたところの「固有信仰」同様、これも日本人が共有してきた素朴な認識だろうが、この認識はやがて大江健三郎が『同時代ゲーム』で掲げる、絶対的天皇制神話の相対化という主題をささえる「村=国家=小宇宙」という概念にほかならない。大江は単行本の箱にこんな文章を刷り

込んでいた。

〈古代から現代にいたる神話と歴史を、ひとつの夢の環にとじこめるように描く。場所は大きい森のなかの村だが、そこは国家でもあり、それを超えて小宇宙でもある。創造者であり破壊者である巨人が、あらゆる局面に立ちあっている〉

吉本の文章が載った月報を挟んだ『柳田國男集』を読んだ一九六三年の大江は、すでに『万延元年のフットボール』の構想を持っていたとも考えられるが、先を急がねばならないと感じたのではないか。そして吉本隆明も、『共同幻想論』の前半部分を『文藝』に発表していた一九六七年、『万延元年のフットボール』を読んで穏やかでいられなかっただろう。そこでは最後、弟の「鷹四」が自殺した実の妹と関係をもっていたことを兄に告白し、自殺する。まさに吉本隆明が『共同幻想論』に込めた核心部分、国家の始まりに関わる近親相姦という禁忌を、大江は「本当の事」、究極の禁忌と特定していたのだから。

『共同幻想論』で吉本は、『古事記』に登場するアマテラスとスサノオの神話――天に上って来る弟のスサノオを、武装して待ち構える姉のアマテラスに対し、スサノオは邪心はない、それぞれ誓約をたてて子を産みましょうと提案し、その結果、アマテラスの息からもスサノオの息からも次々に子が生まれたという挿話を紹介した上で、次のように説く。

〈アマテラスとスサノオのあいだにかわされた行為は、自然的な〈性〉行為、いいかえれば姉弟相姦の象徴的な行為を意味していない。姉妹と兄弟のあいだの〈対なる幻想〉の幻想的な〈性〉行為が、そのまま共同的な〈約定〉の祭儀的な行為であることを象徴している。べつのいい方を

すれば、姉妹と兄弟とのあいだの性的な〈対幻想〉が、部族の〈共同幻想〉に同致されることを象徴している〉

〈原始的〈母系〉制社会の本質が集団婚にあるのではなく、兄弟と姉妹のあいだの〈対なる幻想〉が種族の〈共同幻想〉に同致するところにあり、この同致を媒介するものは共同的な規範を意味する祭儀行為だということが大切なのだ。そして〈母系〉制の社会はこういった共同的な規範を意味した祭儀行為を、種族の現実的な規範として、いいかえれば〈法〉としてみとめたとき〈母権〉制の社会に転化するということができる〉

『共同幻想論』（改訂新版、一九八二年）の解説で、中上健次はこの部分に関連して、≪一対の男・女のあいだに性交が禁止されるためには、個々の男・女に禁止の意識が存在しなければならない≫というのを、意識は存在によって決定されるという大前提を前にして読みこむと、制度として浮かび上がってくる国家の起源が見える〉と述べている。さらに、〈何にも増して国家とは性なのだと、国家は白昼に突発する幻想化された性なのだと予言した。性が対幻想として読まれ共同幻想に転移していくという見ようによっては十全にアジア的（農耕的）なこの書物の出現は歴史的に言えばほどなく起る三島由紀夫の割腹自決と共に六〇年代から七〇年代初めにかけて最も大きな事件である〉と評価した。

　中上健次のこの解説中、筆者が胸を突かれたのは次の部分である。

〈正直一九六八年に現われそれから十三年後一九八一年暮の今に改めて読み直してみて、文学は、この『共同幻想論』一冊で息の根をとめられていたのだと気づくのである。では何故、いま

まで文学者は小説を書きつづけこれからも書こうとするのか、『共同幻想論』を読みながらそう思い、なにはともあれなにものかの過剰さ、あらゆるところ至るところに遍在しことごとくを組織し包摂する物語の過剰さに目を瞑って身をまかすしかないと思うのである〉

〈巨人・小人・有尾人という語彙そのものが作り出す物語化、幻想化の働きと共に吉本氏の著述が張りのある叙事詩を含み、遠野が根源的な始源として現出してくるのを目にする思いがわく。もちろん、ここに顕われた根源的始源とは、事実存在したかどうか分からぬ始源でもなければ現実の幕藩体制下の一東北農村遠野でもなく、つまり根源的始源としての物語としての遠野である。事実認識に立てば遠野とは《タイラーの『原始文化』やフレーザーの『金枝篇』をまつまでもなく、未明の時代や場所》でもなくアジアの幾層もの歴史と文化が積み重なり農耕的アジア的に変容した農村である。（中略）それこそが〈物語〉であるという衝動が私にある〉

同時代の「文学」が置かれた窮境の実感の上に書かれた中上健次のこの文章は、吉本隆明がとらえた〈幾層もの歴史と文化が積み重なり農耕的アジア的に変容した農村〉としての「遠野」、だからそこには〈物語〉があるのだという、小説家ならではの指摘である。『万延元年のフットボール』に影響を与えられたであろう中上は、おそらく『同時代ゲーム』を誰より熱心に読み解こうとした。そして、大江の置かれた窮境を共有していた。その思いもこの解説から透けてみえるようだ。大江が『同時代ゲーム』に書こうとしたのは、柳田がその七十年も前に描いていた、中上が述べた通り〈根源的始源としての物語としての遠野〉のような《村》だった。大江が「《村》の純粋な要素を完全にそなえた《村》でなければならない」とめざした、物語の始源。も

う、そこにしか物語はない、それは『遠野物語』を生んだ柳田国男からしか、学び得ない場所だった。

大江健三郎よりひと回りほど年少の中上健次は、一九七六年、出生地の和歌山県新宮市を舞台とした『岬』で芥川賞を受賞し、この作品で異母妹と関係した「竹原秋幸」は、続く長編『枯木灘』（一九七七年）で異母弟を殺害し、『地の果て 至上の時』（一九八三年）で宿敵である父を追い詰めるも自殺され、生まれ育った「路地」に火を放つ。大江は中上の才能をよく分かっていただろう。

『同時代ゲーム』を刊行する三ヵ月前、新作の意図するところを大江は次のように語っていた。

「三島氏の自殺で天皇中心の歴史の読みかえが行われるだろうと思った。それに対してぼくは天皇にまつろわなかった国つ神、周縁に追われて排除された側から古代、中世、近代を考えたい、そういうことを親しい編集者に手紙で書いたんです。（中略）柳田国男によると天皇家の神が入って来て、それぞれの土地の神、国つ神は抵抗するけれども追われてしまう。まつろわぬ国つ神は山奥へ入り鬼となってしまう。ぼくは天皇中心の歴史ではなくて、鬼になった人たちの歴史を書こうとした」（『読売新聞』一九七九年八月十四日付夕刊）

大江だけでなく、三島由紀夫の自決以来、国家と文学の関係を否応なく考え続けることになったのが、日本の作家たちにとっての一九七〇年代だった。『同時代ゲーム』に続いて、一九八〇年代に入ると井上ひさしの『吉里吉里人』、丸谷才一の『裏声で歌へ君が代』、村上春樹の『羊をめぐる冒険』が相次いで世に問われ、ベストセラーになった。日露戦争を背景に言文一致と自然

主義に沸いた明治末が再びめぐりきた、文学の熱い季節となった昭和末。この時代の「小説」という個人競技において、大江健三郎の『同時代ゲーム』は『万延元年のフットボール』という試合《ゲーム》より、いっそう真剣で苦しい同時代の勝負《ゲーム》に出たのだ。

Ⅱ 『同時代ゲーム』から『懐かしい年への手紙』へ

ウソツキは文芸家の血筋

〈柳田の言葉で文学者をどのようにとらえれば正当かと考える時、公認されたウソツキという言葉がうかぶ〉（「想像する柳田國男」）

大江健三郎は柳田国男から、何より「ウソの力」を学んだ。それは小説家にとって「想像力」の別の言い方だと、『同時代ゲーム』を発表した頃の大江は考えていた。

柳田は『島の人生』（一九五一年）に「ウソツキ」の役割を書いている。いかにもその土地に根ざしたような話なのに、同じような伝説が日本全国に数十以上も点在しているのは、〈土地の正直者等が之を受け入れて、自分のものと認めるには条件があった筈である。私などの仮定では、是は神霊の語を伝ふる者、人を信ぜしむる資格ある者が、夙に文芸家と化して居た〉。柳田のこの見方に、大江は持論をつなぐ。

〈土地の正直者。それはいかにも柳田らしい確固とした意味づけを内にはらんでいる言葉だ。（中略）伝説を語る者として受けいれられたウソツキ。それら土地の正直者たちがみずからそれ

に騙されることを望むような、そのようなウソをかたりえるウソツキ。このウソツキとしての文芸家の元型《アルケ・ティプス》は、いまわれわれみなが神霊の言葉をつたえうる状態からはるかに遠ざかって、しかもなお文学の想像力の課題を考えるのについて、有効な手がかりであろう〉

自分自身を励ますように、続けてこう書いている。

〈一寒村にウソツキあるいは隠れたる文芸家の、実際の血筋が連綿とつたわっていたとして、そして事実上ある時それが絶えてしまっても、忽然として同じ集落の別の家から、ウソツキあるいは文芸家の血筋を顕在化する者が出現したのにちがいないと僕は思う。(中略)いま必要なのは、現在のわれわれのようにいかなる共同体的なものからも根無し草となってしまった文芸家たちが、いかにしてその個の表現と、集団的な想像力との血縁の筋をさぐりだすかの工夫であろう〉

故郷の家と共同体から根無し草になった現代の小説家として、大江は畏敬を込め、こんな感想も加えている。

〈柳田はその独自ななつかしさの思いにたち、それがあたえる確実な指向性とエネルギーによって、日本人の古層のうちへなかば躰を突っこむようにして書くことも多かった〉

大江も、その衝動の理由が不明のまま柳田に倣い、日本人の古層のうちへ身体を突っ込むようにして『同時代ゲーム』を書き進んだ。四十余年を経てなお、この長編の前のめりの文体、錯綜した筋書きは、解読を拒絶するようにファナティックであり続ける。「僕」=「露己《つゆき》」が「父=神主」から聞いた村の創建からの流れをとらえることすら、容易ではない。創建者らの中心に在ったという「壊す人」は、仲間と船で川を遡って谷間の村にやってきた脱藩した武士の一団にい

たと伝えられるが、川を遡る間に時間は千年以上も巻き戻され、彼らは村づくりを古代に遡って始めている。「オーバー」や「オシコメ」と呼ばれる女たちが活躍する時期の伝承譚は、すべてが悪夢か冗談のような天変地異の連続で、そのすべてに関わり、何度も生き死にを繰りかえしてきたという「壊す人」を、妹の「露巳《つゆみ》」は最近、村の道沿いの斜面の穴の中で発見した！　干からびた小さなキノコ状の姿で冬眠していた「壊す人」を、彼女は自分の体内で育て始め、ようやく犬ほどの大きさに育ったところだという。そのようなホラ話の根拠をいったいどこに探せばよいというのか？

苦しまぎれかもしれないが、一冊だけ、壮大なホラ話との関連を見過ごせない本を挙げておく。ハーバード大学哲学科の教授、ロバート・ノージックが一九七四年に出版した『アナーキー・国家・ユートピア　国家の正当性とその限界』（原題は"ANARCHY, STATE, AND UTOPIA"、邦版は一九八五年に上下巻で刊行)。〈暴力・盗み・詐欺からの保護、契約の執行などに限定される最少の国家は正当〉であり、〈ユートピアのための枠は、最小国家に等しい〉とするが、それ以上の〈拡張国家〉は人々の権利を侵害し、不当であると主張している。いわゆる「小さな政府」の理念や、リバタリアニズム（自由至上主義）という言葉は、この本から認知されるようになったと、嶋津格は訳者あとがきで書いている。現在まで議論され続ける政治哲学の大著だが、ノージックはユートピア主義の著述家らによる〈我々の希望を笑おうとは思わない。また私は、夢物語を侮辱したり、限界づけられた者達の可能的なものに対する渇望を軽視したいとも思わない〉と強調している。また、のちにノーベル賞受賞者同士、大江から交流を積極的に求めたインドの

経済学者、アマルティア・センの理論も紹介されており、『アナーキー・国家・ユートピア』が「村＝国家＝小宇宙」という発想の、一つの根拠となった可能性はあると思われるが、どうだろうか。

ともあれ、谷間の村の歴史は果てしなく多義的なものであるという、つまりは天皇制神話の相対化の意図をもって語り手の露己はあらかじめ村のウソツキ、文芸家として設定されているのは明らかである。「父＝神主」という人物も、《谷間の生れでも「在」の生れでもなかったにかかわらず、村＝国家＝小宇宙の神話と歴史の独自さを発見すると、生涯をかけてその伝承の蒐集と再建に没頭した》という、まるで柳田国男その人のよう。「僕」に毎日、土地の歴史と神話を語り聞かせる際の授業開始の言葉は、《――とんとある話。あったか無かったかは知らねども、昔のことなれば無かった事もあったにして聴かねばならぬ。よいか？・》。これも柳田が収集した昔話を語り聞かせる際の決まり文句。そして、村の伝承と歴史を解き明かすことは困難でも、神主の父と旅芸人の母、その間に生まれた五人きょうだいに関する錯綜した設定と筋書きに関しては、『定本柳田國男集』の中に、多くの根拠を見つけることができそうだ。

その一つ。「第一の手紙」冒頭で、妹に宛てた手紙をメキシコで書き始めた「僕」を鼓舞したのは、カラースライドにした妹の《炎のような恥毛》だったとある。発表当時、個人的な嗜好による逸話だと揶揄する評もあったが、この風変わりな励ましにも相応の根拠があった。沖縄には兄弟が姉妹の霊を守護神とする「をなり神」信仰があり、旅立つ男が姉妹から毛髪や布切れなど

をお守りにして身に着けるという、本土にはない独特の習慣が残る。それは柳田の『妹の力』の「玉依彦の問題」などに詳しい。

長兄の「露一」以下、「僕」たち五人を生んだ旅芸人の母親は、子供らをもうけたのちも結婚を拒む「父＝神主」から酷い扱いを受けたという。その上、村の若者らに性的慰安を与えると恥辱の噂を被り、村を追放され、放浪の道筋に死んでいた。そうした母親の生涯も、柳田が『女性と民間伝承』に書いていた「旅の歌うたい」——旅の辛苦や神仏の因縁を〈佳い声で物語した者〉＝ゴゼや上臈と呼ばれた女性たちの存在と重なる。『万葉集』の頃には、「遊行女婦《うかれめ》」と名づけられた女たちが、九州から瀬戸内海各地の船着き辺りをまわって歌を詠んだという話も柳田は伝えている。

母親の死後、きょうだいは村の女たちの援護を受けつつ、十代になると子供同士で独立した家を構え、そこに多くの少年が制限なく出入りする。不道徳な暮らし方のようだが、これと似た風習が各地に残ることを、柳田は大正末に『祭礼と世間』で詳しく紹介している。男子が「若い衆」として祭りなどの行事に参加するのは、だいたいどの地方でも数え年の十五歳から。成人になるまで夜だけは共同の生活を続ける村もあった。〈どうせ非常に高尚な談話ばかりもしてはおるまいが、彼らの感じやすい若い頭に、何が善い何が悪いを明瞭に印象するのは、ほとんどこの機会ばかりで、およそ個々の青年を人並または世間並にする手段としては、これほど有効なものはなかったらしい〉

そうした環境で、「壊す人」の巫女となるために育てられていた妹の露巳は、少女の頃から

早々と《バターの色に輝く臀部》で村の少年らを引きつけ、ほぼ平等に受け入れる奔放な女性として描かれる。これについても柳田の『婚姻の話』（一九四八年）などに、理由らしき記述がある。日本各地の婚姻史は明らかになりにくいものだったと留保しつつ、地方によっては、「ウキミ」と称された未婚女性が娘宿に集まり、「ニセ組」などと呼ばれた若い男たちは近隣他村の若者と懇ろにならぬよう、娘たちを取り締まったとある。一方で、〈部落内の恋愛遊戯はかなり放恣であって、貞節はただ主婦となってからの道徳であるかのごとく、考えている者さえ稀にはあった〉。やがて、護身術まで教えていた娘宿も解体し、〈十分に男の心を見定めてから、一生の伴侶をきめるということが望みがたくなった〉。母親を喪った娘に不幸が多いとも嘆息している。そもそも柳田は「家と文学」（一九四四年）を、〈文学が個人の怡楽《いらく》となったのは後の事で、本来は家のため、血筋を清く耀かしく、また末永く栄えしめんがために、生れ出でたるものではなかったか〉、そう考えてみたいと始めている。

「第三の手紙」で「僕」は、地元に残る一揆の記録「吾和地《あわじ》義民伝」に登場する英雄「亀井銘助」に関する話を妹に書き送る。村の家々には《天皇家の、すなわち太陽神の末裔とは逆の、闇の力を代表する》、土人形のメイスケサンが祀られている。《人間ハ三千年ニ一度サクウドン花《ゲ》ナリ！》の名セリフで記憶に残る亀井銘助＝メイスケサンはいくつもの作品に登場する、大江健三郎の小説を代表するトリックスターだが、もともと四国にいた英雄ではないし、「吾和地義民伝」も架空のものである。そのモデルは幕末、奥州南部藩に実在した農民であり行商人、修験者、武士にも取り立てられた三浦命助。一八二〇（文政三）年から明治の始まる四年前まで生き、多く

の帳面に自分の考えを残し、中でも「露顕状」は、岩波書店の『日本思想大系58「民衆運動の思想」』に収録され、同書は『同時代ゲーム』巻末に参考文献として明記されている。三浦命助が活躍した一揆は、岩手県内の遠野に隣接する地域で起きており、その地に生まれた人物を、大江がいささか強引に物語に組み入れたのも、『遠野物語』への関心と無縁でないように感じられる。しかし、このメイスケサンが《闇の力を代表する》とはどういうことか。それについては追って触れよう。

「第五の手紙」では、五人きょうだいがそれぞれ選択したり巻き込まれたりした、戦後の裏面史のような話が続く。ロシア人の風貌を受け継いで帝国陸軍兵士となった長男の露一は、新兵の頃からいじめ抜かれて精神に異常をきたし、敗戦の二十五年後、軍服をまとって天皇に謁見しようと一人、皇居へ突き進み、精神病棟へ再び隔離される。次男の「露二郎」は「露・女形」と呼ばれ、熱心なパトロンも付いて新橋演舞場で舞踊のリサイタルを実現するが、勢いは続かない。露己と露巳の弟となる「露留」＝ツユトメサンは野球に特別な才能を発揮し、プロ野球のマウンドにも一瞬立つが結局、他の兄弟同様、彼も英雄になり損なっている。彼らの激動の戦後史の細部の描写は、大江自身の体験から派生したところもあるだろうが、それにしても彼らの運命はけたたましく、伝統的な家族の営みから遠ざかるばかりだ。

が、それも柳田国男の著作によれば、昭和に始まったことではない。明治以降の近代化に伴う富国強兵策が日本人の伝統的な家族の営みに及ぼした影響を、中央官庁の官僚として全国を視察して回った柳田は熟知していた。その後、朝日新聞社に入社し、論説委員を務め、五十五歳で辞

する際の置き土産の仕事とされる『明治大正史 世相篇』（一九三一年）に、その功罪を慨嘆する記述を並べている。

〈村の故郷の新たなる変化は、一言でいうならば昂奮の増加であったが、これには出てはおりおり還って来る人たちの、刺戟もまた参加していたのである。以前は町とちがって常の日は故郷は睡っていた。田植えや収穫の日の大いなる緊張、盆と正月と祭の支度、めったに起こらない吉凶の行事、そういう算えるほどしかない大事件を除いては、その後はただ快い疲労と、静かな回想とがかえって人の心を沈ませていた。勇気や冒険や計算の何も要らぬような平和の日だけが長く続いていた〉。この平和の日々を捨て、興奮と刺激の日々を選んだのが『同時代ゲーム』五人きょうだいの、つまりは日本人の戦後だったのである。

そして最後の「第六の手紙」では、親切にしてくれた「アポ爺、ペリ爺」という科学者たちを追いやった「父＝神主」のいる三島神社の社務所に火をつけようとした「僕」＝露己が、その後六日間の神隠しを体験した述懐になる。その時、「僕」は素裸の身体に紅の粉を塗るが、これも類似の風習が柳田の『日本の祭』（一九四二年）にはいくつも見つかる。土佐の社の祭りでは、〈白粉《おしろい》をもってその童子の額の上にあるしるしを描くと、その瞬間からいわゆる催眠状態に入り、馬に扶け乗せられて祭場に到着する。祭終わってその白粉を洗い落とせば、たちまち正気に復するとも伝えられていた〉とある。紅を全身にまとった「僕」は山奥の森の中で、たった一人のカーニヴァル、宇宙の祭を体験する。そこには硝子玉を連ねた分子模型のようなヴィジョンの一つひとつに、「五十日戦争」で殺された「犬曳き屋」、村の浮浪者「シリメ」……「父＝神主」に教

え込まれた伝承の人物たちが次々に現われる。壮大な森のパノラマ空間はどこまでも広がっていた。

民俗学的な意味を宿す細部がこのようにみっしりと詰めこまれ、細部がむしろ土台となって、天皇制の基底にある中央集権的な国家体制をあらゆる方面から相対化していく。「第一の手紙」の、投函前に削除されたという部分には、大学生になったばかりの露己が帰省中、妊娠中絶を行ったと噂される妹の露巳に、「父＝神主」の社務所の倉で襲いかかる場面がある。《妹よ、僕はきみを強姦し、邪悪な肉体関係をむすぶことで、きみとともども村＝国家＝小宇宙から真の意味で追放されることを、望んだのだ。すくなくとも意識の表層の理由としては。近親相姦をおかしてしまった双子など、どうしてわれわれの土地の神話と歴史を書く人間として、人びとが許してくれるだろう？　**壊す人**の巫女として許しうるだろう？》

事は未然に終わり、露巳は兄に、《今日おしたことは、**壊す人**の遊びのようなものやったねえ？》と問う。「**壊す人**の遊び」とは、その日には男女が入れ替わるように仮装して、狂乱の悪ふざけを競うことが子供等に許される、祭りのように特別な日。二人は社務所の倉で妖しくもつれ合い、話を交す。さながら『古事記』のアマテラスとスサノオのようだ。露巳は裸に近い格好で漆喰の壁の窓によりかかっている。ほとんど唯一、作中の妹が言葉を発するこの場面で、「壊す人」の巫女として育てられた妹の露巳は語ることのなかった思いを兄の露己に明かす。

《わたしは**壊す人**の名前をずっとまちがえていたようなんやよ。壊すという字を懐かしいという

字と一緒にして、両方がひとつの字で、そのまま**壊す人**という名前になってると思ってたんやねえ》

兄も応える。《**壊す人**という言葉を考えてみる以前に、**壊す人**が僕のなかに入りこんできていたからなあ》《僕も**壊す人**には、きみのいうとおり、懐かしい人という気持を持っているなあ》。この出来事の間、《父＝神主は始めからそのなりゆきの全体を見とおしていたように、社務所を出てわれわれの様子を見にくるということもなかった》。

大江がこのように創造した「壊す人」という「村」の創建者に、柳田国男の決定的な影響を見る思いがする。『同時代ゲーム』の完成する前年の一九七八年、大江は柳田の最後の著作『海上の道』の岩波文庫版に解説を寄せたことは先に触れた。そこにはこんな文章もあった。

〈柳田の文章の書き方は、それを書いている・そのように語っている柳田が、われわれの民族の人間集団の、民俗的に深い奥行きのある一時代を、その全域にわたって経験した人間としてその経験を書き・語る、という印象をきざむものだ。それはいかに片々たる柳田の文章にも読みとることのできる性格であった。さきにのべた意味での大きい時代の、その全体によりそって存在している、時間・空間にまたがっての巨人が、「私は」と一人称でその経験を、時代の発語を代行するように語る書き方〉

「壊す人」は声を発しない。「父＝神主」も一切、自分では語らない。すべての人々を代行して、「僕」はひたすら記憶を振り絞り、〈書き・語る〉。村の伝承と歴史を記す者としての任、すなわち村の文芸家、公認されたウソツキとしての義務を全うしようとする。

『懐かしい年への手紙』のギー兄さん

『同時代ゲーム』の「僕」と妹の関係は、八年後の『懐かしい年への手紙』の「僕」と「ギー兄さん」の関係にそのまま移行する。ギー兄さんから記し続ける者として教育された作家の「僕」は、結末の文章で誓う。

《ギー兄さんよ、その懐かしい年のなかの、いつまでも循環する時に生きるわれわれへ向けて、僕は幾通も幾通も、手紙を書く。この手紙に始まり、それがあなたのいなくなった現世で、僕が生の終りまで書きつづけてゆくはずの、これからの仕事となろう》

題名にある「懐かしい」という言葉からして、柳田のものである。岩波文庫版『海上の道』の解説で、大江は柳田のいう「なつかしさ」を〈民族の古層を指向して強く跳ぶ〉、〈現在、自分がいる時間・空間の場所、その限界に閉じこめられている現状から、それを超えるところへ向けて跳ぶ〉ような心の動きであり、柳田の文章はこうした心の動きへわれわれを誘うと述べている。『懐かしい年への手紙』は、柳田国男をいっそう強く意識し、その言葉に触発され、構想された長編と考えることができるだろう。

そこには「壊す人」が繰り返し再生するのと同様、『万延元年のフットボール』で不遇な「山人」のように村に現われた「ギー」が、一転して威厳ある兄のような人物となって登場する。大江は『懐かしい年への手紙』が出版される際、〈僕は子供の時に村で幾何の教科書と英語の辞書とをくれた青年にはじまって、じつに数多くの「師匠《パトロン》」格の人物たちに出会って来た（中略）自

分のなかに積み上げられてきた大切な人物像を、いちど統合してみるというようにして、「ギー兄さん」ができあがった〉(『懐かしい年への手紙』単行本付録)と語っている。だが、「想像する柳田國男」のこの一文を思い出しておきたい。

〈僕には近代・現代日本の生んだ巨人のひとり柳田の、想像する人間としての、その想像の現場にかれがある、当のそのモデルこそを、それも多面的に見ることに関心をそそられたのである。そしてこれをよく見るためには、柳田自身によってもまた隅ずみまでは意識化されていぬ所の残る、それゆえにさらに喚起的な文章を、その多義性をすべてつつみこむようにして読みとらねばならない〉

柳田国男を小説の中の人物として描いてみたいという願望が込められていると、この部分をとらえてみたいのだ。ただ、その「ギー兄さん」は、必ずしも柳田の特徴や思想を反映させて描いた人物というわけではなかった。

大江健三郎の小説に登場した、実在の人物がモデルの作中人物ならば、かなりの例を挙げることができる。まず、『日常生活の冒険』(一九六四年)の「斎木犀吉」は、駆け出しの俳優時代の伊丹一三によく似ている。十三と名を変え、のちに映画監督になった伊丹が、この長編の冒頭で書かれたのと同じく、一九九七年に自殺という形で生涯を閉じると、三年後、『取り替え子《チェンジリング》』の「塙吾良《はなわごろう》」として伊丹は甦った。東京大学フランス文学科時代の同級生で中央公論社の編集者となった塙嘉彦の場合は、塙が遺していた創作メモを短編やエッセイの中で展開させ、その名を長

編SF『治療塔』『治療塔惑星』の「塙の小父さん」、さらに「塙吾良」に付した。

初期の短編「空の怪物アグイー」に描かれた作曲家「D」は、もちろん実際の武満徹の人格から かけ離れているが、容貌は武満から借りている。武満の曲から着想された連作集『「雨の木《レイン・ツリー》」を聴く女たち』には、等身大に近いこの作曲家が登場する。同じく一九八〇年代の短編「夢の師匠」でオペラの台本に協力を要請する「T」も武満で、その後も別の名で現れる。『個人的な体験』で「鳥《バード》」の義理の父である私立大の教授は東大の恩師、渡辺一夫。のちには「六隅先生」ともなる。短編「「涙を流す人」の楡」でブリュッセルの日本大使公邸へ「僕」を招待する「N大使」は友人だった外交官の西山健彦。『燃えあがる緑の木』では「新しいギー兄さん」の父「総領事」として、その晩年の姿が端正にとどめられている。

嘲弄の対象として登場する人物も幾人かはすぐに浮かぶ。一例だけ挙げると、『われらの狂気を生き延びる道を教えよ』中の短編「走れ、走りつづけよ」(一九六七年)に描かれた、アメリカに留学していた誇り高い従兄は、江藤淳がモデルだろう。長く文壇の語り草となった大江と江藤の激烈な対談が行われたのは、この短編が発表された直後。江藤は『万延元年のフットボール』の登場人物の名前まで全否定し、両氏の亀裂は決定的なものとなる(『群像』一九六八年一月号)。

『懐かしい年への手紙』の「ギー兄さん」として柳田国男を描きたいという大江健三郎のモチベーションは、これらのどの例にも当てはまらない。『万延元年のフットボール』の端役だった「ギー」が、元をたどれば柳田の「ぎ」から発想されていたとしても、そこに何らかの明確な意図を読みとるのは難しい。同作の後日談として書かれた短編「核時代の森の隠遁者」(一九六八

年）で、すでにアフリカへ調査旅行に出かけた根所蜜三郎へ、友人である村の若い住職は、あの山人のような孤老ギーの消息を伝える。《核時代を生き延びようとする者は／森の力に自己同一化すべく　ありとある市／ありとある村を逃れて　森に隠遁せよ！》と、ギーは詩のような言葉を野に叫ぶようになったこと、彼は春の御霊祭の日、枯れ枝を身にまとう扮装をして、穴倉の底の焚火に跳びこんで死んだこと……。にわかに現代的な意味を帯びた初代ギーだが、親しかった先輩作家の堀田善衛から、「「俺はギーが好きだった、無残に死なせるのはけしからん」と真面目に叱られたことがありましたよ」（『大江健三郎 作家自身を語る』）。大江は大事な冗談のように話していた。

『万延元年のフットボール』から二十年を経て完成した『懐かしい年への手紙』という長編は、まず、「ギー兄さん」という人物を想定したところから、作品が発想されたのではないか。大江の分身である作家の「K」＝「僕」がこの長編の語り手だが、主役は間違いなくギー兄さんである。長い時間をかけて《想像する人間としての、その想像の現場にかれがある、当のそのモデルこそを、それも多面的に見る》。そのようにして複雑怪奇な人物像が出来上がっていく。

ここで『懐かしい年への手紙』という作品を振り返っておく。敗戦直前、四国の谷間の村の「在」と呼ばれる高台にある屋敷へ、勉強の相手をするようにと言われて出向いた十歳の「僕」は、そこで手伝いの女性「セイさん」と暮らす十五歳の美しい少年と対面する。地元の山林地主の跡継ぎに生まれ、旧制中学を休学中だった彼は、戦争中、千里眼の能力があると評判だった

が、はずれた託宣が恨みを買い、敗戦の年の秋、村の青年団に屋敷で襲撃され、セイさん共々、屈辱的な性的暴力を被る。この出来事と前後して、御霊信仰に連なる村の三島神社（『同時代ゲーム』の父＝神主の社）の祭では、二十人もの青年団が担ぐ「牛鬼」が谷間から在へ駈け上り、再びギー兄さんの屋敷へなだれ込もうとする。だが、彼はたった一人で撃退する。それを目撃した「僕」は、《「壊す人」の魂と一体になれる少年であるからこそ、ギー兄さんには「千里眼」ができたのだ。（中略）森の高みから「壊す人」の魂が降りて、ギー兄さんの躰のなかに入るのを誰もが知っているからであろう。ギー兄さん自身、なにより「壊す人」を迎える花嫁として、白粉や紅を塗り、結婚衣裳を羽織っていたのだ》とひそかに感嘆する。《「壊す人」を迎える花嫁》！

ギー兄さんと「僕」は「セイさん」を介して性体験を共有し、どちらも東京の大学に進学する。「僕」は大江自身の履歴と同じく在学中に作家としてデビューし、そのまま東京で結婚して家庭を築く。地元に戻ったギー兄さんは村の森林組合に籍を置き、大学で学んだ英文学への関心を発展させてイェーツやダンテを本格的に独学する生活を始める。ところが一九六〇年六月、東京の国会議事堂前で偶然、安保反対のデモに加わり、頭部に大怪我を負ったギー兄さんは、それを機に谷間の村の農業の近代化をめざす。私財を投じて「根拠地」を作って地元の若者を集め、「美しい村」と名付けた集落の建設にも乗り出す。

怪我を負った際に東京で知り合った「繁さん」という新劇俳優志望の女性が屋敷で暮らすようになり、若者の教育の一環として演劇の訓練も始める。ギー兄さんを村長に推そうという気運まで高まり、すべては順調に進むかのようだった。ところが、繁さんと不仲となったギー兄さんは

ダンテからプラトン、ユダヤ神秘主義へと傾倒を深める。そんなある晩、交通事故か殺人か、判別し難い陰惨な事態が起きる。事故で頭を砕かれ、ギー兄さんに暴行された繁さんは死亡。強姦殺人の罪を積極的に認めたギー兄さんは十年の刑に服す。服役している間、脳に障害を持って長男が生まれる困難に直面した「僕」は、事件の裁判記録とギー兄さんの家に伝わる史料を併せ読んで、『万延元年のフットボール』という長編を書くことにする。その中に、村の青年らを扇動してスーパー・マーケットから略奪を行い、自動車事故を起こして同乗していた女性を事故直後に撲殺する「鷹四」という人物を創作する。獄中でこの長編を読んだギー兄さんは、鷹四ではなく作中の孤独な「ギー」に自分を重ね、この時から自身を「ギー」と名乗り始めたのだった。

時が経ち、「僕」もギー兄さんに倣っていつしか山川丙三郎訳のダンテの『神曲』を熱心に読むようになっていた。そんな「僕」が住む東京・成城の家まで、刑期を終えて日本中を旅したギー兄さんは訪ねて来る。そして、《Kちゃん、語り手は一人称で、ヒカリさんを中心に家族のことを書いているわけね。それを読んで、疑問を感じたんだよ》と切り出す。《それをやるについては、小説を書く人間として、よくよく覚悟をかためてでなければならないのじゃないか？　Kちゃんよ、きみはその覚悟をよく意識化しえているかね？》。作中の時代は一九七〇年代半ばに差しかかる頃か。「Kちゃん」と呼ばれる作家の「僕」は、《ギー兄さんのいうとおり、まだ僕には自己《セルフ》の回心《コンヴァージョン》を書く時期が熟していないよ》と認め、書きかけだった小説の原稿を燃やす。そして家族の主題を離れて故郷の村の生成と発展を、神話をからめて歴史の学問代わりのように書くプランを告げる。『同時代ゲーム』を指しているだろう。

『懐かしい年への手紙』最後の第三部では、セイさんの娘「オセッチャン」と結婚したギー兄さんが、「在」にある「テン窪」と呼ばれる湿地――そこは「美しい村」となるはずだった集落だが、その一帯を沈めて人造湖を作る計画を強行し、周囲に軋轢を拡げつつあった。ダンテの「煉獄」のモデルをそこに作ろうとしていると直感した「僕」は、ギー兄さんが《魂を浄化する過程》に入ったと楽観していた。だが、彼の腸内に癌が見つかり、手術を受けて退院してからも人造湖の建設を進める。「壊す人」の伝承の通り、湖に溜まった黒い水が下流に洪水を及ぼすのではないかと危惧して、村の人々の騒ぎが高まる。騒動の渦中もギー兄さんはダンテの研究書を読み続け、《中世の心理学は、夢のヴィジョンを見る能力と、小さな細部から全体を構築する想像力を、つまりKちゃん、作家の想像力とをね、おなじものとみなしたらしいよ。／……さてそこまではよくわかったんだがな。自分には天国についての説明が難しくてね》と、死を見据えて語る。人造湖に浮かぶギー兄さんの死体が発見されたのは、その直後。東京で知らせを受けた「僕」は、『神曲』の「煉獄」にある島の、岸辺近くの情景に彼の魂を想う。

こうして梗概を述べる限り、イタリアの詩人ダンテ・アリギエリが十四世紀初頭に書いたキリスト教文学最高の叙事詩『神曲』に、全編覆い尽くされている印象となるだろう。カトリックの信仰に貫かれた『神曲』の中に、キリスト教以前からある西欧世界の死生観が探されている気配があるし、オーストラリアの原住民《アボリジニー》の信仰、「永遠の夢の時《ジ・エターナル・ドリーム・タイム》」につながる茫漠たる時間意識も、取り入れられている。それでもなお、楔を打ち込むように繰り返されるのは、村に伝わる伝承の

方である。ギー兄さんは深く共感する手紙を書き送ってきていた。《われわれの村の信仰で、死んだ肉体から離脱して、森の木の根方に憩う魂こそが、「永遠の夢の時《ジ・エターナル・ドリーム・タイム》」にかえった魂じゃないだろうか？　自分ときみの魂も、やがては肉体を離脱して、森のおのおのの木の根方に戻り、あらためて「永遠の夢の時《ジ・エターナル・ドリーム・タイム》」の眺めを見出すことになるだろう》と。

「僕」も、村の信仰を忘れ去ることはなかった。

《祖母が静かに歌うような声で、――この谷間で人間が死んでもな、魂は、舞いながら森に昇ってな、木の根方におちつくのであるから、そして待っておればまた生まれて来るのじゃから！》と語ってくれた教えを。これはまさに柳田国男が『先祖の話』に著わした日本の固有信仰――死んだ者は子や孫たちの供養や祭礼を受けて祖霊になり、故郷の山に昇って子孫の繁栄を見守り、盆や正月などには家に還ってくる。正月の神や田の神も、子孫の幸福を願う祖霊である――その四国の谷間におけるヴァリエーションである。

少年の頃からギー兄さんと「僕」は、「魂」の行方をめぐる谷間の伝承を、迷信だと嘲弄されるのではないかと互いに恐れ、探り合いながらも、それぞれひそかに、自分の村の伝承を支えとし続けていた。南方の島で死んだら魂が戻ってこられるかと心配する子供の「僕」を、出会った頃のギー兄さんはこんなふうに慰める。

《世界じゅうさまよいめぐってもな、この森の自分の木だけが住み家なのじゃから。それならば永いこと探しまわっても、結局はここへ戻るほかなかろうが？　Kちゃん、天皇陛下には、この谷間や「在」は、なにも特別なものではなかろうがな？》

柳田国男は、古来の伝承や慣習を守ってこの列島に暮らしてきた日本人を、階層の区別なく、天皇から農民までひと括りの「常民」として考えた。そうした柳田の根幹を成す思想がさりげなく、しかし明確に、まさに柳田がギー兄さんになって語っている——。

ギー兄さんの「美しい村」

ギー兄さんが村の農業改革をめざして計画した、「美しい村」の風景にも、柳田の「美しき村」（一九四〇年）のイメージが直接、反映している。作中にも柳田の当の文章が長く引用される。

〈他にも斯ういふ土地がまだ有るのかも知れない。山と山との間を段々に登つて行くと、渓川《たにがは》はいつとなく細くなり、しまひにはどこを流れて居るのか判らなくなつて、忽ち少しばかりの平地のある処へ出る。あたりは炭に伐り薪に刈つて、目に立つほどの木山も無いまん中に、大きなカハヤナギの樹が十五六本も聳え立ち、其間から古びた若干の萱葺《かやぶ》き屋根が隠映する。村に入つて行くと土が黒く草が多く、馬が居り猫が居り又子供が居る。それが一様に顔を挙げて旅人を熟視する。以前展覧会の日本画家が、好んで描かうとした寒村の風物に、今一刷子《ひとはけ》だけ薄墨をかけたやうな趣きである。それよりも私に先づ珍らしかつたのは、何の模倣も申し合せも無い筈の、数十里を隔てた二つの土地で、どうして又是ほども構造が似て居るのか、尋ねても答へられさうな人が居ないから聴かずに戻つて来たが、久しく不審のまゝで忘れずに居たのである〉

　大江による小説の文章がこれに続く。

《ギー兄さんの「美しい村」も、山と山との間を段々に登つて行くと、渓川はいつとなく細くな

り、しまひにはどこを流れて居るのか判らなくなつて、という山あいの窪地に構想されていた。（中略）そのほぼ中央にテン窪大檜という名のついた巨木のそびえる塚があって、子供の頃ギー兄さんはそれを古墳ではないかといっていた。峠からテン窪を見渡すと、干上った山上湖のようにも見えた》

　テン窪を囲む森の中には、やがて「僕」が家族とそこに住む時のために電気と水道を引いた家も用意されていた。『晩年様式集《イン・レイト・スタイル》』の最後で皆が集うのが、この家であるだろう。この地形は、『燃えあがる緑の木』『宙返り』でも谷間の村の既成の前提として組み込まれている。柳田の「美しき村」からこの場面にもう一ヵ所、引用がある。

〈我々遊民が爰《ここ》を通る日は、大抵は空の青い、野山には花の豊かな一年中の好季節である故に、どうして又この様に村を暗くして置くのかと訝るやうだけれども、路上に働く者には春から秋まで、樹の蔭はいつも恋ひ慕はれる。あそこには楊がある泉があるといふことは、乃ち又村の存在の承認でもあつた。冬のしん〳〵と雪降る黄昏などは、火を焚いて家に居る者でもやつぱり寂しい。だから越後の広い田の中の村などでは、わざ〳〵軒先にしるしの竿を立てて居たといふ話さへある〉

　よほど気に入っている景色なのだろう、『燃えあがる緑の木』でもこの部分に触れている。ギー兄さんの「美しい村」の構想は、事件とその後の服役によって幻となったが、『同時代ゲーム』で大江がその中に描くことを目指した《村》の純粋な要素を完全にそなえた《村》が、ここで柳田の文章を引くことによってつかの間、姿を現している。

「根拠地」で「若い衆」たちに基本の考えを伝える教材も、柳田国男の講演録から引いた《祭と叛乱をめぐる断片》だった。「お祭の場合に三分の一、お正月に三分の一、お盆に三分の一、というふやうにパッととつてしまつた。あとは虫みたいな生活。その差が大きかつただけ、その興奮は高かつたと思ふ。……一番私らの惜しいと思ふのは、日本人の今まで長く味はつてきた興奮ですね、きれいな興奮、それに伴ふイマジネーション、これらがみななくなつてしまつた、普段にあまり興奮が多いものだから」。柳田の講演とフランスのマルクス主義社会学者、アンリ・ルフェーブルによる〈パリ・コミューンとは何か。それはまず巨大で雄大な祭であった。……パリがいかにして、その革命的情熱を生きたか〉などの断片を組み合わせ、皆で朗唱する。

筋書きを左右するでもない、どれも目立たぬ細部として添えられており、ダンテに関する記述の全体を十とすれば、その一にも満たぬほどささやかである。それでも、作品を支える重要な思想的骨組みの一部を成す美しい細部である。小森陽一はそこに着目している。〈昔語りが、先行者の物語を、先行する同時代者が、後続する同時代者に受け継ぎ、さらに後続する同時代者から、さらなる後続者へと手渡されていく言葉だとすれば、「懐かしい」という言葉それ自体も、柳田国男という先行者からギー兄さんという五歳年長の先行者／同時代者を通して、「僕」＝Kちゃんという同時代者に手渡されている。しかも、一枚目の葉書の「懐かしい」という言葉に、「年《トシ》」という言葉を「僕」＝Kちゃんがつけ加えるきっかけになったのが、その葉書を書くとき眼にしていた息子ヒカリの横顔だったとすれば、「懐かしい年」という言葉は、柳田国男→ギー兄さん→「僕」＝Kちゃん→ヒカリという、世代を異にする、先行者・同時代者・後続者をつな

ぐ〉（講談社文芸文庫『懐かしい年への手紙』解説、一九九二年）

ギー兄さんが、《祭と叛乱をめぐる断片》を村の若い衆に朗誦させたのは、明治維新を挟んで村に二度起きた一揆の叛乱、柳田が言ったところの「きれいな興奮、それに伴ふイマジネーション」を伝えたかったからなのか。メイスケサンが指導したその叛乱を伝える芝居の台本を書くよう、ギー兄さんはかねて作家の「K」である「僕」に自分の望みを伝えていた。だからこそ、「僕」はギー兄さんが獄中にいる間に『万延元年のフットボール』を書いた――そのような理屈によって『懐かしい年への手紙』の作中で、『万延元年のフットボール』はメタフィクション化されるのである。兄の根所蜜三郎が「僕」であり、弟の鷹四がギー兄さん。鷹四は若者らと略奪行為に走り、若い女性を車に乗せて事故死させたあと暴行し、自殺する前に、実の妹とかつて関係を持ち、妹は妊娠を苦にして自殺したと蜜三郎に告白する。そうした荒ぶる魂を燃やし尽くした鷹四の中に込められたのが、『懐かしい年への手紙』の「僕」が知る、「ギー兄さん」のグロテスクな一面だった。

　このようなギー兄さんの、どこに柳田国男が重なるのかと反発されるだろう。だが、それが柳田の『遠野物語』や『山の人生』に学んだ大江流のグロテスク・リアリズムのようにもみえる。この複雑な筋書きには読者の理解を超えた作者の意図があったようだが、複雑なそれについてはひとまず先送りする。まず、柳田とギー兄さんを結んで言っておきたいのは、『神曲』に象徴される西洋のキリスト教信仰と、民間信仰を心の糧としながら戦後を生き抜いてきた日本人の間に横たわる深い分裂、と同時にその融合の可能性を、大江健三郎は柳田国男を通して造形したギー

兄さんの中に描こうとした、そのことである。いや、ギー兄さんとは「僕」でもある。「ぎ」の音を含む長江古義人がやがて大江の分身となる前兆が、すでに『懐かしい年への手紙』の中にある。

柳田＝ギー兄さんと、作家の「K」＝「僕」の分身である大江には共通点も多い。ギー兄さんは在村山林地主の後継者として、近代的な農業で収益を上げることをめざしつつ、村の旧弊な相互監視を疎み、同時に近代以前の村の風景を夢想している。ダンテを読み、オーストラリアの先住民族の信仰に共感しつつ、子供の頃から慣れ親しんだ村の伝承も手放そうとしない。それは弟分で五歳下の語り手であるKも同様。故郷の村を思いながら東京で暮らすという境涯は、首都の帝国大学を卒業し、中央集権国家のエリート官僚になった柳田国男、東京大学在学中に新進作家として認められた大江健三郎に共通する。

明治以来、中央の文壇での活躍を夢みて上京する地方出身の青年らが抱え続けてきた、近代文学を貫く望郷の念。その思いに貫かれた『懐かしい年への手紙』は、やはり大江健三郎のもっとも自伝的な作品であり、その後続く谷間の村と東京を往還する小説群の元型となった重要な作品である。語学力を磨き、海外文学に親しみ、柳田はスイス、大江はメキシコや北米に長期滞在をする中で、極東日本の孤絶を体感している。そうしながら西欧と日本との断裂と、人類の普遍について思考し続ける人生を送った。柳田は民族学と「一国民俗学」、大江はゲーテが提起した「世界文学」と日本近代文学という枠組みとの関係を考え抜いただろう。柳田国男は自身の学問を日本に特化した「一国民俗学」と称し、「民族学」と相容れなかった。一九七〇年代から国際

的と形容され続けてきた大江健三郎も、自身の作品がどこまで翻訳可能なのか、そして世界文学とは、日本語文学とは何か。懐疑しながら考え続けた跡がさまざまにある。

「ぎらりとした」人格

それでは、大江健三郎が六十歳年長の「兄」のように慕った柳田国男とは、どのような人物だったのか。没後六十年を経て、同時代人は不在となっているが、先に挙げた三人の政治学者——いずれも柳田本人の謦咳に触れ、柳田の思想を探究することを通じて自身の仕事を深めた人々の著作を振り返りながら、なぜ、大江は柳田国男を選んだのかを考えてみたい。

一九七四年に『新版 柳田国男の思想』を上梓して注目された中村哲《あきら》（一九一二〜二〇〇三年）は、東京帝国大学法学部で美濃部達吉に学んだ憲法学者。大戦中は八紘一宇の精神を提唱し、戦後は一転、社会党の参議院議員、法政大学総長を務めた。柳田の長男で生物学者となった柳田為正は成城学園の二年後輩であり、中村は国男の晩年まで成城の屋敷に出入りしていた。

中村は、柳田の民俗学がフレイザーを中心とした西欧の民俗学を基礎としているものの、外国文学を原典で豊富に読んだ素養から、西欧にも〈非キリスト教的な世界がある〉ことを柳田が承知していた点を重視する。西欧の近代文明の底にある土着の伝承、信仰を見抜いた柳田の洞察力は、〈西欧の民俗素材そのものの刺激から、日本人の民衆の生活を再発見する方向に向った〉（『新版 柳田国男の思想』一九七四年）。柳田は、外来の儒教や仏教の要素が日本の民俗解釈に混入することを避けたが、〈にもかかわらず、彼の民俗学はたんなる実証以上の、むしろ国学の流れ

をくむ倫理観が底深く流れている〉。また、祖先崇拝を日本人の原初の宗教意識であるとしているが、それは〈祖先崇拝にかたく結びついている家父長制のイデオロギーに彼自身が立っているから〉だと指摘している。

故人の人柄を長年、熟知していた中村は、〈人々の身になって考えるという温かな理解を示しながら、個性の強い柳田國男その人の感覚であり、イデオロギーであるものによって溢れている。極端な言い方をすれば、明治のエリート官僚としての西欧教養的な、そして他方において国学の伝統を自覚した柳田國男自身の感覚で、名もない庶民の心情に接近していった〉と、学問への姿勢を評している。また、〈柳田の民俗学の中心課題は日本人が原始の時代から永年にわたって実際に感じてきた生死観にあった〉。それは〈強い宗教欲求や真理への哲学探究があるのではなかった（中略）むしろそれは彼の文学的な資質からする対象への感情的接近といえるものであったし、このことが国学の伝統に共通する〉。この資質が〈宗教的関心をつよく持ちながら祖先崇拝に止って、普遍宗教に達しえないことからくる自己矛盾である〉（『法学志林』一九六六年六月）と評している。柳田のこの自己矛盾は、先に引用した谷間の伝承をめぐるやり取りから伝わるように、作中のギー兄さんと「僕」が自覚し、共有する痛みとして、『懐かしい年への手紙』の中に意識的に書かれているだろう。

中村哲より十歳若い、橋川文三（一九二二～八三年）の場合、柳田に兄事したきっかけは、橋川のエッセー「未来を愛すべきこと」（一九六二年）の中に明快だ。

〈私はそれ以前に、一時的に日本ロマン派に心酔し、日本の病める「近代」を脱却する筋道をさぐろうとしていた。しかし、柳田の教えたものは、そうした日本ロマン派の志向そのものにひそむイロニイにみちた悪の要素にほかならなかった。柳田は、出征する青年の日章旗に「未来を愛すべきこと」と端的に書き与えている。それは、己の魂の救いを求めるという奇怪な美意識――倒錯した亡びの意識とはまるで異質の教えであった。私はその「未来」が何であるかはわからなかった。ただ、日本ロマン派にはその未来がないことだけは感じられた。／私は、もし戦争を生き残ることができたならば、本当の過去、本当の未来をめざして生きる道を選ぼうと心を決めた。そして、それいらい、柳田のいう「未来」を思って、私はいつも心をゆさぶられるのが常である〉（『柳田国男論集成』二〇〇二年）

長崎県対馬に生まれた橋川は、東京帝大法学部で丸山真男に学ぶ。共産党系出版社の雑誌編集者となってまもなく肺結核を病み、その後、農本主義者らの再評価などに取り組み、三島由紀夫とも一時期、接近している。マックス・ウェーバーと対比することで柳田研究に影響を与えた橋川は、柳田が農政学に打ち込み、農商務省に入省した二十世紀初頭が、日本の社会主義黎明期に当たったことを考慮すべきだとする。その上で、『都市と農村』（一九二九年）の序文で柳田が、〈私という者が一人、今の都市人の最も普通の型、都市に永く住みながら都市人にもなり切れず、村を少年の日の如く愛慕しつつ、しかも現在の利害から立離れて、二者の葛藤を観望するの境遇に置かれて居た〉と記していることから、次のように柳田の立ち位置を想定する。

〈彼が自然主義文学者の中に立ちまじり、自身もまた一人の抒情詩人であった時代から、法制局

参事官として、内務官僚の指導する報徳主義運動（註・二宮尊徳が説いた経済思想に基づく勤労第一主義）に対し独自の立場を表明した時代をかえりみるならば、その時期が、日本の家族国家の完成期であったことが気づかれるであろう。それは日本の地主階層を国家制度の中に編成しなおし、地方共同体の底辺にまで官僚の支配を下降せしめることを意味した。そして、その場合、一方では地方の共同体的秩序から疎外された文学者たちの自然主義運動に立交り、他方では国家官僚としての生活を保った柳田の位置は、まさしく「在村地主的」存在と啓蒙ブルジョア的官僚との両者の「葛藤を観望するの境遇」にあった〉（「保守主義と転向——柳田国男・白鳥義千代の場合」）

「在村地主的」である点は、柳田より五十五年遅く生まれた「ギー兄さん」の立つ場所も、基本的には同じだろう。橋川はこの論考の中で、柳田国男を〈明治以来、もっとも近代的な保守主義の代表者〉と呼び、〈彼の敗戦体験は、彼の思考になんらの屈折、転向をひきおこさず、むしろその思考様式の特性を二乗化し、深化した〉とみている。

『柳田国男論集成』には、柳田の複雑な人格について言及した文章もある。

〈柳田国男の人柄の中には、どこか一種の謎めいたものがある。たとえば、その感情、情操の異常なまでの優しさ、繊細さということと、時としては面も向けられないような激しい気魄とが、同一人物の中に実に鮮かな対照をなしてあらわれてくるという印象もその一つである。中野重治はそのことを「柳田さんという人は、心のひろい、やさしい人であるらしい。しかしわたしは、どこか猛烈な、獰猛なところのある人らしいとも思っているが、これはよくわからない」という

ふうに書いている。門弟の人々の回想の中にも柳田の大らかな優しさを述べる反面に「機鉾《ママ》の鋭さ」「身の慄む思い」「生つばを呑む思い」「ぎらりとしたもの」「全然容赦ない口調」「一種凜《ママ》然たる鋭い輪廓」「鋭い語気」「大痛棒、冷汗、穴あらば入りたい思い」「一種の圧迫感」などという表現で、柳田のこわさを記したものが少くない。これは、たんに「こわい先生」という一般の意味とは別に、もっと奥の深い何ものかの発露がこうした文字を門下の人々に書かせたものと見るべきであろう〉

同書に収録される対談からは、いっそう生々しい柳田像が伝わる。

「どこか荒々しいものが感じられるんだな。素戔嗚尊《すさのおのみこと》みたいな、とんでもないような荒っぽいものが根にあって、それが柳田学をつくらしたのではなかろうか」「日露戦争後の日本に対して柳田は、とにかく猛烈な鬱屈と反発と、とてもデモーニッシュな批判をもっていたとぼくは仮定したい。（中略）日本の知識人の動き方、日本全体の動き方、それと世界、ヨーロッパの動き方も含めて、なんか猛烈なる抵抗があったという気がする」「中野重治が言った、柳田さんには非常に獰猛なものがあるという、これはほんとに正しいと思う。そういうものが民俗学の魂だと思う」。さらに橋川は言う。「柳田は人間の未来をたいへんファイトをもって見守っている。だからああいう学問が出てくるので、先駆者というのはどうしても孤独だろうと思うけれども、精神だけはファイト以外にないと思いますね」

こうした文章が伝える柳田の思想と人物像を、『懐かしい年への手紙』に描かれた「ギー兄さん」と結んで、想像を膨らませてみる。ギー兄さんは人を引きつける魅力的な人間であるもの

の、奇妙に孤独で謎めいており、カッとして豹変する性格を自覚してもいる。敗戦の年の秋、牛鬼に扮した青年団を追い払った時の高揚をのちにこう語っている。

《刀で牛鬼の張りボテの頭にたち向うのはよくてもなあ、牛鬼から出てひとりずつやって来る「青年団」を切りつけるわけには行かないよ、Kちゃん。しかしもっとゾクゾクしたのは、実際に殴りかかって来たならば、自分は刀をふりまわして、はじめのひとりに斬りつけてな、それからはもう気が違うて、とめどがないだろうと思うて……》このような気質が強姦殺人事件の被告となる運命につながるのだと示す、布石の部分である。

ギー兄さんが殺人事件に至る筋書きには、作者の複雑な意図があったと述べていた。そこに大きな「必然」を求めてのことだったと、『大江健三郎全小説』第十一巻の解説の中に、井口時男著『危機と闘争』(二〇〇四年)を援用して筆者はすでに書いている。井口の読解を要約すると、屋敷で共に根拠地の運動を支えた「繁さん」を車に乗せて事故を起こしたギー兄さんは、それを事故でなく強姦殺人だと偽装するために、死んだ繁さんを犯した上、頭を石で砕いた。なぜなら、〈「事故=偶然」の巻き添えであるような生涯は無意味だ。それよりは、おぞましい犯罪者であることの方を自分は選ぶ。すくなくとも、犯罪には人間的な意味があるから。——彼はそういっている。それならば、彼の選択もまた、《事故死への挑戦》にほかならない〉。だが、同志でありパートナーであった女性に対して〈とっさの間にそういうおぞましい偽装を思いつき、実行することができるものか〉と、井口は疑念も呈していた。その通り、この筋書きから意図を汲むの

はかなり無理もある。大江自身もこの事故に込めた意図について、「二十世紀も終りに近づいて、この悲劇的な事故にみちた世界で、どのように主体的な責任をとりながら、力の及ぶかぎり奮闘するか、ということが時代の根本の主題だと思います。核兵器や原子力発電の事故を考えてもね。個人的にいえば、事故の主体的な引き受けという考え方は、さきにいった頭脳に障害のある息子が生まれて来るという、この小説にも書いた事故があって、それに続くこの二十数年に僕のうちでかたまって来た主題」(『懐かしい年への手紙』単行本付録)だと語っているが。

周囲を混乱させるギー兄さんの唐突な行動は、人造湖の建設をめぐって村の反対派と対峙する集会で再び頂点に達する。ギー兄さんは、森の力を感受し、都市からくる汚染された食物をとらず、テン窪大檜の立つ島に渡って瞑想し、静かな愛の生活をおくる集団を作ろうではないか、と提案する。ところが反対派の若者から、ギー兄さんの癌はテン窪に溜まった臭く黒い水が原因ではないかと反発されると、怒りにまかせて呪詛の言葉を発する。その言葉を「僕」は癌の手術直後の彼から聞いていた。

《夢で小舟に乗っていて、その自分の合図で、堰堤が爆破される。川下の反対派が惧れたとおりにね。そこで真黒い水ともども、自分が鉄砲水になって突き出す。その黒ぐろとしてまっすぐな線が、つまり自分の生涯の実体でね、世界じゅうのあらゆる人びとへの批評なんだよ。愛とはまさに逆の……》

愛とはまさに逆の……。ここでギー兄さんは「美しい村」、懐かしい村を「壊す人」になろうとする。近代の矛盾も失望も病も一身に集めたギー兄さんという一個の生の、決壊が始まる。

『懐かしい年への手紙』は大きなわだかまりを残したまま、ここで閉じる。ギー兄さんは何の経緯も示されない闇の時間を経て、翌朝、テン窪の黒い水に浮かぶ。そして、天上の風景のような先に触れた最終場面に切り替わる。

《陽はうららかに楊の新芽の淡い緑を輝やかせ、大檜の濃い緑はさらに色濃く、対岸の山桜の白い花房はたえまなく揺れている。威厳ある老人は、再びあらわれて声を発するはずだが、すべては循環する時のなかの、穏やかで真面目なゲームのようで、急ぎ駈け登ったわれわれは、あらためて大檜の島の青草の上に遊んでいよう……／ギー兄さんよ、その懐かしい年のなかの、いつまでも循環する時に生きるわれわれへ向けて、僕は幾通も幾通も、手紙を書く。この手紙に始まり、それがあなたのいなくなった現世で、僕が生の終りまで書きつづけてゆくはずの、これからの仕事となろう》

異様な状況のうちに閉じた物語は、結末の文章の美しさによって、重要な何かを置き去りにしたまま、読者に情感が押し寄せる。そしてこの四半世紀後に書かれた『晩年様式集《イン・レイト・スタイル》』で、ギー兄さんをこの時、闇の中で殺めたのは長江古義人＝作中の「K」ではなかったのかと、妹の「アサ」は古義人を追及することになる。

神島二郎と『桃太郎の誕生』

さて、先に引いた柳田の「精神だけはファイト以外にない」と橋川文三が話しかけていた対談の相手は、政治学者の神島二郎（一九一八〜九八年）である。両氏は同時期に東大で丸山真男に

学び、柳田の評価を近代思想史の中に位置付ける仕事を丸山と共に進めた。神島は貧窮による浪人生活に続いて大戦では南方戦線へ出征したため、橋川文三より四歳年長。柳田へ直接教えを請いにも出向いている。神島は柳田の「常民」という文化概念を発展させ、『常民の政治学』（一九七二年）をまとめた。古来の生活文化を保って列島に暮らしてきた日本人を、階層の区別なく指す「常民」の概念は、対向する存在である「山人」同様に正確な把握が難しい。神島は〈〈常民〉の〈民〉は〈官〉に対するものであり、その〈官〉は西欧化・近代化によって武装されていたことをみのがしてはならない。だからこそ、彼は、西欧化・近代化のただなかにあって生き残るべく苦悶する伝承文化の変容に着目し、「現代の学」として「世相解説」の必要を説いた〉と、柳田の仕事の意義を伝える。

中村哲は最晩年の柳田が、〈神島二郎君の処女作にせっせと書き入れをされていた〉（『新版 柳田国男の思想』）のをある日、目撃している。おそらくそれは神島の博士論文『近代日本の精神構造』（一九六一年）を指すだろう。この論文の第二部「「中間層」の形成過程」には「膨張する「小宇宙」の問題」と題した、柳田の著作『桃太郎の誕生』（一九三三年）とつながる興味深い言及がある。

『桃太郎の誕生』は太平洋戦争前に柳田が、昔話や伝説のさらに深い層にある神話や信仰を求めて全国に採集した「桃太郎」「海神少童」「瓜子織姫」など九つの論から成る。大江は本章冒頭で触れた「想像する柳田國男」の中で、〈道化＝トリックスター的な側面をはっきり意識におきつつ、柳田の洗い出した元型としての桃太郎を（またその内にある一寸法師、田螺長者、物草太郎

を）見る。その時われわれには、これらの神話的元型が、いったん人間を越える力をあらわして以後の、文化英雄たる美事さに充分見合いうるものとしてすでに、まだかれらが滑稽な小さい者であった時期、確実な豊かさを示したのをも認めることができる。そうしてこそ対立する二つの世界の媒介者としての、かれらの役割もとくにあきらかになろう〉と評価していた。

が、『近代日本の精神構造』において神島は、柳田の『桃太郎の誕生』に触れることなく、一九一五年に童話作家の巌谷小波が言い始め、一九年に劇作家の藤井真澄が提唱した「桃太郎主義」を問題にしている。藤井の「桃太郎主義」について神島は、〈日本民族をもって優強優秀民族となし、その特質を「自由大胆に陽気に明るく」「天真らんまん」「がむしゃらなあばれんぼう」といった「気分」に見出し、その本領を武を中心にした対外発展＝「桃太郎主義」にあるとなし、ひるがえって、内治外征の一挙遂行の意義を強調し、大戦争によってこそ労資の統一が、労資の統一によってこそ大戦争が可能であると説いた〉と批判する。〈つぎに、国内対立の袋小路化と国際対立の袋小路化とを指摘してこれを同一化させ、内憂外患一挙解決の論理によって「小宇宙」を「大宇宙」に合体させ、こうして緊張せる一切のエネルギーを挙国的外征にむかって放出しようとしたことである。／満州事変から太平洋戦争にいたる戦争開始の態勢の原型はまさにそこにあると私は考える〉。神島は「桃太郎主義」を強く非難している。

さらに、〈「天真らんまんのあばれんぼう」とは、よくいった。そこには、茫洋としてとらえどころがなく、しかも、一切を包摂するなにものかがある。そしてそこに一切の主体的契機が融解するであろう。責任とリアリズムとはかくしてうしなわれ、これにかわって、ロマンチシズムと

冷厳なる戦争の論理とが、ひとびとを帰依と緊張とへかきたてるであろう。／「大戦争」がひとたびふみきられれば、一切はやがてこのるつぼに投ぜられ、（中略）かくしてすべては冷厳なる歴史的事実としてわれわれのまえに横たわっているのである〉（『近代日本の精神構造』）。先の中村哲の目撃した場面を裏付けるように、この部分など、柳田が憑依したような書きぶりではないか。

「天真らんまんのあばれんぼう」とはトリックスターそのものであり、二度の一揆を成功させた谷間の村の英雄「メイスケサン」を想起させる。大江は当然、トリックスターの両義性も、戦前からの「桃太郎主義」が戦意高揚に利用されたことも織り込み済みで、神島がここで使用している「小宇宙」の意味も意識していただろう。つまり、『同時代ゲーム』の語り手の「僕」＝露己が前置きのように使う「村＝国家＝小宇宙」の「小宇宙」には、「村」「国家」同様、負の意味も同等に込められていたはずだ。善でもあり、正義でもあるがいつでも悪に転び得る。そう考えれば、「村＝国家＝小宇宙」とは、いかなるイデオロギーにも搦め捕られぬように願う、呪文のように受け止めた方がいい。虚実も善悪もめまぐるしく反転を繰り返しながら、絶対主義的天皇制を徹底して相対化するために、果てしなく多義的な偽史として書かれたのが『同時代ゲーム』だった――柳田に学んだ神島二郎経由で、あらためてその主題について考えさせられる。

『懐かしい年への手紙』のギー兄さんは一見、トリックスター的な陽性の要素は表に出ない。千里眼の異能を持つ少年ともてはやされ、それがはずれたのを恨んだ青年団から凌辱され、安保闘争のデモでは頭部に重傷を負い、『遠野物語』や『山の人生』を思わせるむごたらしい事件を起

こして、同棲相手を死なせる。十年の刑に服したのち、かつて思い描いた「美しい村」を、黒い水の底に沈めようと企むギー兄さんの生涯は、いわば陰性のトリックスターである。大腸癌を病んだ彼を見舞うため谷間に戻って来た作家の「K」である「僕」は、高齢で病み衰えた母親が土間の「メイスケサン」の神棚の前にしゃがんで、ギー兄さんのために祈っているのを見る。そんな場面が何気なく結末近くにある。

《「メイスケサン」は一段高みに張り出した本来の神棚のかげにあって「暗がりの神様」とも呼ばれるのだが、僕の息子が畸型の誕生をした時にも、母親はずっと「メイスケサン」に燈明をあげて祈っていたということだ》。この二重構造の神棚にも、「村＝国家＝小宇宙」の意味は込められているだろう。大江は『懐かしい年への手紙』完成時に単行本の付録に掲載されたインタビューで、キリスト教の信仰との関連を軸に、この作品を語っている。

「死の前に「ギー兄さん」は「天堂」の奥義をはっきり把握したのらしい。しかし「僕」にはそれができない。「ギー兄さん」が死んだ後も、僕はconversionのこちらにいる」。「僕のキリスト教への関心は、あくまでも宗教の外側からのもの」とも断わり、未来へ向けた願いをこう述べている。

「今日の核時代において、人類が二十一世紀へ生き延びうるとすれば、それはキリスト教徒、ユダヤ教徒、イスラムの人たち、それに仏教徒らという、信仰を持つ人たちと、宗教を持たぬ人間とが、なんとか協同して、ひとつの祈りをおこなうことがあってはじめてじゃないか、という思いです。無信仰の者も祈る、そしてそのためにダンテは励ましてくれる。そのようにも僕は考え

ています。自分の小説にも、そのような祈りが——僕としては、ある大きな「懐かしさ」へのそれが——あらわれていれば幸いです」

宗教を持たぬ人間としての、ある大きな「懐かしさ」への祈りとは。それこそが生涯をかけて日本人の祖先信仰を探究した、柳田国男の祈りだったのではないか。〈宗教的関心をつよく持ちながら祖先崇拝に止って、普遍宗教に達しえない〉〈むしろそれは彼の文学的な資質からする対象への感情的接近といえる〉。中村哲がそう評していた柳田国男と大江健三郎の祈りへの思いは、同じ家に育った兄弟のように似ている。

Ⅲ 「生まれ替わり」への祈り

社会の変貌、文学の変化

『懐かしい年への手紙』の主役となった「ギー兄さん」が柳田国男から発想されたとしたら、六年後の一九九三年、第一部「「救い主」が殴られるまで」が発表された長編三部作『燃えあがる緑の木』の、「新しいギー兄さん」も同様である。『懐かしい年への手紙』のギー兄さんが果たせなかった思いを受け継ぎ、発展させるために、その魂はもう一度生まれて来なければならなかった。

「救い主」と谷間の村で評判が立ち、わずかな間に何百人もの信者を集める「新しいギー兄さん」にも、柳田を彷彿させる雰囲気はある。立派な礼拝堂が完成したにもかかわらず、突然、教会からの離脱を宣言する彼の頑なさは、全国の会員が発展を疑わない中、わずか十年で「民俗学研究所」の解散を唐突に決めた柳田の頑なさと通じる。だが、『燃えあがる緑の木』で大江が目指したのは、そうしたぎらりとした人間性を重ねることではなかった。核の時代に生きる「私ら」にとって、祈りとは、「神」とは何か。何に向けて祈れば、安らかに命を終えられるのか。

その答えを、柳田が提唱したこの国の「固有信仰」を受け継ぎながら、大江は世紀末に向けて更新しようとした。日本のみならず同時代を生きるすべての人々へ、人間の精神の基底に埋まる普遍的な死生観の、「世界モデル」を指し示す――それがこの長編で挑まれた壮大な試みだったと考える。

その弾みとなるように、『燃えあがる緑の木』第二部「揺れ動く（ヴァシレーション）」が刊行されて間もない一九九四年十二月、大江健三郎はノーベル文学賞を受賞した。しかし翌一月には阪神淡路大震災、そして三月に第三部「大いなる日に」を刊行した直後には、オウム真理教による無差別テロ「地下鉄サリン事件」が発生。大江は事件を予見して、新興教団の発生から消滅までを三部作に書いたのではないかと、憶測も呼んだ。

柳田が「美しき村」の中に描いた、多くの日本人が故郷のように共有してきた長閑《のどか》な村々の風景は、一九八〇年代、バブル経済と大衆消費社会の進展につれ、急速に消滅しつつあった。柳田がもっとも重要なものと考えた、先祖代々の「家」を継承して次代につなぐという不文律も、一族や集落、地域の神社で祀る「祖霊」の存在感も、昭和の終焉を区切りとするようにあっけなく希薄化した。だからこそ、故郷や「家」に代わる新しい物語を、人々が新興宗教の中に探し求めた時期だったのかもしれない。

「文学」にも大きな変化があった。『懐かしい年への手紙』と同じ一九八七年に発表された村上春樹の『ノルウェイの森』、吉本ばななの『キッチン』は、今を生きる自分と仲間だけで完結する物語で、登場人物たちは都市伝説はリアルに語っても、先祖どころか親からも、職場や学校と

いった集団からも切れ、ましてや国への帰属意識など持つはずもなく街を漂っていた。その疎外感、所在なさが欧米でも共感を得て、途方もない部数が刷られ続けた。グローバル資本主義が本格化し、日本の現代文学も輸出品目の一部として数量化され始めていた。比較文学者の佐伯彰一はこの頃、『大世俗化の時代と文学』(一九九三年)という評論を書いている。富山県で古代から続く神官の家系に育った佐伯は、ソ連崩壊をはじめ、〈イデオロギーの支配力、伝染力が、それに支えられたいくつもの支配システムが、ぼくらの眼前で、次々と崩れて行った〉当時の状況を背景に、江戸期の上田秋成やT・S・エリオットをはじめ、洋の東西に宗教と個人の亀裂を複雑な文脈の中にたどりながら、〈来るべき新しい世紀は、「大世俗化の世紀」となるだろう〉、〈宗教からモラルへ〉向かうだろうと予測していた。

キリスト教をはじめとする既成宗教においても、「神」の輪郭は薄れゆき、人びとは祈りを怠り、怠りつつも不安に苛まれ、一方では「千年王国」を待望するカルト教団が世界中で力を持ちつつあった。大江健三郎は二十世紀末の社会と文学の流れを概観し、隠やかに人々を繋いでいた日本の固有信仰を、新しくとらえ直す必要を感じ取っていたはずだ。『懐かしい年への手紙』で「僕」とギー兄さんがずっとどこかで信じ続けていた、《この谷間で人間が死んでもな、魂は、舞いながら森に昇ってな、木の根方におちつくのであるから、そして待っておればまた生まれて来るのじゃから!》という四国の村の信仰は、よって、八年後に完結した『燃えあがる緑の木』第三部では次のように更新されるのである。

《人々は、この谷に生まれ育ち、一度は多様な世界である谷間の外にでるが、やがてふたたび源

としての谷に帰ってきます。（中略）「流出」の勾配と同時に、「帰還」の勾配があります。／なぜ、逆の勾配が発生するのでしょうか。「四国の谷の森」に、この谷に生まれた人びとが死を迎えると、魂は森の樹木の根から空に向かって昇っていくからです。森には、人を帰還させる力がある。そのように「場所に力がある」のです。つまり、Kは、流出＝生、帰還＝死という〈生と死の場〉の仮想された地形を構築しています。それが、Kが描出したひとつの「世界モデル」なのです》

　これは教会の建物を任された建築家のスピーチを通して、「世界モデル」の死生観が説明されている箇所である。「K」は谷間生まれの小説家で、『懐かしい年への手紙』に続いて大江健三郎の分身となる人物。土地の伝統保守派を代表する旧家の老人が自分の信仰を語り、嗚咽する場面もある。

《Kは、流出＝生、帰還＝死という〈生と死の場〉の仮想された地形を構築し……（中略）その「世界モデル」こそが教会プランに具体化されておったのやないか？　わしが先祖代々の資産を投じて教会のプランを実現しようとしてきたのは、土地の笑いものになるのは百も承知、家族の崩壊も仕方ない、それでもなお喜びとともにな（まさにRejoice!や）》

「燃えあがる緑の木」の教会は、「Rejoice!」という合言葉が象徴するように、一から教義を収集していくという、シンクレティズム、アマチュアリズムの誹《そし》りも怖れぬ新興の集団で、教義も農場の経営も音楽会の計画も、すべては集会の合議をもって決定する。自由と寛容を旨としつつ、誰もが日々、人知を超えたエピファニー＝「神」の顕現を待ちわびていた。彼らの活動は二

十世紀後半に欧米から広がった、「世俗的ヒューマニズム」と呼ばれる生き方の実践のようでもある。既成宗教が千年以上も守ってきた旧弊な教義に縛られず、今、この時代を生きる人間がよりよい人生を送るために現実的な判断を優先する、ゆるやかな信仰。共同農場を経営するなどして自給自足生活に努め、礼拝や説教を聴く際は一堂に会し、原発反対など、時に応じて社会的、政治的な問題にも結束して立ち向かうという集団は、欧米に点在するコミューンにも似ている。急進派も排除されず、反社会的な教義に傾く可能性は常にある。そうした不安定かつ不特定の人々による教会の創設から解散までの記録を、男性であって女性でもある肉体をもって谷間の村に生まれた「サッチャン」という若者にゆだねたところにも、その後の価値観の変化への作者の洞察が感じられる。

「新しいギー兄さん」へ

長編の概要を「燃えあがる緑の木」の教会を軸に紹介しよう。教会の名はW・B・イェーツの詩「揺れ動く《ヴァシレーション》」の、《梢の枝から半ばはすべてきらめく炎であり／半ばはすべて緑の／露に濡れた豊かな繁りである一本の樹木》にちなむ。語り手のサッチャンは両親を亡くした後、遠縁にあたる「屋敷」（本家）の女主人「オーバー」の庇護を受け東京の大学に進学するが、故郷に戻ってオーバーの世話を引き受けてきた。特別な治癒能力と知恵の深さで信望を集めてきたオーバーは、『懐かしい年への手紙』の「さきのギー兄さん」による農業改革の試み、彼の起こした凶悪な事件、テン窪の池に浮かんだ死までのいきさつをすべて知っている。その上で、やはり縁戚に

あたる青年「隆」が東京から帰って来ると、住居と農場を与え、土地の伝承を五年がかりで語り伝え、自身の死が近いことを悟ると、隆をある日、「ギー兄さん」と呼び始めた。

ほどなくオーバーが命を閉じると、地元の医師や不識寺の住職は、「童子の螢」という伝統行事を復活させ、葬儀の前夜、遺体を森の中に密かに埋葬する。近代的な火葬を回避しようとするこの挿話にも、仏教以前から伝わる土地の伝承を守ろうとする村の人々の固い意志が表わされている。だが、オーバーの弔いで伝統を継承する時代の幕は閉じた。その時から村の信仰は大きく揺れ動き始める。

「隆」は外交官の息子に生まれ、北欧やアメリカ西海岸で育ったのち、帰国して「千葉大学」に入学し、学生運動に引きずり込まれる。そこで生じた命にかかわる怨嗟から逃れて「魂のこと」に集中するため、父の故郷である四国の山間にある「真木町」へ単身、移住してきた。大学で農業を学んでいた彼は、地元の仲間と農場を営み始めていたのだが、「ギー兄さん」の名を与えられ、遺言によって屋敷の継承者となった途端、オーバーから治癒能力まで受け継いだように病気の子供を治す。すると、彼を「救い主」と呼ぶ親たちが押し寄せ、テレビ番組を通じて全国に知られ、共同生活を望む者が集まって来る。ところが誹謗するジャーナリストに煽られ、危険視する人々からついに「新しいギー兄さん」は殴打され、負傷する。それはサッチャンと彼が結ばれる契機ともなり、二人は教会の建設を決意する。ここまでが第一部「「救い主」が殴られるまで」である。

二人に大きな影響を与えるのが、「ザッカリー・K・高安」という日本人の父を持つアメリカ

人の青年だ。ザッカリーは世界的なヒット曲を出したロックバンドを率いたのち、日本近世史を専攻する学生となり、「東大の生産技術研究所」に建築専攻の大学院生として籍を置く。彼は現代のあらゆる知と感興を求めて遍歴を続ける、異端の巡礼者で、父は、『「雨の木《レイン・ツリー》」を聴く女たち』で屈折のうちに早世した「高安カッチャン」。ザッカリーは父の遺品にあった本から柳田国男の愛読者になり、東欧出身の民俗学者M・エリアーデや仏教に関する素養も持ち、肉体的交歓を通じてサッチャンが女性の姿で生きる契機もつくった。日本の習俗、土地の植生や神社の来歴、新たな教会の音楽……さまざまな局面で知見を発揮し、新しいギー兄さんのよき話し相手となる。

《Kさんの友人の文化人類学者が、日本文化に特有のかたちとして「中心の空洞」ということをいうよね？　たとえば戦前の国家権力を洗い出してゆくと、結局、中心の天皇の場所が空洞になっていて、責任の究極の取り手がない。あるいはやはり天皇家と関わるけれど、東京という大都市の中心は皇居で、そこが緑の空洞になっている。ギー兄さんの、なかになにもないかも知れない繭というのも、「中心の空洞」ということで、いかにも日本人的な信仰のかたちなんだろうか？》ザッカリーの問い掛けに、やはり海外で育ったギー兄さんはこう応じる。《「中心の空洞」ということを考えるとして、それが本当に日本人固有のものかねえ。量子力学にしてからがその直喩に立ってるんじゃないの？　それならばヨーロッパにあり、アメリカにあり、またアジアの人間も共有する》。するとザッカリーは、《僕はギー兄さんの考え方を、無神論のカテゴリーに、あるいは人間的なニヒリズムに、つまり若い頃のKさんみたいな、実存主義者のものに分類するけれども、（中略）しかし、そういう考え方の連中がなお教会を建てるということに、僕は関心

を持たないではいられないね》。
教会は、「集中」とよばれる瞑想を行う集会を繰り返し、『聖書』や原始仏典、チベットの「死者の書」、『神曲』や『カラマーゾフの兄弟』『トリスタンとイゾルデ』など、さまざまな文学作品の断片、時には映画、演劇や歌の一節もコラージュのように蓄積し、自分たちの福音書を編んでいく。新しいギー兄さんは説教で「神」を語ることには慎重だが、《顕現《エピファニー》に接するのは自分の次に来る者だ》と、その点は確信をもって繰り返す。

多くは青年期にある彼らを注意深く見守るのが、新しいギー兄さんの実父だ。彼は「EC日本政府代表部特命全権大使」という華やかな経歴を持ち、「総領事」と呼ばれる。大江と親しかった実在の外交官、西山健彦をモデルとするが、第二部「揺れ動く（ヴァシレーション）」はこの総領事をめぐる話が主となる。不治の癌を患った総領事は教会を終の棲家と決め、イェーツの詩の精神を糧に生き抜こうとする。

余命を感知した総領事へ、親戚で幼馴染でもある作家の「K」は、『治療塔』『治療塔惑星』という、大江健三郎が実際に一九九〇年前後に発表したSF小説の完結編「治療塔の子ら」を書き継がないかと提案する。Kが途中まで用意したプロットも詳しく書き込まれている。『治療塔惑星』で夫を宇宙に見送った主人公の「リツコ」は、息子の「タイ」も「宇宙少年十字軍」のメンバーに指名される。宇宙からの交信の媒体となるため、繭《コクーン》カプセルに入って巨大なプールに浮かぶ息子のタイ。その光景を見ながらリツコは、《J・C・であれモハメッドであれ釈迦であれ、あらためてこちらに訪れてきて向こう側の宇宙とこちら側とを媒介してくれる「あの人」》を渇

望して祈り続ける。「繭《コクーン》」の意味を柳田の著作の中に探すと、『妹の力』(一九四〇年)の「うつぼ舟の話」に〈沖で大船が難破するとき、船主その他の大切な人、または水心を知らぬ者をこうして箱に入れ、運を天に任せて押し流す例がある〉という伝承が見つかる。中が空洞で水に浮かぶ繭のような入れ物が、魂を乗せて異界とこの世界とを繋ぐと古来、想像されてきたのである。

「治療塔の子ら」という作中小説は、立派な礼拝堂が出来て空洞化が始まる、教会の行く末を暗示していた。新しい礼拝堂で営まれた総領事の葬儀の自由さ——ニグロ・スピリチュアルズが響き渡り、薔薇の香にテン窪一帯が包まれた——それはこの教会の在り方を象徴していたが、総領事の葬儀をピークに教会は内部分裂へと向かう。「神」の定義を求める声に追いつめられるように、「救い主」=新しいギー兄さんは言葉をなくす。内圧に耐えきれなくなったサッチャンが、性的に放縦な遍歴となる旅に出るところから第三部「大いなる日に」が始まるが、やがて彼女は教会に戻って来る。ギー兄さんが暴漢に襲われ歩けなくなったためで、死を意識した彼は、再び言葉を発し始める。

《自分は永く生きないが、それは相対的な問題だ。とくに私は、自分という死者と共に生きて、繋いでくれる人たちの存在をすでに感じとっているから。私はその自分をさらに後から来る人に繋いでくれる者によって、列の妥当な位置におさめられるだろう。「死者と共に生きよ」という教えを生き方の根本におく者たちの列》

しかし、教会の営む農場はいつしか急進的な「伊能三兄弟」(この名も遠野出身で台湾山岳民族

の研究者、伊能嘉矩を思い出させる）が実権を握り、対立する不識寺の住職「松男さん」は、何人かの教会員と九州最西端の長崎へ向かい、そこを起点に巡礼の旅に出る。このエネルギーに満ちた巡礼者の名は、学生時代に柳田が『文學界』に新体詩を発表した際に用いた筆名「松男」（柳田家の養子となる前の旧姓「松岡国男」に拠る）と同じである。そして、この名にはさらに深い意がこめられていることには、本書の第二部で触れる。

　衰弱したギー兄さんも松男さんの巡礼団に参加することを決め、《不識寺の、つまり谷間と「在」の魂に責任をとって来た家系だから、あの人の道をもとめての巡礼には特別のものがあるんだと思うよ。亥の子突き（註・柳田の『年中行事覚書』によると、藁製の竿を持って集団で土を打つ季節の風習）は、ここで「十畳敷」を走る「壊す人」の足音の模倣だというんだが、そのこともふくめて松男さんに話を聞きたい気がするね》と、サッチャンに言い置く。ところが翌朝、峠の出口を抜けたところで、学生運動でかつて敵対したセクトから不意に投石され、ギー兄さんは頭を砕かれて死亡する。その後の葬儀を取り仕切り、この三部作をしめくくる説教を行うのも、禅宗の僧侶、松男さんの役割だった。

《われわれは行進しましょう。さきのギー兄さんがいったように、鉄砲水になって突き出しましょう。黒ぐろとしてまっすぐな線になって！　しかし、愛とはまさに逆の、というのではなく、世界じゅうのあらゆる人びとへの、愛ゆえの批評として！》

『懐かしい年への手紙』の「さきのギー兄さん」は、たしかに松男さんのこの呼び掛けとは逆に、《真黒い水ともども、自分が鉄砲水になって突き出す。その黒ぐろとしてまっすぐな線が、

つまり自分の生涯の実体でね、世界じゅうのあらゆる人びとへの批評なんだよ。愛とはまさに逆の……》と、悪意の言葉を残して死んだ。豹変の謎が置き去りにされた物語の責任を最後、『燃えあがる緑の木』の松男さんが肩代わりしたことにもなるが、「新しいギー兄さん」もその物語の最後、不可解な行動に及んでいた。巡礼に出る前日の満月の夜、サッチャンを誘い、「さきのギー兄さん」が造ったテン窪の人工池にボートをこぎ出し、池の中の小島に立つ大檜に火をつけ、燃えあがる木を見つめ続けている。この行為は何を意味したのか。作中ではイェーツの「揺れ動く」にある《突然おれの身体が燃えさかった、／二十分間の余も／おれは感じていたのだ、あまりに倖せが大きいので、／祝福されておりみずから祝福をもなしえるほどだと。》が何度か引用され、一瞬の中の永遠を経験することの至福を、ギー兄さんも作家のKも異口同音に説く。この時、燃える大檜に、新しいギー兄さんは地上の幸福を確認していたのだろうか。

だが、民俗学的、人類学的には背徳の行為である。柳田国男は『神樹篇』（一九五三年）の中で、「神」の降臨所として人目を引く喬木や目印の柱が立てられた各地の習俗を解説しており、逆さに立てられた杖から育った神樹や、天狗と関係づけて木の霊力を語った部分もある。〈天狗は要するに山の神に、かつて我々が付与した呼称である。その属性の最も人に畏れられたのは、祟ることと憑くこと、それから人を迷わしめて、いずれへか連れて行くことで、神隠しといった出来事にも、天狗のわざと認められたものが多かった。今後の日本の民族心理の研究において、いちばん大切な問題となるべき霊的現象は、かくのごとくにしてしばしば奇形の樹木を中心としていた〉

また、柳田が一度は対面したとも伝えられ、多大な影響を受けたJ・G・フレイザー、その主著『金枝篇』（原書決定版の完結は一九三六年）にも、〈ヨーロッパでは、あらゆる種類の病気や苦しみを引き受けてくれるものとして、最も広く使われているのが樹木である〉（講談社学術文庫『図説金枝篇』）と、「樹木崇拝」の記述は多岐にわたる。「火祭」に関する例示も多く、「樹木の霊を殺す」という項では、ヨーロッパの農民が行なう春の慣習として〈一つは、謝肉祭で人形によって神の死を演じる儀式で、もう一つは、「死」そのものを表す人形によって神の死を演じる儀式である〉としている。これは春の「御霊祭」の日、身にまとった枯木に火が付いた初代の「ギー」や、『ピンチランナー調書』（一九七六年）、『宙返り』（一九九九年）でも、最後は張りぼての人形に火がついて「師匠《パトロン》」が死ぬ場面と結びつく。非業の死を遂げた人物の霊を神として祀る「御霊信仰」も仏教伝来以前から続く日本古来の祖霊信仰であり、大江の故郷、愛媛県はその信仰が濃厚とされる。土地の神の怒りに触れたように、新しいギー兄さんは、大檜に火をつけた翌日、殺されるのである。

『懐かしい年への手紙』の主役となった二代目のギー＝「さきのギー兄さん」は最期、テン窪の人工池に堰き止めた黒い水を村に流そうとする悪意に取り憑かれ、その池に変死体となって浮かんだ。しばらく時を経て村に住み着いた「新しいギー兄さん」は、「救い主」と呼ばれて教会の開祖となり、キリスト教も土地の伝承もすべて受け容れ、信者らは「Rejoice!」と唱和して「神」の訪れを待望した。

《自分が死んだ後は、次の「救い主」候補を押し立てて、さらに繋いで行ってもらいたい。それ

が続いてゆきさえすれば、自分は確実に「救い主」に繋がることができるのだから。数かずの先行者たちと同時に、ある日……　私は予感することがある。この土地で、まことに永い時にわたって夢みられつづけてきた永遠の夢の時《エターナル・ドリーム・タイム》の実現は近い、と……》

そのような言葉を遺して新しいギー兄さんは亡くなる。しかし、《次の「救い主」候補を押し立てて》とは。代わり得るものとして「救い主」は在るというのか？　実はここに大江健三郎と柳田国男を結ぶ「再生」「魂の更新」の思想があると考えたい。彼らが共に使った言葉でいえば、それは「生まれ替わり」への強い志向。この志向を結節点として、大江と柳田は固く結ばれているると想像してみたいのだ。それはいったいどのような結びつきなのか？　少し回り道となるが、両氏の評伝的事実を交えながら、いくつかの考察をしばらく続ける。大江健三郎はなぜ、「ギー」と名の付く人物を小説の中に繰り返し登場させたのか。なぜ、作中のいくつかの状況は、繰り返し書かれるのか。

「七生報国」と「生まれ替わり」

柳田と大江、二人を結ぶ言葉として、まず、「七生報国」があった。

大江健三郎がこの言葉を最初に小説の中に使ったのは、一九六〇年十二月に発表された「セヴンティーン」第一部（『文學界』一九六一年一月号）。同年十月に日比谷公会堂で起きた、社会党の浅沼委員長刺殺事件の犯人と重なる高校生の「おれ」は、極右組織「皇道派」のリーダー「逆木原国彦」から《七生報国、天皇陛下万歳》と、稽古着に書いてもらう。それは実際に犯人の少年

が拘置所で自殺を図った際、独房の壁に書き残したと、この作品の発表直前に報じられた文言でもある。初出の『文學界』に掲載されて以来、二〇一八年に『大江健三郎全小説』第三巻に収録されるまで、五十七年も日の目を見なかった「政治少年死す（セヴンティーン第二部）」の結末近くにもこう記されている。

《天皇陛下万歳、七生報国、おれの熱く灼ける眼はもう文字を見ず、暗黒の空にうかぶ黄金の国連ビルのように巨大な天皇陛下の轟然たるジェット推進飛行を見ている、おれは宇宙のように暗く巨大な内部で汐のように湧く胎水に漂よう、おれはビールスのような形をすることになるだろう。幸福の悦楽の涙でいっぱいの眼に黄金の天皇陛下は燦然として百万の反射像をつくる》

三島由紀夫が割腹自決した日に締めていた鉢巻にも「七生報国」とあった。「政治少年死す」の右翼少年の思いを凝縮した「七生報国」という言葉の捉え方は、だが、大江の中で変わっていっただろう。「七度人として生まれ替わる」という部分は肯定しながら、「国」については、規模の異なる「村」という共同体、一つの小宇宙と同義のものに変化したのではないか。それが端的に、『同時代ゲーム』の「村＝国家＝小宇宙」という等式によって示されたのではないだろうか。

また、もともとは楠木正成が「七度人として生まれ替わり、朝敵を誅殺して国（南朝天皇家）に報いる」と誓ったとされるこの言葉は、柳田国男においても独自の受け止めがあったように思われる。柳田は『先祖の話』の「八〇　七生報国」の項をこう締めくくっている。〈人生は時あって四苦八苦の衢《ちまた》であるけれども、それを畏れて我々が皆他の世界に往ってしまっては、次の明朗なる社会を期するの途は無いのである。我々がこれを乗り越えていつまでも、生まれ直して来よ

う と念ずるのは正しいと思う。しかも先祖代々くりかえして、同じ一つの国に奉仕し得られるものと、信ずることの出来たと言うのは、特に我々にとっては幸福なことであった〉。魂は故郷の山に必ず戻って、子孫を見守ると主張する柳田にとっても、「国」は「家」の寄り集まった「村」の集積としてイメージされていたのではないか。

柳田はまた、「祖霊」＝先祖の魂への思いをこう書いている。

〈日本を囲繞したさまざまの民族でも、死ねば途方もなく遠い遠い処へ、旅立ってしまうという思想が、精粗幾通りもの形をもって、おおよそは行きわたっている。ひとりこういう中においてこの島々にのみ、死んでも死んでも同じ国土を離れず、しかも故郷の山の高みから、永く子孫の生業を見守り、その繁栄と勤勉とを顧念しているものと考え出したことは、いつの世の文化の所産であるかは知らず、限りもなくなつかしいことである〉（「魂の行くえ」一九四九年）

柳田はこの文章に次のように含みも持たせている。〈それが誤ったる思想であるかどうか、信じてよいかどうかはこれからの人がきめてよい。我々の証明したいのは過去の事実、許多の歳月にわたって我々の祖先がしかく信じ、さらにまた次々に来る者に同じ信仰をもたせようとしていたということである。自分もその教えのままに、そう思っていられるかどうかはこころもとないが〉。

こうした柳田の心許ない思いまで、大江健三郎は『燃えあがる緑の木』の新しいギー兄さんに受け継がせ、この先どのような時代になろうと、世界中のどこの国の人々にも届く信仰の「世界モデル」を作品の中で新たに伝えようとした。「再生」「生まれ替わり」への祈り……。それが大江が柳田に替わって更新させようと試みた、現代人の死生観、鎮魂の在り方だったと考える。

柳田の『先祖の話』八十一の項目の中でも、六十番以降は「黄泉思想なるもの」「魂昇魄降説」「あの世とこの世」「帰る山」「あの世へ行く路」「二つの世の境目」「神降ろしの歌」「魂を招く日」「最後の一念」「生まれ替わり」「家と小児」「魂の若返り」……まさに『同時代ゲーム』以降の大江作品に散見され、『燃えあがる緑の木』で主題に据えられた「魂のこと」に関連する事柄が連なっている。なかでも大江を引きつけたのが「七生報国」、それと表裏一体の「生まれ替わり」だったのではないか。

　柳田は「生まれ替わり」の項でまず、〈顕幽二つの世界が日本では互いに近く親しかったことを説くために、最後になお一つ、言い落としてはならぬのは生まれ代《ママ》わり、すなわち時々の訪問招待とは別に、魂がこの世へ復帰するという信仰である〉と述べている。仏教は「転生」を特色の一つとしているが、それが却って日本固有のこの信仰を不明にした原因になったと述べ、〈六道輪廻、前生の功過によって鬼にも畜生にも、堕ちて行くという思想は日本には無く〉、〈ある期間が過ぎてしまうと、いつとなく大きな霊体の中に融合して行くように感じられる〉。それも日本独自の感覚だとした上で、〈ともかくも神と祀られるようになってからは、もはや生まれ替わりの機会は無いらしいのである〉とする。

　ほかにも柳田は日本が他国と違う点は、〈生きている間でも、身と魂とは別のもので、従ってしばしば遊離する〉、魂が生身を離れやすいのは小児であるとし、次の「家と小児」では、〈日本の生まれ替わりの第二の特色と言ってよいのは、魂を若くするという思想のあったことである。小児の生身玉《いきみたま》はマブリともまたウブともウツツとも呼んでいたらしいが、これは年とった者に比

べると、身を離れていく危険の多かった代わりに、また容易に次の生活に移ることも出来て、出入りともにはなはだ敏活なように考えられていた〉。さらに〈時代が若返るということは、若い人々の多く出て働くことであった。若を美徳としまた美称とした理由は、日本の古い歴史ではかなりはっきりとしている。恐らくは長老の老いてくたびれた魂も、出来るだけ長く休んで再びまた、潑剌たる肉体に宿ろうと念じたことであろう〉と推考している。

柳田がここで書いている日本の固有信仰の要となる「生まれ替わり」。大江がこの信仰をもっとも鮮明に反映させているのは、『M／Tと森のフシギの物語』で、そこには大江作品に繰り返し登場する谷間の村の英雄、「亀井銘助」がついに捕らえられた際、「銘助母」が発した不思議な呼びかけの言葉が出てくる。

《大丈夫、大丈夫、殺されてもなあ、わたしがまたすぐに生んであげるよ！》

衰弱した銘助さんはほどなく穏やかに死を迎え、一年後、銘助母は男の子を出産し、それから六年後の「血税一揆」でその男の子＝童子が見事な働きをしたことを、『M／Tと森のフシギの物語』の語り手の「僕」は祖母の昔語りで聞かされる。童子は一揆の戦術を冥界の銘助さんに尋ねに行くことさえしたらしい。この童子は娘盛りの女の子もかなわぬ美しさだったというが、一揆が終わると《ボーッと浅葱色に光る繭のように見えていた童子は、スッと消えてしまいました。／――わしは銘助さんと永い話がある。母様は、急いで追いかけることはないよ！　長生きしてくださいや！》と言い残して。祖母はこの話を銘助母から直接聞いたと幼い「僕」に語った。柳田の説いた「生まれ替わり」を、大江は印象深い物語に書き換えている。

『M／Tと森のフシギの物語』の作中の時制は、この作品が書かれた一九八〇年代半ばの現実に即している。作中の「僕」の年代までは、土地の伝承や民話を豊富に蓄えた祖母の世代が、こうして子孫に語り伝える代々の慣習が続いていたと考えられる。「僕」の育った頃は柳田国男の還暦を機として一九三五年に結成された、全国の「民間伝承の会」有志が、農耕文化に関わるあらゆる習俗を、時を惜しんで採集していた時期でもあった。そこから『日本の祭』『神道と民俗学』『先祖の話』といった、今も読み継がれる主要な著作が次々にまとまる。これらに収められた伝承は、柳田の仕事がなければ永遠に失われてしまったかもしれない、日本人古来の記憶の集積にほかならない。

柳田と天皇制

このように、日本人のアイデンティティーと直結する仕事に挑んだ柳田国男だが、天皇制、戦争について語らず、性にまつわる習俗に触れなかったと長く批判されてきた。いずれも大江健三郎が重要なテーマとしてきたものばかりであり、柳田と大江が対照されない関係であり続けたのも、このあたりに理由があっただろう。だが、柳田は本当に天皇制、戦争、性について意思を発していなかったのか？　柳田の年譜の背後にある行動と思考をたどると、意外なほど通じ合う気脈を取り出すことができる。

一九三五年に生まれて十歳で敗戦を迎えた大江は、以来、平和と呼び得る時代に生きてきた。対して一八七五年生まれの柳田は、成人する頃に日清戦争、官僚生活の初期に日露戦争、そして

第一次大戦終結後に国際連盟の役職に就き、日中戦争、太平洋戦争をくぐっている。敗戦時にはすでに七十歳。その生涯はほぼ戦争に覆い尽くされていたと言っても過言でない。内閣法制局の参事官となり、一九一〇年には韓国併合に際した法制の実務に就いている。宮内書記官として明治天皇の大葬に奉仕し、大正天皇即位の大礼では「大礼使事務官」として、大嘗祭の意義を各地で講演する役割を担い、大嘗祭当夜の盛儀でも重責を担った。皇室に近い任務を命じられたのは、次兄で歌人の井上通泰が政界の実力者、山県有朋に近く、明治天皇御集の編纂を行い、宮中顧問官や貴族院議員を務めていたことも大きかったとされる。

柳田は、〈国威顕揚ノ国際的儀式〉としての即位礼と、〈国民全体ノ信仰ニ深キ根柢ヲ有スル〉大嘗祭を同じ月に京都で行うという当時の「登極令」に異議を唱えた改善案を直後に書いていた。提出はされなかったその文書には、〈豊かなる秋の収穫を終つて後、直に新穀を取つて酒を醸し飯を炊ぎ、神に感謝の祭を申すことは、今も村々の常の行事であつて、殊に直会の古例を存する土地においては、畏れ多いことではあるが、規模の絶大と微小との一点の差を除いては、至尊御親ら執行はせたまふところと、略々その様式を一にして居るのである〉（「大嘗宮の御儀」一九二八年）とある。柳田は大嘗祭に際しての感激は何度か書いているものの、大嘗祭の内容については、ほぼ何も明かしていない。

『カミとヒトの精神史』などの著作を持つ民俗学者の中村生雄は、柳田国男には〈一般の天皇制イデオローグの場合とはいささか異なるものがあった〉という。中村は柳田の天皇観について、〈それは、いわば新穀の祭りをとおして顕在化する天皇（宮廷）と国民（村・農民）の連続性の認

識とでも称すべきもの〉だと受け止めている。〈新穀の実りを神に感謝するという祭の根本性格において、天皇が主宰する宮廷の祭と農民が行なう村の祭とが等質のものであるとすれば、稲にまつわる民俗を中核として構成されてきた日本の社会にとって天皇は何ら特異な存在ではない（中略）柳田の民俗思想のベースには、天皇（宮廷）と常民（村）との距離を極小化し、その両者のあいだを稲の祭という一本の糸で強くむすびつけようとする意思がはたらいていた〉（『柳田國男事典』一九九八年）。この認識は折口信夫ともほとんど相違がない。

大江作品の細部にも、宮廷の祭と農民が行なう村の祭とが等質のものであるという認識を前提とした挿話は何度か出てくる。『懐かしい年への手紙』で、敗戦の年に十五歳だった「ギー兄さん」は、村の女たちに懇願されて「千里眼」を行う際、〈黒地に金銀、朱に緑と黄の糸で花模様を織り出した着物をゆったりと羽織り〉、〈白粉と紅で花嫁のように化粧〉し、傍らにはやはり着物姿の「セイさん」が寄り添った。異様な印象を与える描写だが、これも作者大江の思い付きではなかった。中村の『日本の神と王権』（一九九四年）によると、一八六八（慶応四）年の正月、満十五歳だった明治天皇は宮廷の「幼童天皇」として女官に囲まれ、正月十五日に元服をすると、〈不思議なことに、幼童天皇は成年式を挙げることによって童子の姿を捨てはしたが、今度はお歯黒をつけることで女に扮装した〉。女装という「旧弊」を改め、天皇が断髪して薄化粧を止めたのは、『明治天皇紀』の記述では一八七三（明治六）年三月。中村は、〈幼時の両性具有的な童子姿と、活力にあふれ威厳に満ちた成年男子の姿との双方は、言わば通常の王の一般的な成長過程と特別に異なるところはない。異様でもあり、検討に値するのは、それら二つの時期には

さまれた〈女装〉の時代である〉と指摘する。そして、〈大嘗祭のとき嘗殿に籠って〈神の女〉となる〉ことなどを想定しながら、〈〈女装〉の天皇とは儀礼執行者でありかつ祭祀者としての天皇をさしていたから、天皇が政治的あるいは宗教的な次元で不可解なまでの可塑性と変幻自在性を発揮するのは、ほかならぬ祭祀と儀礼の執行を通じてである以外にないのだ。／そしておそらく、この〈女装〉の天皇の不可解さ不透明さが、またそれゆえの変幻自在さが、巷間よく言われる〈空虚な中心〉としての天皇、〈ゼロ記号〉としての天皇、〈無用の用〉としての天皇、等々の言説を生み出す根拠でもあるに相違ない〉と結論付けている。柳田はこのような祭祀と儀礼の宮中での実際を熟知する、当事者であり過ぎたのかもしれない。

とはいえ、中村生雄の論考は『懐かしい年への手紙』の七年後の刊行物にある。十五歳のギー兄さんを、「壊す人」の花嫁にふさわしく描写したのは、大江が近代のはじまりにおける宮廷儀礼を詳しく調べた上で、柳田や折口同様、宮廷と周縁の村の様式の等質性を示す意図によったただろう。化粧をして千里眼の託宣に汗を流すギー兄さんのもとには《作り手がそれぞれに違うことのあきらかな、様ざまなかたちの握り飯が、大きい盆に二十個ほども載せて置かれている》。《当のギー兄さんは、お雛さまのように丹念に紅でかたどった脣に握り飯を運ぶと、とたんに犬のように大口をあけてパクリと食っていた》。「米」にまつわる話がめったに登場しない大江小説の中で、この描写にも根拠は探せるだろう。

ジュネーブの日本人

成人した明治天皇の華麗な軍服をまとった洋装と髭の威光は、一九一四（大正三）年に貴族院書記官長に就き、両胸に金糸の装飾が施された洋装の肖像画が残る中央官僚、柳田国男にも差している。就任直後に営まれた大正天皇即位式、大嘗祭奉仕の折に古式の装束で正装した柳田の写真もある。しかし、貴族院議長の徳川家達と対立し、また、日本の統治下となっていた台湾で、現地の住民による抗議運動を招いた林野収奪問題の調整も不調に終わった柳田は、一九一九年末、「脳神経衰弱症の保養」を理由に二十年に及ぶ官僚生活に終止符を打つ。

直後、朝日新聞論説委員に就任する契約を交わし、念願の南九州から沖縄への旅に出ていた翌春、今度は国際連盟の役職に就くよう政府からの要請が舞い込み、受諾。一九二一年半ばから足かけ三年にわたって、国際連盟委任統治委員会の委員として、永世中立国となったスイスのジュネーブに暮らすことになる。この滞欧経験が、柳田が語らなかったとされる日本の戦争責任について考える上で、非常に重要になってくる。

柳田国男をこの職務に推挙したのは、国際連盟の初代事務局次長に就いた新渡戸稲造。新渡戸はアメリカとドイツへの留学を経てアメリカ人の妻を持ち、英語で著わした『武士道』（一九〇〇年）が海外で評価を得ていた。柳田が『遠野物語』を著わした一九一〇年、新渡戸の自宅で「郷土会」を開いていた間柄でもあった。

柳田はイタリア語やオランダ語にも関心を示し、アナトール・フランスを英仏対照で読んだ記述も「大正七年日記」にある。だが、言語の壁は高かった。滞欧中の柳田について調べた岡村民夫は、〈言語が国家や民族の力関係に貫かれていること、外国語の教養じたいが言語間の不均衡

な力関係を発動させ、強化する装置であること、つまり自分自身の学問が日本と西洋の不平等な地政学的関係に不本意ながら加担していることを、強く意識せざるをえなくなった〉(『柳田国男のスイス』二〇一三年)とみる。

また、それまでに柳田が関わった日韓併合や台湾統治については、植民地主義の時流に流されたなど批判も強かったが、それを覆す資料もある。柳田は国際連盟時代、報告書「委任統治領における原住民の福祉と発展」(「THE WELFARE AND DEVELOPMENT OF THE NATIVES IN MANDATED TERRITORIES」の英文と仏文が残っていたものを岩本由輝が英文から邦訳)をまとめており、統治領の教育について柳田は、〈初等教育の領分のなかですら、問題は想像以上に難しい。(中略)一般的傾向ではたしかに古い傾向を捨てている。その古い方法とは原住民の子供に国家や歴代皇帝の名前を強制的に覚えさせるといったあまりに国家主義的な、二つの人種の同化だけを目的とした類のものである〉と文化保護主義的な見解を表明している。この報告書についてバッファロー大学名誉教授のT・W・バークマンは〈ヨーロッパにおけるユダヤ人差別の問題を知り、多くの委任統治領においてマイノリティがいかなる状況におかれているかを知った。滞欧後には沖縄の人々への強い共感が生まれ、彼らが日本人に虐げられてきたことへ関心を寄せた。(中略)ヨーロッパでの職務は柳田の民俗学に人道主義的な色彩を加えた〉(「ヨーロッパへの回廊――柳田国男と国際連盟」R・A・モース、赤坂憲雄編『世界の中の柳田国男』二〇一二年)と評価している。

柳田はスイス滞在中、「瑞西日記」をつけ、「ジュネーブの思い出」と題した回想記を残した。

そこには西洋以外の代表者としてただ一人参加し、極東の島国としての日本の孤島苦を初めて体感する、内省的な記述が目立つ。

滞欧体験は柳田の後半生に多大な影響を及ぼすことになり、沖縄という「島」、最晩年の著作『海上の道』の方へ、関心は伸びて行く。それでも、太平洋戦争前後の柳田には現実と向き合った言論は乏しい。敗戦の日に〈十二時大詔出づ、感激不止〉(『炭焼日記』一九五八年)と記したのも、玉音放送で天皇の肉声に接した感激を指すとされてきた。戦争をめぐる柳田についての評価は分裂しており、中村哲、宮田登らは柳田が戦争に批判的だったとする一方、橋川文三、色川大吉らの評価はそうではなく、〈侵略された被害者の側からの視点が欠如し、天皇観が頭をもたげて来ることを考えたとき、後者の評価の方が妥当〉だと『柳田國男事典』(一九九八年)にはある。

歴史経済学者の岩本由輝は、柳田が民俗学という若い学問の市民権獲得に投じた苦心を認めつつ、民衆の生活面をみているだけでは〈戦時中の権力者の国粋主義の鼓吹の邪魔にはならなかった〉(『柳田民俗学と天皇制』一九九二年)と述べ、戦後、柳田が民俗学を「現代科学」と規定したことについても、実践の科学性は不徹底だったとする。「新国学談三部作」と柳田が呼んだ『祭日考』『山宮考』『氏神と氏子』についても、〝ムラ〟や〝イエ〟が現実に共同体として機能しなくなっていたのに気づいていたにもかかわらず、柳田は〈心情的になお、そうした神に対する信仰を捨てえなかった〉と批判している。だが、村や家という拠りどころを失いつつあった時代だ

からこそ、柳田国男は日本人の「魂の行くえ」を考えようとしたとも考えられよう。
幅広い分野にかかわる柳田の仕事が、研究の進展と価値観の変化によって批判され、修整を求められるのはやむないが、民俗学の核心に関わる婚姻制度の研究に消極的で、性習俗を扱わなかった柳田の態度は、さまざまな憶測を招いてきた。理由についてはこれまで指摘されてきた通り、幼少期に長兄と兄嫁との不幸な結婚生活を生家で目の当たりにした体験に尽きるのかもしれない。柳田は八十代を迎えて口述した『故郷七十年』で振り返っている。「長兄は二十歳で近村から嫁をもらった。しかし私の家は二夫婦の住めない小さい家だった。母がきつい、しっかりした人だったから、まして同じ家に二夫婦住んでうまくゆくわけがない」。一年ばかりで兄嫁は実家へ逃げ、二番目に迎えた妻は入水事件を起こした。「私は、こうした兄の悲劇を思うとき、「私の家は日本一小さい家だ」ということを、しばしば人に説いてみようとするが、じつは、この家の小ささ、という運命から、私の民俗学への志も源を発したといってよい」(『故郷七十年』)
橋川文三は、〈後年の大きな研究の萌芽が、そのまま幼少期のナイーブな体験のさまざまな様相の中に埋もれていたことがわかる。いいかえれば、柳田の学問は、決してなんらかの抽象原理からの演繹ではなく、すべてが感覚と結びついた体験的事実の集成から帰納されている〉(『世界の知識人1』)と述べている。その通り、柳田国男の本質は科学的実証を追究する学者というより、明らかに文学者、小説家のそれに近い。多くの作品が十歳の夏に迎えた敗戦とその前後の家族と社会の変動の体験に焦点を結ぶ大江健三郎もまた、幼少期の体験への帰納に貫かれた小説家と言っていいだろう。

二人にとっての「沖縄」

兄夫婦の悲劇から経世済民を志した柳田国男は、茨城県布川町で育った少年時代、利根川を上る何百という船の白い帆に世界の広さを想い、ジュネーブで日本の周縁性、「島」に生きる孤立の心境を体感し、沖縄の民俗研究の中へすべての体験と記憶を帰納し続けた。その結実が亡くなる二年前に刊行した『海上の道』だった。親しかった言語・民俗学者の伊波普猷《いはふゆう》が沖縄の将来を憂えたまま一九四七年に逝くと、同年のうちに柳田自身が編者となって『沖縄文化叢説』を刊行し、その頃から『海上の道』の執筆に執念を燃やし始めている。沖縄を切り離してアメリカと結んだ一九五一年の講和条約にも、柳田は深く胸を痛めた。

そしてこの沖縄への思いこそ、大江健三郎が柳田国男を兄事した最大の理由だとの感も持つ。稲作の技術を携え、沖縄の島伝いに日本列島に渡来したという「日本人の南方渡来説」を展開した『海上の道』。思いの深さを伝えるために、少々長く同著から引用する。

〈久しく南端の島々に分かれ住んで、互いに異国のような感じを養いつづけていた沖縄諸島の人たちが、近世ようやくにして再会の機会を把えて、言語・信仰その他の生活諸相に、埋もれたる上代の一致を心づくに至ったことは、我々のためにも予期せざる大いなる啓発であり、同時にまた南北太平洋の洪大なる水面に、ぱらぱらと散布している島々の居住者に取っても、測り知られぬほどの大いなる希望の種であった。しかもこの大切なる比較の学問が、僅かにその萌芽を見せた矢先に、今度のような忌わしい事変が出現して、故老は次々と世を去り、遺跡は名ばかりにな

ろうとしているのは、歎いても歎ききれぬほどの情けない転変であった。しかし沖縄諸島だけにはそれでもまだ僅かな近世の文献があって、いささかの昔だけは是からでも尋ねて行かれる。たとえば日本の神代の根の国が、もとは単なる地底の「根」だけでなかったことは、根国・根の島・根どころなどの話からも窺われる〉

〈ここで根というのは勿論地下ではなく、たとえば日本の前代に大和島根、もしくは富士の高根というネと同じく、またこの島で宗家をモトドコロ或いはネドコロともいったように、いわば出発点とも中心点とも解すべきものであって、次第にその在りかが不確かになったとは言え、是が本来は統一の力でもあったのである。その記憶が島々への分離によって、次第に稀薄になったとは言っても、古い名称のみはなお久しく伝わっていた。島々の上代を咏歎した詞曲の中に、しばしばくりかえされていた神の故郷、ニライもしくはニルヤと呼ぶ海上の霊地の名は、多分は我々の根の国のネと、同じ言葉の次々の変化であろうと思う〉

ネドコロ＝根所とは、言うまでもなく『万延元年のフットボール』の蜜三郎と鷹四兄弟の苗字であり、大江がここに記された深意を認識して命名したのは間違いない。『海上の道』にはこのほか、島崎藤村が歌詞を書いた「椰子の実」は、柳田が大学二年の夏休み、伊良湖崎に遊んだ折に砂浜へ流れ着いた椰子の実を発見した出来事が元になっていることや、九歳の頃、漢方医でもあった実父から教えてもらった「薏苡仁《ヨクイニン》」とは、Coix Lachryma Jobi L. ＝ヨブの涙という学名を持つ草の実の表皮の粉末であること、その草の実は故郷辻川の野で親しんだ艶やかなズズダマであり、ツシタマなどの旧語をもつズズダマを、『おもろ草紙』の中にある「ツシヤの玉」と結

びつけてみるなど、かすかな関連が切れないよう、柳田翁は全想像力を傾けて南の島の風俗を、自らの体験と記憶に帰納しようと執心している。

先に紹介した柳田に近い憲法学者、中村哲は『海上の道』について、〈北方からの文化南下説を正面から否定しているわけではないが、あたかもそれは有史以後のことで、原日本人そのものが始源の時代においては南から島づたいに漂いついたもので、その際、途中で離島に残ったものが原沖縄人であるというもののようである。これは柳田にとっては、学問以前の、椰子の実に仮託する初心の夢であり、彼自身がこの世に生をうけたことの意味であるかのように問題をなげかけている。それは詩であり文学であって、彼にとっての一つの神話でさえある〉(『新版 柳田国男の思想』)と述べている。

一九七八年に出た岩波文庫版『海上の道』を大江健三郎が解説していることはすでに触れたが、改めてその解説から抜粋すると、〈もとより僕は原日本人の渡来について、また文化の伝播の経路について、柳田の呈出した仮説を検討する立場にはいない〉と断わった上で、中村の〈それは詩であり文学であって、彼にとっての一つの神話でさえある〉を引き、〈積極的に、柳田の文章から、詩的言語・文学表現の言葉としての、柳田独自の達成を読みとることはできるものだろうか?／もとよりそれはできる、と僕ならずしも誰もが認めるにちがいない。柳田国男と折口信夫の仕事を、日本の近代文学のなしとげたもっとも大きい成果の列から、どうして切り離しえるだろう〉。そして、〈個から、われわれの民族の、時間・空間にわたるひろがりをふくむ集団にむけて、閉じられていた自分を解きはなつこと、この想像力的な行為を読み手に喚起する。つづ

いてそのような「私」を、歴史の域を超えた、民俗の古層への乗り超え作業にみちびく〉と讃えている。

大江は、日本にとっての沖縄の重要性を追究した柳田の『海上の道』を語りながら、戦争と戦後の沖縄に関する政治的言及を一切していない。民俗学者の福田アジオによる解説でその点を補足すると、〈日本の「独立」は沖縄を切り捨てることで達成された。このことに関する日本本土の批判とか反対あるいは反省は必ずしも強いものではなかった。『海上の道』の一連の著述は、明らかにこのような日本本土の人間に注意を喚起し、反省を迫るものであった。日本にとって沖縄は不可欠な一部であることを、はるか昔に日本人の先祖が日本列島に渡ってきた経路を論じることで示そうとした〉(『柳田国男全集』第一巻解説)。

大江健三郎が沖縄がおかれてきた窮状に関してどれだけ政治的な状況にコミットした文章を書き、行動を費やしてきたかについては、今さら言うまでもない。八十歳を迎えた二〇一五年春にも大江は現地を訪れ、普天間基地移設問題について話を聞いている。デビュー以来の論考を自身で選び、全十巻に編集した『大江健三郎同時代論集』(一九八〇~八一年)第四巻は、「沖縄経験」と題した独立した一巻。中心を成す『沖縄ノート』(一九七〇年)については、二〇〇五年、その記述に名誉を棄損されたと主張する遺族らが原告となって、大江と版元の岩波書店を訴える事態にも及んだ。この民事裁判は最高裁まで争い、二〇一一年に大江側が全面勝訴している。

沖縄近代史の研究者でのちに沖縄県知事となる大田昌秀と共同編集で、大江は雑誌『沖縄経験』を一九七一年夏から五号刊行し、六号となるはずの「ハワイ特集」を果たせなかったこと

を、『同時代論集』第四巻の後記「未来へ向けて回想する」で猛省している。と同時に〈僕が沖縄について書いた文章は、政治的な状況につねに関わっていた〉。しかし、『万延元年のフットボール』の二年前、一九六五年に初めて沖縄に訪れた際、伊波普猷の『古琉球の政治』の中に〈一字（昔の村）に一ケ所の根所《ねどころ》があるが、根所は大方村落の真中にあつて、之を中心として、家族的の村が出来た〉といった言葉を知る。それを機に〈小説の全体の構想への出発が確保されたのであった。僕は四国の森のなかの村に、かつて強固であった共同体の中心をなす家系を考え、それに『根所』という姓をあたえた〉と書いている。柳田国男についての言及はここにはない。

戦後民主主義者として生きてきた大江健三郎としては、昭和天皇を敬愛し、戦意高揚とも取られる文章を書いている柳田を政治的な文脈の中で語ることには、どうしても違和感があったと察する。それは〈詩的言語・文学表現の言葉としての、柳田独自の達成〉として、文学の世界でのみ言及する、つまり柳田を徹底して文学者として評価するという態度表明でもある。

大江は一九九〇年一月、カリフォルニア大学サンディエゴ校で行った英語による講演で、その年に行われる平成天皇の「大嘗祭」が、政教分離を日本国憲法で定めているにもかかわらず、公費で執り行う政府の〈あいまいな定義〉を批判している。

「日本の近代は、中心の権力に対して、天皇制の暗喩《メタファー》の実体化について慎重であるよう教育する時代でもありました。その教育は民衆に大きい犠牲をはらわせる経験となりましたが、天皇制の暗喩《メタファー》は巨大なまま生き延びているのです」（「ポストモダンの前、われわれはモダンだったのか？」『人生の習慣《ハビット》』一九九二年）

井上ひさし、小森陽一に向けて語った次のような言葉も思い出しておきたい。

「小説家は歴史に参加しない。歴史のなかで働く人にくらべると後ろめたいような人間である。しかも歴史や状況から離れることができない。のみならず、小説家はそれを書こうとさえする。(中略)歴史の近くにいて、歴史を見ながら小説を書いていこうとする。しかし、本当に歴史に参加することはできない」(『座談会昭和文学史 六』)

『取り替え子《チェンジリング》』以降の「妹の力」

『懐かしい年への手紙』の「ギー兄さん」は、六〇年安保闘争で樺美智子が亡くなったのと同じ日、国会議事堂前のデモで頭に大怪我を負った。が、彼自身は何の政治的主張もなしに、「僕」と結婚したばかりの「オユーサン」を心配してその場に紛れ込んでいたという、いささか不自然なほど政治に無関心な人物として描かれていた。『燃えあがる緑の木』の「新しいギー兄さん」は、大学に入学して寮生活をおくっていた時期、ある学生運動の党派に引きずり込まれ、殺人事件に関与したことで命を付け狙われる。その恐怖が彼を「魂のこと」へと向かわせたが、結局、彼は学生運動の残党に命を奪われる。現実の政治、歴史から近くて遠い人物のように、大江は二人のギー兄さんを造形している。

『取り替え子《チェンジリング》』(二〇〇〇年)以降の長編は、大江健三郎の分身、長江古義人の視点から描かれる私語り的な三人称に切り替わる。と同時に、そこにはいずれ発見されることを望むかのように、柳田の著作とつながる言葉が埋め込まれ始めたことに気づく。『憂い顔の童子』(二〇〇二年)で

は、古義人が子供の頃に「コギー」と呼ばれていたことになっていて、柳田はもはや主人公の一部に組み込まれているかのようだ。「ギ」といえば、『美しいアナベル・リイ』（二〇〇七年、原題は「臈《らふ》たしアナベル・リイ 総毛立ち身まかりつ」）のヒロイン、国際的な俳優の「サクラさん」＝「サクラ・オギ・マガーシャック」という名前についても、オギが尾木や荻であれ、やはり「ギ」が含まれる。柳田の『日本の祭』にあるように、技によって神を招くという意味の古い動詞「オグ」にちなむのかもしれない。

　このサクラさんもまた、どこまでも人間として正しい道を探そうとする、「義」に生きる人である。物心つく頃に消し難い傷を心身に負い（その物語はナボコフの『ロリータ』にもつながる）、その後も困難な局面に立ち向かってきた七十代のサクラさんは、古義人の妹「アサ」の組織した女性らの助力によって、四国の森で「メイスケ母」の映画を自作自演で撮る。もともと東北の一揆で活躍した三浦命助が、その一揆に参加していた神主の「ホラ噺」によって四国の村に移植された——そのように作中で「メイスケ」の来歴が説明され、それならばとサクラさんは、自作の口説きやこの地に縁のない「北海盆唄」を歌い始める。土地の女性らの唱和の声も森に響き渡る。

『取り替え子《チェンジリング》』以降、アサ、妻の「千樫《ちかし》」……「妹の力」は目に見えて増幅する。娘の「真木」＝マキの名一つにも、中心のはっきりした一族、一門を指す「巻」に通じる意味が込められているだろう（「一四 まきの結合力」『先祖の話』）。『水死』で古義人を翻弄する若い女性「ウナイコ」からも「うなう」という田畑を鍬で掘って耕し、畝を造る意を受けとる。遡れば、『洪水はわが

魂に及び』（一九七三年）の主人公、「大木勇魚《おおきいさな》」の別居したままの妻は「直日」。『日本書紀』に登場する、穢れを清めて禍を収める「神直日神《かむなおひのかみ》」を思わせる。多くの女性に古代との通路となるような名が与えられてきたのだ。

　民俗学的な観点から固有名の意味を取り出していくと際限がないが、あと一つだけ印象深いエピソードを挙げると、二〇〇〇年以降の長編だが古義人の語りではない、『二百年の子供』（二〇〇三年）という作品がある。大江家の家族構成と重なる三人きょうだいが、夏休みに父の故郷である四国の森で過ごすうちに、時間旅行に出かける方法を知る。そこから過去の大江小説の作品世界への往還が始まるファンタジーで、三人の名は「真木」「あかり」「朔」。いずれも民俗にまつわる。そしてここには、「木から降りん人」という、『同時代ゲーム』にもちらりと登場した物言わぬ人物が登場する。この人物は、柳田国男が一九四九年に東京新聞に寄稿した、北秋田の民話を伝える短い読み物「作之丞と未来」に想を得ているだろう。山の中で出遭った大男（天狗）から、過去が見たいか、未来が見たいかと聞かれた作之丞は、未来と答えると、〈八十年の後に再生させ、別に卅年ほど寿命を授けてやろう〉と言われ、その通り即座に意識をなくして山上の木にぶらさげられ、八十年後、目をさまして子孫のもとに現われる。そして三十年後の一七一五年頃に世を去った、という話。柳田は〈アナトル・フランスの『白い石の上に』またはエッチ・ジー・ウェルズの『時の航空機』などよりは、優に一百年を先駆する落想〉と付記している。重大で深刻な問題ばかりを扱っているわけではない。こういう奇想を面白いと思って大切に取り入れる。そうした資質もまた、六十歳違いの柳田と大江が似ていると感じる点なのである。

折口信夫ではなく

柳田国男という楔をこうしていくつも埋め込みながら、それでも大江は、柳田と自作との関係について問われることも、語ることもなかった。文芸評論家、安藤礼二が独自の折口信夫論を深めた『光の曼陀羅　日本文学論』（二〇〇八年）を、第三回大江健三郎賞の受賞作と決めた際も、大江は授賞対談の席で、急死した実父と折口と子供の頃の自分を結ぶ奇遇を熱心に話しながら、柳田への言及は自分からはしていない。三十二歳年少の安藤はこの時、人間は大人になり年老いていく不可逆的な時間だけを生きるのではなく、「垂直に降り積もって、永遠に滅びない時間も生きているのだと思います。それは故人を超えて広がる、可逆的な時間であるはずです。たとえば不意に甦ってくる懐かしい記憶。年をとるたびに鮮明になってゆく幼年期の記憶（中略）おそらく折口は、その二つの時間の交点に詩的言語の発生、文学の発生を見ていた。二つの時間の交点、絶対に滅びない時間と流れ去っていく時間の交点にイメージが生まれ、言葉が生まれてくる。その発生のあり方が、私にとっては曼陀羅なんです」と述べている。大江は「その曼陀羅というのは、私の考えでは世界のモデルです」、「そのような曼陀羅、モデルをいろいろな人たちが自分でつくってきた（中略）そういう現実を超えた神秘的な世界と超越的な世界がある。そういうものを含み込んだモデルとして曼陀羅を考えるということを同時代の世界の知識人と通底する仕方で折口がしていた」と応じている（『大江健三郎賞8年の軌跡「文学の言葉」を恢復させる』二〇一八年）。

この時、大江はこうも言いたかったに違いない。安藤の言う「光の曼陀羅」が指すものは、大江健三郎における『同時代ゲーム』の最後、「僕」が迷い込んだ森で遭遇するヴィジョンと合致しているのですよ、と。あの長編の最後にはあった。

《そのような森の空間のひとつに躰を置いて周りを見わたす感覚は、理科教材室の硝子玉《ガラスだま》をつらねた分子模型を思い出させた。あれらの硝子玉のひとつのなかに自分を置いているとみなせば、森の永劫の薄昏がりのうちに認められる、明るい空間のいちいちは、つらなる構造体の硝子玉群そっくりだ》

安藤礼二は光と闇の二面性、極右的な部分と極左的な部分の両極端を同居させている折口信夫の複雑さを複雑さのまま理解し、最強最大の他者として抗いながら自らの表現を鍛え上げて行かねばならない、などと述べた後、柳田国男の名を挙げている。柳田は南方熊楠のライバルになり、折口信夫の師匠であり、やはりライバルだった。そして「南方と折口、柳田的なものに抗いながら光と闇を等分に持っていた二人です。その南方も折口も、生と死、男と女等々の表面的な分割、一義的な判断に抗います。今大江さんがおっしゃったことを、私はそう読み替えてみたいと思っています。複雑さを擁護し、一義的な判断、一義的なスローガンに徹底して抗うこと。複雑さを持った書き手は絶対に滅びません」。

現代の作家、批評家にとって、柳田でなく折口信夫こそが最大級の関心と尊敬を集める存在であることは、大江も当然知っている。それでもなお、大江にとってそうした評価とは別の次元で柳田国男は気難しい長兄、かつ慕わしく懐かしい先行者であり続けたと想像する。そして、折口

信夫ではなく柳田国男に密かに兄事したことが、この小説家にとって幸福な結果をもたらしたように思われてならない。少なくとも作品を長く、豊穣に生み出し得た点において。

大江はたびたび自身を「暢気坊主」だと評するが、柳田もどこかそんな人物である。柳田は『桃太郎の誕生』の自序をこう始めている。〈今からちょうど十年前の、春のある日の明るい午前に、私はフィレンツェの画廊を行き廻って、あの有名なボティチェリの、海の姫神（註「ヴィーナスの誕生」）の絵の前に立っていた。そうしていずれの時かわが日の本の故国においても、『桃太郎の誕生』が新たなる一つの問題として回顧せられるであろうことを考えて、ひとり快い真昼の夢を見たのであった〉。十年前とは一九二二年、ジュネーブを拠点に欧州各国を旅した時期である。その六十五年後に刊行された『懐かしい年への手紙』を創作している間、大江健三郎は「岩波書店から出たボッティチェルリの『神曲』挿絵のファクシミリ版を買って、小説を書いていない間はずっとそれを見ていた」と語っている（『懐かしい年への手紙』単行本付録）。猛烈なファイトと鋭利な感受性を持つ二人は、一面で野原に半日寝転んで夢想するような暢気さ、子供っぽさがいくつになっても抜けなかった。ボッティチェルリにそれぞれ忘我の時を求めたのは偶然だとしても、時空を越えたシンクロニシティが二人にはいくつも生じている。いや、大江がやはり柳田に倣ったのだったか。

成城という「美しき村」

なぜ、「ギー兄さん」の系譜が続くのか。そんな問いを『大江健三郎 作家自身を語る』のイン

タビューで尋ねた際、「自分では理由がわからないんですけど、この音が好きで名前に付けたい」。そう答えが返ってきたとすでに述べた。この時、世田谷区成城に住み続ける理由についても問うていたが、拒絶の表情が明らかだったので、慌てて話題を変えた。

東京大学に入学した当初、本郷の文学部近くに下宿していた大江は、芥川賞を受賞した一九五八年夏には、世田谷区成城の個人の屋敷に部屋を借り、二年後に結婚し、『個人的な体験』を書いた後も付近に住まい、現在まで拠点とする成城の自宅を三十代半ばに建てた。幼い長男を自転車に乗せて自転車に乗る姿を、今も古い住民たちは記憶に留めている。大江もその習慣を小説に書き、風変わりな人物が「僕」の自宅を訪ねてきて始まる作品も多くなる。山荘を持った北軽井沢や伊豆も作品の舞台となり、海外の大学の宿泊施設に長期滞在する経験も短編やエッセイに書かれているが、国内を旅した紀行文は青年期の北海道などへの取材旅行、沖縄に関するものに限られている。その点は調査や講演のため、晩年まで国内各地をくまなく訪れた柳田は対照的で、「柳田国男研究会」が作成した旅の地図によると、国内旅行は家族が同行した旅を除いても八十五回に上る。柳田はまた、一九六三年八月八日に八十八歳で亡くなる直前まで、友人や弟子が頻繁に自宅を訪れ、周辺を散歩しながら談論した。ということは、少なくとも五年は成城学園駅の周辺で、二人が遭遇する機会があったはずだ。大江が生まれ故郷に戻らず、成城を終の棲家と思い定めたのは、柳田のこんな文章を知っていたからかもしれない。

〈私は昭和二年の秋、この喜多見の山野のくぬぎ原に、僅かな庭をもつ書斎を建てて、ここを一茶のいうついの住みかにしようという気になった。あたりはまだ一面の芒《すすき》尾花《おばな》で、東西南北に

はおのおの二三本の大きな松が見え、風のない日には小鳥の声がある。身の老い心の鎮まって行くとともに、久しく憶い出さなかった少年の日が蘇って来る〉。一九四〇年に出版された『野草雑記』の序文で柳田はこう感慨を表し、本文ではタケニグサ（竹似草）という雑草が自宅周辺に繁茂する様子から、〈私は前かた上州の利根の奥に遊んでいて、偶然に路傍にこの草の一群を見たことがある。（中略）流転はまことにこの一族の運命であったかと思われる。それがあたかも今大都市の周辺に、やや引き続いて安住の地を供与せられ、いわゆる第二の故郷を念がけている点は、むしろ著しく我々の境涯に似ていた〉と述べている。

愛媛県内子町の生家をずっと失うことのなかった大江と違い、柳田は十歳で両親の元を離れて近隣の旧家に預けられ、その後、茨城県布川町の長兄の家に引き取られた。中学に入学すると東京下町に暮らしていた次兄の世話になり、二十代半ばに柳田家の養子になってようやく市谷の邸宅の若主人に落ちつく。のちには長野県飯田にある柳田家の祖先を丹念に調べて、養父母に報告している。しかし国男自身の墓は、川崎市生田に開園したばかりの広大な公園墓地「春秋苑」に定めた。柳田は武蔵野を丹念に探索して回り、古代の開拓村から中世の金属工芸集団、さまざまな放浪宗教者らの痕跡をたどり、「ダイダラボッチ（山人の一種と柳田が見なしていた巨人）伝説」に強い関心を示してもいた。

成城という新興住宅地の整備に、柳田が熱心に参加したことを伝える資料も多い。転居自体は偶然決まったようで、ジュネーブ滞在中の一九二二年、長男の為正が養父母と同居する家に近い、市谷の成城小学校に入学する。ところが二年後の九月、関東大震災が発生。同校は東京府北

多摩郡砧村の原野、四万四千坪を購入し、成城第二中学校、成城高等学校を建設して移転する。と同時に二万坪を同校に在学する子弟の親を対象に住宅地として分譲を始め、そこが現在の成城学園駅の北口駅前の閑静な住宅街となる。スイスから帰国した直後の柳田は駅に近いその一角を購入すると、西洋風の赤い屋根と煉瓦造、煙突の目立つ長方形の二階家《ヴィラ》を自ら設計し、竹中工務店が施工する。一階に四十畳もある書庫兼書斎が設けられたこの「喜談書屋《きだんしょおく》」にまず、父子だけで移り住んだのは一九二七年の秋。「成城町」として砧村から独立したのはその翌年のことだった。柳田は町内会の発起人の一人となり、分譲地の四分の三を庭として、板塀や煉瓦塀ではなく小樹木を植えて生垣にすること――などを住民へ通知している。数年後には平塚らいてうの夫、奥村博史や武者小路実篤らと「砧人会」を結成。中西悟堂や金田一春彦、北原白秋らと「日本野鳥の会」の創設に参加して、『野鳥雑記』(一九四〇年)に収録される随筆も多数書いている。多摩川上流や高尾山にも鳥の声を聴きに出かけていたようだ。

昭和初年に開通した小田急線と山手線を乗り継ぎ、柳田国男は定年まで数寄屋橋の東京朝日新聞社へ羽織袴に白足袋を履いて通っていた。多忙にもかかわらず、〈何か新しい面貌を具えるようにしなければ、こうして集まって住んでいる甲斐も無い〉と、小柿の苗や杏子の木を近隣に自ら配って歩いたりしている。そんな思い出話を書いているのが第二次大戦の始まる前年の秋に発表した、九つの短文の連なる「美しき村」である。ささやかな体裁の文章だが、人間の暮らしについての大きな箴言を含んでいる。

〈村を美しくする計画などというものはあり得ないので、あるいは良い村が自然に美しくなって

行くのではないか〉

〈山川草木の清く明らかなるものは、太古以来ことごとく皆、我々の味方ではなかったか。人を幸福ならしめずに終るはずがない。学問芸術もまたまたかくのごとし。ただ大事なのは発願である〉

『懐かしい年への手紙』の「ギー兄さん」が、谷間の村に夢みた「美しい村」への思いもこの文章の中にあっただろう。成城の「K」の家まで訪ねて来たギー兄さんへ、Kからのひと言を大江は書きたかったのではないか。ここが柳田国男が書いた現代の「美しき村」なのだ、と。趣深い村の風景を点景のように紹介する「美しき村」の文中で、柳田は〈自分の村にも杏子を栽えようと決心した〉と書いている。その柳田の〈自分の村〉がここなのだと。

関東大震災からの復興期にあった東京の市民生活を観察し、参加する。スイスで知った洋風の生活を率先して行ってみる。そうしながら未来の「村」を構想する——そんな柳田の時代から、考えてみればまだ三十余年しか経っていなかったわけなのだ、本稿の初めに挙げた中編「狩猟で暮したわれらの先祖」(一九六八年)が書かれたのは。青年だった柳田が実証に熱中した「山人」を思わせる野性的な一家を、成城の整備された街路まで呼び出して、大江が懐かしんだのは。

七代目の「ギー・ジュニア」

大江健三郎は二〇一三年十月、長編『晩年様式集《イン・レイト・スタイル》』を刊行する。東日本大震災、福島第一原発事故後の混乱が続く中で、同年末発売の『群像』二〇一二年一月号から、現実と同時進行の小説

を書いて行くという異例の連載を、七十代後半の大江は自ら買って出た。震災によって成城の自宅では整理された本棚から書籍が散乱し、関東のほぼ全域が放射能の危険にさらされた。大江の分身「長江古義人」は発起人の一人となった集会やデモ、記者会見で反原発運動の最前線に立ち、怒りと悲しみをマイクを通じて訴えた。そのような古義人と大江の距離はかつてないほど近く、一面においてはほぼ完全に重なった実録小説ともなっている。そして、この作品できわめて重要な役割を果たすのが「ギー・ジュニア」と呼ばれる青年だった。『懐かしい年への手紙』の終盤、「ギー兄さん」は、「僕」を傍らに横たわらせて癌手術の前日に妻の「オセッチャン」と交わる。ギー・ジュニアはその時に受胎したとされる三十代半ばの映像プロデューサーである。『燃えあがる緑の木』には「真木雄」という名の、同じくギー兄さんとオセッチャンの子供を名乗る早熟な少年が登場していた。しかし親族らはなぜか正当な嫡子と見なさないで端役に終わった。次の『宙返り』（一九九九年）にも、ギー兄さんの子供とされる早熟な少年が登場した。こちらは『燃えあがる緑の木』の「新しいギー兄さん」と「サッチャン」の間に生まれた子供のはずだったが、中学生になって皆に「ギー」と呼ばれるようになっていた彼は、本当に二人の間の子供なのか。やはり周囲は大いに怪しんでいた。十代半ばのうちから女性と共に暮らすこの少年は、村の伝承に強い興味を示し、若者が村を離れることなく仕事のできる環境を実現しようと志す。しかし、この「ギー」少年もその先が次の作品に書かれることはなかった。

それから十二年ぶりに大江作品に出現したのが『晩年様式集《イン・レイト・スタイル》』の「ギー・ジュニア」で、『万延元年のフットボール』から数えて六代目の「ギー」にあたる。長江古義人は幼い頃「コギー」

と呼ばれていたと『憂い顔の童子』には出てくる。その「コギー」＝古義人も加えると、七代目、「七生報国」の意からすれば、最後の生まれ替わりが「ギー・ジュニア」となる。彼は母親のオセッチャン共々アメリカへわたり、大学院では日本研究科に学んで映像プロデューサーとなり、震災後の東北をはじめ日本各地でドキュメンタリー番組の取材を行うために来日した。長期滞在中、自らが属する「カタストロフィー委員会」の活動として、古義人の小説を通じて知った戦後の民主化運動についても調べるつもりでいる。また、自分の父親である「さきのギー兄さん」の四国の谷間の村での農業改革運動と殺傷事件、不幸な死……それを『万延元年のフットボール』と『懐かしい年への手紙』の中に容赦なく書いた古義人に対し、長年心に溜めていた疑問を突き付ける機会とばかり、インタビューを申し込んでくる。

《あなたが後期高齢者のひとりとして、原発に囲まれた地震国に生きている以上、カタストロフィーと無縁だとは思いません。その危機にまるごとさらされて生きてることを自覚してもいる人、と知っています。それは、真木からあなたが書いた詩のことを聞いて……小説の一部分じゃないです……やはり感銘を受けたからです》とギー・ジュニアは古義人に語りかける。その詩は次のように始まる。

《アカリをどこに隠したものか、と私は切羽詰っている。
四国の森の「オシコメ」の洞穴にしよう、放射性物質からは遮断されているし、岩の層から湧く水はまだ汚染していないだろう！　避難するのは七十六歳の私と四十八歳のアカリだが、老年の痩せた背中に担いでいるアカリは、中年肥りの落着いた憂い顔を、白い木綿の三角錐のベビー

ウェアに包んでいる。どのようにゴマカセバ、防護服をまとった自衛隊員の道路閉鎖をくぐり抜けることができるものか?

耳もとで熱い息がささやきかける。

——ダイジョーブですよ、ダイジョーブですよ。アグイーが助けてくれますからね!》

この詩は長江の今現在のカタストロフィーの自己表現であり、《あなたのどんな散文よりも、僕が「カタストロフィー委員会」に日本人の自己表現だ、と示したいあなたの晩年の仕事なんです》とギー・ジュニアは言う。彼は破局の淵にあった福島、続いて東京と四国の村まで、現在の危機と悲惨を蒐集しに歩く。古義人も、《もう残された日々は短いのですが、次の世代が生き延びうる世界を残す、そのことを倫理的根拠としてやってゆくつもりです》と、二〇一二年六月最初の週末、大規模な反原発集会の演壇から大江健三郎が訴えたのと同じ演説を、作中で行う。そしてこの長編の終わり近くで、古義人の娘の「真木」と十歳ほど年下のギー・ジュニアは婚約する。この結末が示唆するところは大きい。未来へ向けて力を合わせ、新しい命を生むために、まずは最少単位の「私ら」に二人はなろうとした。大江と柳田の統合という意味も込められているだろう。文学と民俗学。想像と根拠……さまざまなものが融合し、広がるための結婚。

続いてこの長編の掉尾に置かれるのは、東日本大震災が起こる以前、大江が初孫の誕生を祝って七十歳で書いていた長編詩「形見の歌」となる。

《四国の森の伝承に、

「自分の木」があった。
谷間で生き死にする者らは、
森に「自分の木」を持つ。
人が死ねば、
魂は　高みに昇り、
「自分の木」の根方に着地する。
時がたつと、
魂は　谷間に降りて、
生まれてくる赤んぼうの胸に入る。
「自分の木」の下で、
子供が心から希《ねが》うと、
年をとった自分が
会いに来てくれる（ことがある）。

私が　十歳になるまで、
国をあげての戦争だった。
子供の　私らは歌った、
大君《おおきみ》の辺《へ》にこそ死なめ顧《かえり》みはせじ

大君が
人間の声で、
戦争に敗れたことを告げた日、
ラジオの前に　校長が立って叫んだ。
私らが生き直すことはできない！
晴れた青空に　沈黙がコダマした。
森に入って　杉・檜混成林を抜けると、
闊葉樹が　明るい林をなしている。
そのなかに立ち上るモミの木群集が、
私の家の者みなの「自分の木」。
私は若い一本の下で待っていた。
年をとった　自分に、
尋ねたい　と希って……
私は生き直すことができるだろうか？
夕暮れた森に、
人の足音が起った時、
私は　恐怖に総毛《そうけ》立って、
ウラジロの斜面に走り込み、

モンドリ打って　滑り落ちた。

傷だらけの　私を裸にし、
自分で集めた薬草の
油を塗ってくれながら、
母親は　嘆いた。
子供たちの聞いておる所で、
私らは生き直すことができない、
と　言うてよいものか？
そして　母親は私に
永く謎となる　言葉を続けた。
私は生き直すことができない。しかし
私らは生き直すことができる。》

もう、お分かりだろう。これは命の再生、更新、つまりは生まれ替わりを祈る歌だ。ここまで述べた柳田国男の固有信仰、四国の村の伝承を念頭におけば、深味の迫り方が違う。《私》は生き直すことができない、しかし《私ら》は生き直すことができる、何度でも生まれ替わることができる——。

『燃えあがる緑の木』で柳田の固有信仰を更新させた、祈りの原形となる世界モデルをもう一度示せば、次のようなものである。

《人々は、この谷で生まれ育ち、一度は多様な世界である谷間の外にでるが、やがてふたたび源としての谷に帰ってきます》

《この谷に生まれた人びとが死を迎えると、魂は森の樹木の根から空に向かって昇っていく》

《森には、人を帰還させる力がある。そのように「場所に力がある」のです》

大江より六十年先に生まれた柳田国男は、「魂の行くえ」で述べていた。

〈この島々にのみ、死んでも死んでも同じ国土を離れず、しかも故郷の山の高みから、永く子孫の生業を見守り、その繁栄と勤勉とを顧念しているものと考え出したことは、いつの世の文化の所産であるかは知らず、限りもなくなつかしいことである〉

柳田のいう「国土」も「故郷」も、『同時代ゲーム』で繰り返された「村＝国家＝小宇宙」と同義の共同体であるだろう。「国」と「村」が等価の、「私ら」の共同体。「私」から「私ら」へ、無限に未来へつながりゆくための、前向きで穏やかな想念。それこそが大江が小説の中で差し出していた、現代人の死生観であり、そこには、柳田国男という兄から受け継いだ思想と詩情が、豊かに流れ込んでいた。

第二部『万延元年のフットボール』のなかの『夜明け前』

Ⅳ　時代に殉じた「父」

「創造力」と「想像力」

大江健三郎は『万延元年のフットボール』によって、戦後最大級の作家と認められた。柄谷行人は、この作品は「まさに万延以来の日本の近代のある種の総決算だった」と、ノーベル文学賞からほどない一九九六年、大江本人との対談で述べている（『大江健三郎 柄谷行人 全対話』二〇一八年）。『群像』一九六七年一月号から連載され、その年の九月に出版されたこの長編は第三回谷崎潤一郎賞を受賞。三十二歳という同賞受賞の最年少記録は、未だ破られていない。

「大江君は森の中の生まれらしく、森の泉のように小説を書いて、もう何もないのかと思っていると、また新しい水を汲むように書きますな」。敬愛する東京大学の恩師、渡辺一夫から卒業後に届いたこの言葉は、よほど創作の励みとなってきたのだろう、大江は七十代になっても大切にしていた（『大江健三郎 作家自身を語る』）。だが、小説の源泉はみずから湧き出す「創造の泉」ではなかった。大江は渡辺が得意としたブリコラージュ（器用仕事）に倣い、さまざまな手持ちの材料を組み合わせて新しい何かを作る――その機智に長けた弟子であった。

「私としては、人間に無意識から生まれる独創的なもの、創造的なものはないと考えています」

大江自身、一九九五年の谷川俊太郎、河合隼雄との公開討論で断言している。続けてこう言い切っている。

「私は文学表現はすべて個人の独創ではないと考えているのです」

「文学の創造性ということを、神が最初にものをつくった創造性となぞらえて考えることは、私はまちがいじゃないだろうかと思う。言葉という共通のものを用いながら、しかも個人の輝き、この人だけのものという輝きがあるものをつくりだすのが文学で、それは無意識とかいうことよりは、共通の言葉をどのように磨いていくか」

聴衆の前でそう述べた後、〈本当のことを言おうか〉という谷川のよく知られた詩篇「鳥羽」の一行が「自分に呼び起こしたものをどんどん追い掛けていって」、小説の構造の半分ができ上がったと、『万延元年のフットボール』の誕生を振り返った（『日本語と日本人の心』一九九六年）。

もう一方の「想像」する力についての大江健三郎の考え方は、第一部でも触れた。

〈既知の素材によって想像力のための仕組みをつくり出し、それに乗って未知の境界の向うへ跳ぼうとしている、そのような姿勢をとり、そのようなジャンプ力を全身に示している人間の全容である。想像する柳田國男。日本人の想像力ということを個人について考える上で、これほど強く綜合的に大きい具体例を僕はほかに知らない〉（「想像する柳田國男」『新潮』一九七九年一月号）

こう書いてから約二十年後の二〇〇〇年、長編『取り替え子《チェンジリング》』を完成させた大江は、井上ひさし、小森陽一との鼎談で語っている。

「僕としての想像力の根本の働きは、組み替えということなんです。与えられたものを組み替える。構造主義的な考え方を持ち込むと明瞭になりますが」

「僕にとっては、組み替えを自分でやることが小説を書くことです」（『座談会昭和文学史 六』）

「創造力」と「想像力」について大江は、このように折に触れ、一般的な捉え方に対して異議を発してきた。それが小説というものだと主張し、後世の読者、研究者に向けて伏線を張る、もしくはヒントを与えるかのように。

小説の中でもまた、違う言い方で「想像」の内実に言及した箇所はある。二〇〇九年の長編『水死』で、作者の分身、長江古義人の父を師と仰いだ「大黄《だいおう》」という老人は、かつて古義人の母と交わした会話を古義人に向って再現してみせる。

《古義人さんの小説は、空想ですなあ、しかしよくあれだけ空想できるものやと思います。畢竟するにそれが才能でしょう》

するとと母はこう切り返す。

《主人が柳田国男先生の本を読んで、空想と想像とは違う、想像には根拠があると書いてあるというたけれども、コギーは想像して書いておるでしょう。私と母の話して聞かせたことをよく覚えておって、それを根拠にして想像しておるので、私らが読んで根も葉もないと思う空想はひとつもありませんよ！》

作中の「母」に言わせている通り、大江健三郎の想像力には根も葉もある。小説の創造とそのための想像力の仕組み、想像のジャンプ台となる「根拠」を、意識的に準備して小説を書いてき

た。そのような作家なのである。よって、次のような仮説を立てる余地はあるだろう。

『万延元年のフットボール』は、島崎藤村が維新前後の史実の中に自身の父親の生涯を描いた長編『夜明け前』をひとつの重要な根拠とし、爆発的な想像力を発揮した創造物である。大江は『夜明け前』という類のない歴史小説に挑み、この作品を乗り越え点とすることによって、自身と日本近代文学を未踏の境地へ導くことに成功した。フランスをはじめとする海外の文学に多くを学んできた大江健三郎だが、もっとも強く影響を受けた作家はサルトルでもドストエフスキーでもなかった。島崎藤村こそが大江の原点に関わった作家であり、大江は日本の近代文学、この国の自然主義に深い根を持つ作家なのである——。

長年、大江健三郎に取材を続けてきた筆者だが、島崎藤村の文学について尋ねたことはない。大江と藤村を比較する批評や研究論文をこれまで目にしたことはないし、氏から藤村の話題が出たこともなかった。柳田国男についてもそれは同様。さまざまな作家について問うてきたはずだったが、なんと迂闊な聞き手であったことだろう。しかし、だからこそこのような試論に取り組む余地が残ったのであり、むしろ話題が生じなかったことが幸いだったかもしれない。

筆者の中で藤村と大江が結びついたきっかけは、先に書いた柳田国男にあった。柳田と大江のつながりは、両者が少年時代に体験した「神隠し」から見えてきた。また、明治維新後に精神に不調をきたし、一時は座敷牢に幽閉されていたという柳田の父を模したように、大江は、敗戦前に奇行に及んで死んだ虚構の「父」を何度も描いてきた。だが、維新後に精神を病んだ父なら

ば、もう一人いた。島崎藤村が実父をモデルに描いた『夜明け前』の主人公、青山半蔵を忘れてはならない。

とはいえ、『夜明け前』と『万延元年のフットボール』、昭和の前半と後半を代表する二つの傑作は、筋書きも時代背景もまるで違う。いったい『夜明け前』の何が大江を触発したのか。二人の作家の作品に共通する特徴をいくつか挙げておく。

まず、二人の作家が主役とする青年は、いずれも時代の苦悩を一身に背負うアンチヒーローである。『夜明け前』の青山半蔵も、『万延元年のフットボール』の根所蜜三郎と鷹四の兄弟も、鬱々としながら未来を夢見ているのだが、彼らの鬱屈はいつか暴発し、自滅する。青山半蔵は天皇の行幸の隊列に自作の和歌を書いた扇を放り投げ、故郷の菩提寺に放火して捕えられる。「六〇年安保」反対運動に挫折した根所鷹四は、先祖代々の屋敷を売り払い、人を殺した罪を負って散弾銃で自殺する。鷹四は死ぬ前に重大な告白＝「本当の事」を明かす。明かしてしまいたかったから、死ぬことにしたのかもしれない。

鷹四の告白は、日本の自然主義文学を確立したとされる藤村の『破戒』の瀬川丑松《うしまつ》の告白と、衝撃の強さで拮抗している。島崎藤村という作家も「本当の事」を告白したい、しなければならぬと信じた人間だった。自分の父、すなわち『夜明け前』の主人公、青山半蔵は、平田篤胤の国学に学んだ日本古来の精神への回帰を明治維新に託し、夢破れて座敷牢で狂死した、と。そして大江健三郎もその性向の強さでは負けていない。のちに述べるように、大江は戦後早い時期から藤村を読んで育ったはずの世代であり、戦争末期に急死した自分の父を、時代精神に殉死した青

山半蔵に重ねて書きたいと、ずっと願っていたのではなかったか。

大江が最終形とした『水死』の父は、よって自身の実父ではなく藤村の父を思わせる。大江は七十三歳で『水死』を完成させた時、「こういう父親と最後に小説の中でめぐり会うために、僕は五十年以上も小説を書いてきた」と謎めいた感慨を語っていたが、その含意が、藤村という作家に着眼することによって、ようやく理解されるように思う。


島崎藤村（本名・春樹）は一八七二（明治五）年、信州木曽の馬籠村（現・岐阜県中津川市馬籠）で十七代続く、旧家の四男三女の末っ子に生まれた。九歳で東京の真ん中、数寄屋橋の泰明小学校に転入した後、明治学院で英語を学び、二十歳前から「女学雑誌」に翻訳などを発表し始める。卒業後は明治女学校、仙台の東北学院の教師を務めたのち、一八九七年八月、二十五歳で出版した初の詩集『若菜集』で一躍、注目を集める。詩作と同時に散文も書き、この頃、柳田国男とも知り合う。柳田も同年四月、国木田独歩、田山花袋らと詩集『抒情詩』を刊行したが、人々の記憶に残ったのは〈まだあげ初めし前髪の／林檎のもとに見えしとき〉とうたった、藤村の「初恋」（『若菜集』）の方だった。

藤村は続けて詩集『一葉舟』『夏草』を出版し、第四詩集『落梅集』には〈名も知らぬ遠き島より　流れ寄る椰子の実一つ〉の歌で知られる「椰子の実」の詩が収録されている。大学二年の夏、ひと月以上も愛知県の伊良湖岬に逗留した柳田国男から、同地に流れ着いた椰子の実の話を聞いて、藤村が想像を膨らませた。官僚となった柳田が都心の牛込の養子先の邸宅に文学仲間を

集めるようになった頃、藤村は信州の小諸義塾に赴任し、妻と幼子らと下積みの生活に入る。詩作から小説家への転身を賭けた初めての長編『破戒』（一九〇六年）で、首尾よく中央文壇で認められたのは三十代半ば。『文學界』の同人らを描いた青春群像『春』（一九〇八年）、没落しゆく旧家という自身の環境を描いた『家』（一九一一年）で地歩を固めるが、自身の恋愛事件を明かした『新生』（一九一九年）を発表して以降の大正期には、心身の不調にも苦しむ。作風を刷新して再起を図った『夜明け前』を完成させたのは一九三五（昭和十）年。その八年後の一九四三年、連載中の『東方の門』を未完のまま、七十一歳で亡くなった。

藤村は旧憲法下の封建的な家父長制が生んだ悲劇を、実際の島崎家の人々の運命に重ねて断続的に自作に書いた。一九三五年、愛媛県喜多郡大瀬村の商家の三男に生まれた大江健三郎は、昭和の新憲法によって解放された世代を主人公に、東京と四国の村を往還する物語を、やはり何度も自作に書いた。二人の作家は、書くこと、明かすことで困難を切り開く、そうした自爆的とも呼びたくなるような資質が共通する。もともとこの国の近代小説では、作品の中に自らの伝記的、私小説的背景を描くこと、つまり虚構に作家自身の「本当の事」を混ぜることが、圧倒的に効果を上げてきた。藤村も大江も、その手法を用いることにためらいはなかった。それでも、この二人を私小説家と呼ぶ者はいない。なぜなら自らの一族、自分自身に重ねて「本当の事」を告白することを通じて、二人は同時代の社会と「私」、この世界と個人の真実を普遍的な文学作品としたのだから。

また、藤村も大江同様、十代半ばから英文の原書を通じて海外の小説を広く学び、大正期には

三年の滞仏生活をおくっている。そうした経験を買われて一九三五年、「日本ペン倶楽部」の初代会長に選任された際、藤村は発会の席で次のような思いを演説している。

「私達の国の詩歌と云い、散文といい、何一つ世界へ知られていませんでした。これは文字と言葉の特殊性の為に私達の文学が国外へ滲透することの出来なかったのによりましょう。（中略）今日までの孤立が私達に取って決して好ましいものでなかった証拠には、私達は諸外国から採り入れるばかりで、ほとほと吾国より送り出す文学上の交換の途も絶えて居りました。その結果は、と申しますと私達の早熟です」

「万延元年」の草莽の士

『夜明け前』より先に、ここで『万延元年のフットボール』の内容をさらっておきたい。この長編は東京の大学へ進学したまま故郷四国の「大窪村」を離れていた根所家の兄弟、蜜三郎と鷹四が「新生活」を求めて帰郷した、ひと冬の物語である。地元で知らぬ者はない「大庄屋」として続いてきた根所家には、百年前、百姓一揆に備えて建てた倉屋敷があった。その建物を移築して郷土料理屋にしたいと目論むのが、「スーパー・マーケットの天皇」。彼は大窪村の朝鮮人集落の出身で、根所兄弟の二番目の兄「S兄さん」は敗戦直後、その朝鮮人集落に村の若者らと強奪に行き、命を落とした。兄弟の両親は亡くなり、長男も戦争で行方不明になったまま。わずかに知恵の遅れた妹は、十代半ばで突然、自殺していた。今では三男の蜜三郎が当主であるものの、東京で翻訳業を営む彼は故郷に暮らす意志を持たず、四男の鷹四は六〇年安保闘争で挫折すると、

アメリカへの忠心を受け入れた若者を集めた劇団へ参加する。アメリカ公演中に知り合った「スーパー・マーケットの天皇」へ、鷹四は倉屋敷を売り払う交渉を独断で進めていた。

蜜三郎とその妻は、重い障害を負って生まれた息子を施設に預けて日が浅く、夫婦仲は冷え始めていた。加えて蜜三郎は、親友の奇妙な自殺に打ちのめされていた。頭と顔を朱色に塗りつぶし、素裸で肛門に胡瓜をさしこんで首を吊ったのである。帰国した鷹四は消沈する兄夫婦に、一緒に故郷の村へ戻って「新生活」を始めようと誘う。大窪村に先に着いた鷹四は、谷間の鬱屈した若者らを集めてフットボールのチームを結成し、《百年前の先祖たちの一揆》を谷間に呼び戻そうとする。蜜三郎が《いったい、どういう有効性のために、きみはそういうことをしたいんだ》と問うと、鷹四は《いかなる有効性もないかもしれない。しかしすくなくともおれは曽祖父さんの弟の精神の運動を、もっとも濃密に実感できるだろうじゃないか、それはおれが永い間熱望してきたことだ》とこたえる。この応答はそのままこの小説の主題であるだろう。

なぜ、鷹四は曽祖父の弟の「精神の運動」に興味を持ち、百年前の暴動を呼び戻したいのだろう？　二〇二〇年代の現在では唐突な印象は否めないが、発表された一九六七年は「明治百年」。さまざまな行事と論議が繰り広げられていた。中国文学者、文芸評論家の竹内好は孫文の言葉などを引いて〈強権に対する公理が、中国革命の精神であると同時に明治維新の精神であるべきだ〉と主張し、共感する知識人も少なくなかった。挫折の体験に終わった六〇年安保反対運動を経た大江の若い読者らにとっては、再びの「一揆」の意味するところは、言わずと知れた了解事項だった。来たる七〇年安保改定という二度目の一揆を、どのように構えるべきか。大江健三郎

はその筋書きを示す、時代の有力な導き手だった。一九六〇年代を生きる地方の若者にとっては、民俗的な伝承の祭りの昂揚感もまだ、力を持っていた。そして都会の若者にとって文学も政治も社会も一塊の、主体的に立ち向かうべき切実な課題として目の前にあった。

作中の大窪村で起こった百年前の一揆で、居丈高な倉屋敷から鉄砲で暴徒を撃って生き延びたのが、根所家の長男の曽祖父だった。一方、その弟は行方不明になって高知へ逃げ、東京で成功したとも伝えられていた。弟の指揮で騒動に加わり、命を落とした者も大勢出た万延元年の一揆。それは六万石の小藩、大洲藩の領地だった大江の生まれ故郷、大瀬村で実際に起きた騒動が基になっていた。その地では江戸期が始まって一八七一（明治四）年に至るまで、およそ十五の大規模な一揆が起こっているが、作中と同じ「万延元年」＝一八六〇年に起こった一揆は、郷土史に見当たらない。しかし、一八六六（慶応二）年には「奥福騒動」、のちに『M／Tと森のフシギの物語』の中で「オコフク」という指導者が活躍する挿話として書かれた、一万人規模の一揆が起き、商家などに打ち壊しをかけたと記録されている。作中の二度目の一揆は、実際にも明治四（一八七一）年に起きた大騒動「大洲農民騒動」があった。景浦勉著『伊予農民騒動史話』（一九七二年）によると、十五の村の農民らが嘆願書を掲げ四万人が集結し、結果は作中同様、農民側の申し立てがかなり通ったようだ。とはいえ大江の先祖はこれらの騒動と直接の関わりはなかったし、作中の根所家の屋敷の場所も立場も家族構成も、次のようにすっかり虚構化されている。

《はじめ百姓たちは、谷間を流れる川が瀬戸内海にそそぐ地点に七万石の居城をかまえている藩

主に「拝借銀」を願い出て拒否された。そこで大庄屋の根所家が同額の金を貸し出したのであるが、百姓たちは「貸付の利銀」と「質地の利米」が不当に高いといいたてて、大竹藪から竹槍を伐り出し、まず根所家を襲って母屋を破壊し焼き払った》

これは蜜三郎が母親から聞かされた最初の一揆の進み行きである。

《もし曽祖父が倉屋敷にたてこもってひとり抵抗し高知から運んできた鉄砲を撃たなかったとしたら、暴徒どもは倉屋敷まで占拠しただろう。しかも、谷間の老獪な百姓たちに煽動された若者たちの中心人物として、この谷間全体の「頭取」を僭称し、「拝借銀」の交渉に出向いたばかりか、それに失敗すると暴力的なるものの頭取となって、一揆の先頭に立った曽祖父の弟は、根所家の内部から見れば、自分自身の家を打ち毀して放火させた最悪の気狂いであって、中国で不可解な実らぬ仕事をして資産と生命を失った父親は、家系の内なるその気狂いの血をひいている。そして法学部を卒業し一応就職もした長兄は、自発的に軍隊に行ったわけでないから別にしても、わざわざ予科練に志願したS兄さんには、父親をつうじて、曽祖父の弟と同じ血が流れている、あれは自分の子供ではない、と母親はいっていた》

一族の波乱の物語を伝え聞いて育った、蜜三郎と鷹四。彼らの代まで、ともあれ命脈を保ってきた村の大庄屋、根所家。大庄屋の意味するところを少し補足すると、庄屋が代官の指揮を受け、村ごとに事務を取りまとめる役割だったのに対し、大庄屋とは十~数十もの村を統轄する村役人の最高位を指し、その統轄する範囲は一万石を上回ることもあったという。身分は農民だが、武士の流れを汲む由緒ある家柄と認められ、多くは苗字帯刀を許された。そして作中の記述

をたどると、根所家の曽祖父の兄弟は、維新の胎動が始まり、西南戦争が終結する頃まで全国各地で続いた決起に参加した、「草莽の士」と呼ばれた人々の典型として描かれているのが明らかだろう。

「草莽の士（志士）」とは、脱藩浪士や名主、庄屋、豪商などを中心とし、倒幕、尊王攘夷を求めて活動した地方の指導者層を指す。万延から慶応年間にあたる一八六〇年代、彼らは各地で「草莽諸隊」と呼ばれる義勇軍を成し、「大和五条の変」や「生野の変」などを起こす。これらの蜂起については『夜明け前』の中にも詳しい記述があるが、「草莽の士」という、草叢《くさむら》の中から生まれた自然発生的な志士を指す言葉は、『夜明け前』には出てこない。なぜなら、この言葉は、ほかならぬこの長編が大きな契機となって生まれてきたからである。

藤村が島崎家と地元旧家に残る史料を調べ尽くして一九三五年に完成させた『夜明け前』は、〈草莽の中から起こって来〉て、維新を周縁から下支えした人々の存在の大きさを、歴史学者、思想史家らに初めて実感させ、その方面の研究へ向かわせた。文学作品がそのような役割を果たすのは異例のことである。多くの研究成果の中でも、一九四五年一月、のちに東京大学の史料編纂所教授となる伊東多三郎が上梓した『草莽の国学』は、大きな影響を与えた。本居宣長の没後弟子を称した国学者、平田篤胤の唱えた復古精神の下、幕末に結束した人々を全国各所に調査したこの本には、「青山半蔵伝補遺」と題された章で、『夜明け前』に鼓舞された伊東の思いも述べられる。平田派の「草莽の士」の多数は、半蔵と同じく明治維新後に政治的、経済的に追い込まれ、敗北していったのだったが。

大江は作中に「草莽の士」という言葉は使っていない。しかし、維新に果たした地方の有志らの存在が「明治百年」ブームの頃、広く知られていなければ、鷹四が実感したいと熱望した曽祖父の弟の「精神の運動」という作中の動機も、共感されにくかっただろう。山深い馬籠村で幕末を生きた青山半蔵、彼を中心に同時代の多様な人々を描いた『夜明け前』。この長編を根拠としていたからこそ、百年前の四国に生きた大庄屋の兄弟の物語は生き生きと成立した。その自覚がなければ、『万延元年のフットボール』冒頭の一文がこの言葉から始まる理由もない。《夜明けまえの暗闇に眼ざめながら、熱い「期待」の感覚をもとめて、辛い夢の気分の残っている意識を手さぐりする》……。

地勢からみる共通項

〈木曽路はすべて山の中である。あるところは岨《そば》づたいに行く崖の道であり、あるところは数十間の深さに臨む木曽川の岸であり、あるところは山の尾をめぐる谷の入り口である。一筋の街道はこの深い森林地帯を貫いていた〉

あまりに有名なこの冒頭の文章から始まる『夜明け前』は、一九三五年、大江の生まれた年に完成している。月刊誌『中央公論』に三ヵ月に一度という、脳溢血の既往歴を持つ大家にとってはそれでも苛酷なペースを守り、五十七歳から六十三歳に至る六年をかけて完結した。黒船来航から維新までの第一部、明治半ばに至る第二部、計二千五百枚に近いこの大長編を、さまざまな立ち位置の批評家が評してきた。「第一次戦後派」を代表する野間宏は、『万延元年のフットボー

ル』の発表と同じ一九六七年、中央公論社から刊行された『日本の文学7 島崎藤村（二）』の解説で、次のように述べている。

〈「夜明け前」に似ている作品は日本には少い。それゆえこれを他の作品に比較して論じるとか、説明するとかすることは、非常に困難なので、私はこのことを、ことさらに、ここで言わなければならない〉〈またこれは近代日本文学から大きくはみ出ている作品なのである。いや、（中略）近代日本文学についての考えを、大きく変えなければならないような作品というべきだと私は考えるのである。「夜明け前」はそれほどにも、自然主義文学とその中軸にあった私小説的な構造を受けつぎ備えている文学が主流となっている近代日本文学の姿からはじつに遠い作品であって、しかもこれは近代日本文学のもっとも重要な作品の一つなのである〉

野間宏も、藤村が明治維新を〈草叢の中から起って来た〉〈草叢の中が発起なのだ〉と、『夜明け前』第一部に書いていることを重視している。また、一九〇六年の最初の長編『破戒』で、藤村が〈農村と下層階級を犠牲にして富国強兵策をすすめて行く明治の近代国家の下にあって、近代という名はありながら、古い社会的因習のゆえに迫害を受ける、出身を隠した部落民瀬川丑松をとりあげ、この時代にたいする鋭い批判〉を行っていたことを高く評価している。『若菜集』で恋を歌った藤村が小説へと移行した動機として、〈日本最初の近代詩人、北村透谷の自殺と、二葉亭四迷の日本最初の近代小説「浮雲」の中絶〉が大きかったと野間は挙げ、〈「破戒」は日本自然主義小説の礎石を置いたといわれる作品であるが、それは同時に二葉亭四迷の「浮雲」によって中絶していた近代日本文学のすすむ道を、再び広く開き、明治文学史上大きく時代を画し

た〉と賞讃している。『夜明け前』についてつけ加えれば、これほど同時代と後続の多くの人々に読み継がれてきた長編もまれで、新潮文庫版の第一部・上巻は通算百刷に近く、岩波文庫版と共になお書店の棚に生き残っている。

『夜明け前』は二十三歳の青山半蔵が、黒船の到来をその父から知らされる場面から動き出す。参勤交代の大名が宿泊する本陣を構え、近隣の村を束ねる庄屋にして問屋も兼ねる由緒ある青山家。やがてその十七代目当主となるのが半蔵であり、彼は中山道は木曽路、馬籠の宿を江戸から京都、京都から江戸、あるいは馬籠と中津川周辺を人馬で往来する人々を通じて、同時代の動向を敏感に察知する。尾張藩領に属するこの地域は交通の要所であり、物資と情報のターミナルだったのだ。四季折々の自然に親しむ当時の生活、家族間の葛藤の描写もきめ細かに織り込まれ、半蔵の行動を編年で記録するような叙述に陰影を与える。全編、「ボレロ」のように滞留を繰り返しつつも、時代は確実に前へ進む。倒幕、尊王攘夷……さまざまな思惑のうねりが木曽路まで押し寄せ、時にぶつかり合っては沈静化し、徐々に奔流となり……。平田篤胤の復古思想に傾斜を深め、平田派同志の決起に加わりたくとも家業に縛られ、焦燥感にかられる青年の半蔵。第二部は「御一新」の世が明け、廃藩置県、廃仏毀釈をはじめとする大混乱を伴いながら、文明開化、富国強兵の近代日本が基礎を固めていく時代に変わる。その中で中年になった半蔵も青山家も馬籠村も、目に見えて活力、財力を失い、没落へ向かう。

青年期の半蔵は、江戸や横浜を徒歩でめぐる長旅に出たこともあった。旅の途中、半蔵の師事

した中津川周辺の平田派門人が、横浜で異国の貿易商と直接行った生糸の交易によって、巨額の収益を得ていた経緯も描かれている。その利益は平田篤胤の全三十七巻に上る『古史伝』の出版事業に費やされ、半蔵がその実務を担っていたことも詳述される。皇女和宮が江戸へ降嫁する際には、行列を迎え入れる準備に苦心惨憺する。維新を経て教部省に仕えた時期には、再び東京に長逗留するものの、生涯の大半を馬籠の宿で過ごす半蔵は、手紙や伝聞を頼りに懸命に世界を想像する。そのように限定され、固定された視点にもかかわらず、この長編ほど維新に至った経緯、その後の社会の不穏、理不尽まで包括的に見渡すことができ、時代と個人の関係について洞察した文学作品を知らない。驚くべき藤村の筆力である。

主人公の青山半蔵は、漱石の『三四郎』、尾崎紅葉による『金色夜叉』の間貫一などと並んで、近代文学の中で最もよく知られた青年だろうが、実在した人物の生涯に沿って描き出され、これほど悲劇的な最期を迎えた主人公もいない。しかし、最後まで時流に抗し、自らの信ずるまま一心に生きた青山半蔵という人物の純粋なる精神こそが、この作品を不朽のものにしている。父の生を時代へ殉死した志士として刻むため、命を削るように晩年の日々を傾注した藤村の思いの深さも、読者の胸を打つ。

青山半蔵の狂気

半蔵として描かれた藤村の実父、島崎正樹とはどのような人物だったのか。その生涯をもっとも克明に伝えるのは、文学研究者ではなく、先の伊東多三郎である。伊東は〈国学の色々の学派

の中で、最も大なる学派として明治維新の精神に寄与した平田学派、すなわち気吹舎学派に就て調査した結果をあらあら述べて、草莽の国学の大勢を概観する拠所としよう〉と『草莽の国学』を始めている。「気吹舎《いぶきのや》」と呼ばれる平田篤胤の学舎に集った門人は、総勢四千二百八十三名。姓名、身分を記した門人帳が残されており、ことに維新前後には信濃、美濃をはじめ、陸奥、出羽、近江、武蔵、越後の農村部に熱狂的な入門者が増えていく。脱藩した武士、神職、名主、庄屋、地主層、問屋や豪商など、地方の指導者層が多数を占め、その中から顕著な働きをした主要な門人の功績が細かく調査して書かれている。

二十一世紀に入って新たに解明が進む平田国学については、本稿の後半で柳田国男の仕事と結んで改めて述べるが、本居宣長によって興隆した国学の学びを通して、平田派の門人やその周辺の人々も和歌に親しみ、長い距離の移動を厭わず頻繁に交流した。江戸末期の庶民層が、どれだけ知的にも生活技術の上でも成熟しつつあったのか、伊東の著作は彼らの「精神の運動」をよく伝える。

「下総の芋掘名主」「伊豆の国学」「駿府の町人」「遠江の県居霊社」等々、郷土史に名を残した指導者の逸話が並ぶ中、島崎正樹は一人、「青山半蔵伝補遺」として作中人物の名で記される。他の人物と比べて小ぶりとはいえ、島崎家は美濃と信濃の国境に近い馬籠の宿場で地主として実力を増してゆき、当主は代々、吉左衛門を名乗った。参勤交代で往来する大名らを迎える「本陣」を営み、〈美濃方面から十曲峠に添うて、曲りくねった山坂を攀じ登って来るものは、高い峠の上の位置にこの宿を見つける〉。『夜明け前』にこう書かれている通り、島崎家と使用人たち

はこの宿場の駅長として、街道を往来する馬や飛脚の面倒まで一切を負い、近隣の農地や山林にも目配りしなければならなかった。騒動が起これば、仲裁や処分を引き受けるのも庄屋の役目だった。

藤村は馬籠周辺の出来事を、同じ馬籠の大地主で造り酒屋の「大黒屋」当主が四十年以上克明に記載していた日記を参照して書いている。父の正樹は幼少期から美濃の中津川の医者、馬島穀生（作中の宮川寛斎）に諸学を学び、国学に心酔し、一八六三（文久三）年、数えの年三十三歳で平田一門を継いだ鉄胤を訪ねて門人となった。

『夜明け前』では歴史上の人物、地名は実名で書かれ、島崎一族は名を変えても人物の経歴や家系図通りの設定で登場する。藤村は父の詠んだ歌も手掛かりとして、その心と志の揺れ動きを『夜明け前』本文に再現している。本居宣長の『古事記伝』の序「直毘の霊《みたま》」にある「自然《おのずから》に帰れ」という教えや、古代復帰、中世否定の精神を信奉した正樹の心情を代弁するように、作中の半蔵の胸の内を情感豊かに描写している。賀茂真淵、本居宣長、平田篤胤と〈消えない学問の灯火に譬えるなら、彼は木曽のような深い山の中に住みながらも、一方には伊那の谷の方を望み、一方には親しい友達のいる中津川から、落合、附智、久々里、大井、岩村、苗木なぞの美濃の方にまで、あそこにも、ここにもと、その灯火を数えて見ることが出来た〉。一八六〇年、すなわち万延元年、それは徳川幕府が初めてアメリカへ使節を船で送った年だったが、この年の半蔵は、〈諸国には当時の厳禁なる百姓一揆も起りつつあった。しかし半蔵は、村の長老たちが考えるようにそれを単なる農民の謀反とは見做せなかった。百姓一揆の処罰と言えば、軽いものは

笞、入墨、追払い、重いものは永牢、打首のような厳刑はありながら、進んでその苦痛を受けようとするほどの要求から動く百姓の誠実と、その犠牲的な精神とは、他の社会に見られないものである。当時の急務は、下民百姓を教えることではなくて、あべこべに下民百姓から教えられることであった〉。村の重要な成員となった半蔵は、〈もっと百姓の眼をさます時が来る〉と新時代への希望を膨ませる。〈歩き廻れば歩き廻るほど新しい歓びが湧いた。一切の変革はむしろ今後にあろうけれど、ともかくも今一度、神武の創造へ——遠い古代の出発点へ——その建て直しの日がやって来たことを考えたばかりでも、半蔵らの眼の前には、何となく雄大な気象が浮んだ〉〈一切は神の心であろうでござる〉

平田篤胤の言葉を期待と共に半蔵が想起したところで、第一部が終わる。

だが、「神の心」は維新後、半蔵らに非情に働く。「神坂村」と名も体制も変えた馬籠村で、庄屋から「戸長」に立場が変わった正樹は、三十三村の総代として山林の監督官庁へ申し立てを行い、村の学事係としても力を注ぐ。伊東多三郎は、〈維新後の国内の趨勢は、彼等平田学徒が理想とせる古代への復帰に反することが多く、その為に正樹の憂国の至情が募り、生来の狷介不羈、直情径行を以て、ややもすると常軌を逸する行為に出るようになった〉と異変の兆候を伝える。国学の素養を生かすように働きかけてくれた知人の仲介で、この時期、多くの平田派門人が採用された教部省で、考証課の雇人となる。ところが正樹は欧化政策に傾く首都東京でいっそう憂いを深め、一八七四(明治七)年十一月、ついに「献扇事件」を起こす。天皇の行幸を神田橋

見附で待ち受け、目前に迫った隊列へ向け、あろうことか、自作の和歌二首を書いた扇を放り投げたのだ。一瞬、テロ行為と見まがわれたほど過激な自己主張である。この挿話は大江を大いに揺さぶったと想像する。正樹入魂の一首は〈かにの穴をふさぎとめずばたかつゝみいつかくゆらん時なからめや〉。藤村は〈蟹の穴ふせぎとめずは高堤やがてくゆべき時なからめや〉と添削して、『夜明け前』本文にとどめた。

不敬罪に問われかけた正樹は、飛驒の山中にある神社の宮司として赴任する。が、奇行は治まらず、そこからの痛ましい最晩年について伊東は筆を控えている。『夜明け前』の掉尾に、事実は詳述され済みでもあった。追い詰められた半蔵は、先祖が建立した菩提寺に火を放つという最大の禁忌を犯す。〈お父さん、子が親を縛るというはないはずですが、御病気ですから堪忍して下さい〉。長男の「宗太」(藤村の長兄、秀雄)はそう詫びながら、木小屋へ父を幽閉する。ほどなく一八八六(明治十九)年、半蔵=正樹は五十六歳で死去した。

〈人々は進歩を孕んだ昨日の保守に疲れ、保守を孕んだ昨日の進歩にも疲れた〉

〈私設鉄道の計画も各地に興り、時間と距離とを短縮する交通の変革は、あたかも押し寄せて来る世紀の洪水のように、各自の生活に浸ろうとしていた〉

『夜明け前』結末部分で藤村は、青山半蔵の悲劇を歴史の流れの中に置く。半蔵は文明開化の世から振り落とされた。柳田国男の父が井戸の底に隠れるなどの奇行を見せ、一時は座敷牢に入れられていたと柳田自身が語っていたのも、維新の変革期の出来事である。新時代に絶望して精神を病んだ父は、この頃、至るところに現われたのだろう。

産業社会の夜明けから消費社会へ

半蔵が生きたこの馬籠村から百年先の光景を、『万延元年のフットボール』の大窪村に探すことができる。島崎藤村が欧風近代化、武士や庄屋層の没落や世俗化という時代と、そこから取り残される村の典型を描こうとしたように、大江も自分の故郷を、消費社会の到来によって崩壊しゆく民俗社会の典型として造形している。国の中心、首都からではなく、先祖代々の風習、地勢、気風をよく知る、日本の周縁にある村から、変わりゆく時代の核心をとらえようとした。その意味で『夜明け前』と『万延元年のフットボール』は同じアングルから書かれた「歴史小説」である。

大江健三郎がなぜ、「歴史小説」を意識して書かねばならなかったのか。疑問に思われるかもしれない。だが、大江が誰より敬愛する師、渡辺一夫から『万延元年のフットボール』の五年前、〈まだ日本に生れなかったような「歴史小説」でも、「大河小説」でも、いつか書いて下さい〉(『新日本文学全集11』月報、一九六二年)と要望されていたのを大江が意識しなかったはずはない。また、一九六四年には三島由紀夫との対談で、〈たとえばいま五十年前あるいは百年前から説きおこして書いてゆく小説というものはどういう意味があるんでしょうか〉と、三島から問われた大江は、〈その小説家に技術があれば五十年遡る必要はないと思いますね。やはり短かい期間に集約できることが小説家としていい技術じゃないでしょうか〉〈日本の近代作家が小説は長い時代を扱えると思っているのは誤解じゃないか〉と答え、三島もそれに同意している(『群

ていただろう。

像』一九六四年九月号)。過去の出来事、「歴史」を書くことを、大江はすでに実現しようと考え

馬籠村と大窪村、どちらの村に住む一族の命運も、交通と経済の発達に大いに左右された。文芸評論家の瀬沼茂樹は〈木曽の街道が、その地方性をこえて、日本の国民生活のなかを貫いている精神の路線になることを、彼は知っていた〉(『評伝 島崎藤村』一九五九年)と指摘しているが、大江もそれを知っていた。二〇〇六年六月、インタビュー番組を制作するために愛媛県内子町まで大江と同行した際、「大瀬は街道筋ですよ」と、大江が何気なく故郷の集落を説明したことが、筆者には強く印象に残っている。「身がわり山羊の反撃」「その山羊を野に」「夢の師匠」などの短編で、まさに街道沿いの家に住んでいなければ遭遇しないような出来事が描かれていたことと、そのひと言がつながったからだった。現在の国道三十三号線にあたる幹線が、高知から松山まで山間を縫って繋いでいる。旧大瀬村はその沿線に位置する。「川筋」という言い方も作中に出てくる。大江作品では街道と川筋が精神の路線として意識されている。『万延元年のフットボール』の曽祖父、あるいはその弟は山を越えて高知へ向かい、ジョン万次郎に会ったらしい、雪が降れば谷間の集落の雪景色が眼下に広がる――そのような伝説も光景も、根所家が街道を見通す高台にあるという設定だから可能になっている。峠で本陣を営む青山家を舞台とする『夜明け前』が、そうした地勢を存分に利用した小説であることを、大江はよく理解していただろう。実際、筆者が訪ねた岐阜県中津川市の「馬籠の宿」と、愛媛県の旧大瀬村の高低差のある風景は、かなり似通っている。

そして、さまざまな物資が運搬される木曽路では、戦死した浪士の首級（頭部）までも、渋紙に包んで持ち運ばれるのだった。十八で戦死した息子の首を、父親である水戸浪士が埋葬場所を求めて、本陣に持参する話が出てくる。平田派の門人たちが建てたその青年武士、横田元綱の墓は、現在も中津川市内に残る。ある時は下諏訪付近の混乱で死んだ主君の首を持ち、逃げ惑っている者が発見された。〈百姓も断りかねた。案内した先は三町ほど隔った来迎寺の境内だ。浪士はあちこちと場所を選んだ。扇を開いて、携えて来た首級をその上にのせた〉。こうした生々しい史実に基づく挿話こそ、首をサッカーボールに見立てた『万延元年のフットボール』という作品名につながったものではなかったか。大江がかつて語った次のような内容からは、何とも判断できないが。

「私があの作品を書き進める力になった中心のイメージは百姓一揆です。それも残酷なもので、相手方の指導者の首を切り取って、それを布にくるんで農民たちの出迎える自分の村に帰ってくる男というのを、私はまず思い描いていた。その人間の頭の包みをボールのように胸に抱えて夜道を走る青年の姿をいつも思い描いていた。ずっと後になって、ロンドンでやったセミナーの学生に、それならラグビーじゃないか、といわれましたがね（笑）。しかし私は、なんとなくフットボールという言葉が好きでした」（『大江健三郎 作家自身を語る』）

半蔵は東京までおよそ八十里の道程《みちのり》を、主に徒歩で一週間がかりで移動した。一九六〇年代を生きる根所兄弟は、自動車、鉄道、フェリーに乗って故郷の四国をめざした。鷹四と十代の友人、星男と桃子は中古のシトロエンに乗って、蜜三郎夫婦は谷間の村の入り口までバスに揺られ

る。そのバスに現金を持ち合わせない子供連れの農婦が乗り込んでくる場面が、いかにも都会と地方の経済感覚の時差、格差のように出て来るが、その百年前、一八六〇（万延元）年頃の馬籠村では、青山家の女主人も現金で物を購入することはなかった。着物の仕立ても食事も手作りが当然で、食材は地元の産品に限られた。そうした村社会から産業社会の幕開けまでを描いたのが『夜明け前』であったなら、『万延元年のフットボール』は産業社会が発展し、現金万能、全国共通の商品が流通する大衆消費社会が、全国津々浦々まで浸透し始めた時代をとらえている。

その様子を映し出すのは、谷間の主婦や子供を熱狂させるスーパー・マーケットという村の晴れ舞台、購買欲を刺激するテレビの画面だ。留守中の根所家を預かる中年女性のジンはインスタント・ラーメンを飽食し、際限なく太って人生に絶望している。事業を起こす気力も技術もない谷間の青年らは、フットボールの練習にむやみに精を出し、百年前の一揆の代わりにスーパーの物品奪取のゲームに加わり、鬱憤を一時的に晴らすのみだ。

《かれらはなにひとつ想像しない。かれらには徹底的に想像力が欠けている》と地元の若者を見下す鷹四。そう言い放つ鷹四には一体、どんな精神が宿るというのか。蜜三郎が懐疑したまま、鷹四は「本当の事」を告白して自殺してしまう。後日、「スーパー・マーケットの天皇」の立ち会いの下、移築のため解体され始めた倉屋敷からは、地元を逃げ出した卑怯者と思われていた曽祖父の弟が、実際には屋敷の地下に自己幽閉して時を待ち、二度目の一揆を率いて成功させたヒーローだった——それを示唆する書簡類が発見される。しかし、往時の倉屋敷はすでに失われ、一族でただ一人生き残った跡継ぎの蜜三郎も、アフリカ行きの決意を固めつつあった。

新憲法下で育った大江健三郎とその作品の主人公たちは、家制度からはこのように自由だった。代わりに故郷の「家」という根を失い、大都市でパートナーの愛情だけが頼りの不安定な生活に身を置いた。島崎藤村は明治憲法下、封建的な家父長制によって束縛された青年の苦悩をわが身に背負い、晩年にはより不自由な時代を生きた父の生涯を『夜明け前』に書いた。小説は社会科学ではなく、個人と社会の関係を固有の物語として描く。個々の作家の資質によって、同じ時代の似通った状況も、まったく意味や趣の異なる物語となる。それでも、同じ方向に関心を示し、同傾向の問題を受け継ぐ作家の系譜というものはある。島崎藤村と、その六十三年後に生まれた大江健三郎を併せ読んでいくと、そうしたことを随所で感じる。

本当の事をいおうか！

時代の表層に現われた事象からではなく、そろそろ藤村と大江を繋ぐ個人的資質にかかわる観点から述べていかなければならない。本稿の初めで大江は谷川俊太郎の書いた現代詩の一節、〈本当のことを言おうか〉から『万延元年のフットボール』の構造の半分ができ上がった——そう語ったという挿話を紹介した。しかし、この発言は本当だろうか、と問い返してみたい。その一節から直接の刺激を受けたのは真実だったとしても、長年渦巻いていた潜在意識が、その一節に反応したとは考えられないか。推察するに、大江は藤村の作品や伝えられる発言から、小説という形式において破格の突破力をもつ「告白」の方法に、相当、影響を受けていた。露骨なる描写で赤裸々に自身の内面も私生活も明かしていくのは、田山花袋以来の私小説の流儀だが、藤村

と大江はその流儀に収まっておらず、どうにも破格。衝撃が別格なのである。先にも述べたが、両氏は並外れて告白の欲求が強い資質を持つとも感じる。しかも常にどこか、義憤と呼ぶべき性質の怒りを伴っている。そして、小説に書いてしまうことによってしか、困難を乗り越えていくことができないと、小説という形式を頼みとしているのを感じる。少し回り道をしながら、そのことと「本当の事」との関係を示してみたい。

『万延元年のフットボール』の「8 本当のことを云おうか（谷川俊太郎『鳥羽』）」では、雪が降り始めた夜、羽根を毟って丸裸にしたヤマドリを前に、根所家の兄弟は、「本当の事」を言った後、果たして人は生き延びることができるか、を巡って話し始める。鷹四は、《これは若い詩人の書いた一節なんだよ、あの頃それをつねづね口癖にしていたんだ。おれは、ひとりの人間が、それをいってしまうと、他人に殺されるか、自殺するか、気が狂って見るに耐えない反・人間的な怪物になってしまうか、そのいずれかを選ぶしかない、絶対的に本当の事を考えてみていた。その本当の事は、いったん口に出してしまうと、懐にとりかえし不能の信管を作動させた爆裂弾をかかえたことになるような、そうした本当の事なんだよ》と兄に語りかける。

　蜜三郎は《作家のうちには、かれらの小説をつうじて、本当の事をいった後、なおも生きのびた者たちがいるのじゃないか？》と返す。対して鷹四は、フィクションの枠組をかぶせて、自分は安全なままでいる、それ自体が作家の仕事を弱くしている、しかし、頭を朱色に塗って裸で首を吊って自殺した友人の行為からは、《本当の事をいおうか！》と声が響くと言い返す。《もし、そうした本当の事をいう時がくれば、それを蜜に聞いてもらいたい》。

この時、そう宣言した通り、直後の晩に血まみれで屋敷に戻ってきた鷹四は、村の娘を撲殺したと報告する。深夜、倉屋敷で二人きりになると、鷹四は兄に「本当の事」を語り始める。軽度の知的障害があった妹と、高校生の頃、関係を持っていた、妊娠した妹は農薬を飲んで自殺し、秘密は保たれたが、罪の意識は《おれの肉体と精神のもっとも深い中心に根づいて、おれの日常生活と未来の展望を終始、毒しはじめたんだよ》。

両親を早く亡くし、故郷を離れていた根所兄弟も、「家」に絡みついた根から完全に自由なわけではなかった。鷹四は《おれがずっと他人の家で妹と暮している間、蜜は（中略）おれたちに残された金で地方都市の高等学校にも、東京の大学にも行くことができたじゃないか?·》。妹との過ちの遠因は兄にもあったと非難する。対して蜜三郎は、百年前、最初の一揆が失敗した後に姿をくらました曽祖父の弟同様、《いつも抜け道を用意しておく人間だ》と鷹四を突き放す。するとその夜のうちに鷹四は散弾銃で自殺してしまう。《オレハ本当ノ事ヲイッタ》と壁に書きつけ……。自殺とは、告白のための最後の手段である、あるいは、告白とは、自殺を前提とした最後の手段である――ここにあるのは、そのような自殺と告白の、究極の表裏一体の関係だろう。どちらも暴力的で、これ以上強い小説の中の真実はない。そうでなくては「本当の事」ではない。大江はそう言いたかったのではないか。

告白する主人公。日本近代文学においてまず思い浮かぶのは、男性の肉体美に惑乱する三島由紀夫の『仮面の告白』の「私」か。しかし、他者に明かす発語の迫力からいえば、この根所鷹四

であり、鷹四に比肩するもう一人が島崎藤村の『破戒』の主人公、「瀬川丑松」になるだろう。小学校の教師を務める丑松は被差別階級出身の「新平民」であるとの噂が発生すると、先回りするように十代の教え子らに向かって、次のように告白を始める。

〈是山国に住む人々を分けて見ると、大凡五通りに別れて居ます。それは旧士族と、町の商人と、お百姓と、僧侶《ぼうさん》と、それからまだ外に穢多という階級があります。(中略)もし其穢多が斯の教室へやって来て、皆さんに国語や地理を教えるとしましたら、其時皆さんは奈何思いますか、皆さんの父親《おとっ》さんや母親《おっか》さんは奈何思いましょうか——実は、私は其卑賤しい穢多の一人です〉

〈私が今斯ういうことを告白《うちあ》けましたら、定めし皆さんは穢しいという感想《かんじ》を起すでしょう。あゝ、仮令《たとい》私は卑賤しい生れでも、すくなくも皆さんが立派な思想《かんがえ》を御持ちなさるように、毎日其を心掛けて教えて上げた積りです。せめて其の骨折に免じて、今日迄のことは何卒《どうか》許して下さい〉

何度も頭を下げ、丑松は最後、許して下さいと言いながら板敷きの床に跪《ひざまず》く。弁護士の勧めに従い、丑松がテキサスへの移住を決意するところで長編は終わる。海外へ出立する幕切れも、両作家に共通する物語の決着のつけ方である。

『破戒』が書かれた直接の動機は、小諸義塾の教師として奉職していた長野県内で、作品と同様の理不尽な迫害事件が起こり、藤村が烈しい義憤を感じたことだった。同県では、部落解放運動に乗り出した師範学校の教師が、政敵に暗殺される事件も起きていた。そうした旧弊な差別感情

を刷新するために、事実に基づいた長編を書こうと思い立つ。藤村は小諸周辺の地域を実際に踏査し、四民平等とはまだ名ばかりの実態を知った。手ごたえを得た藤村は、教師の職を辞して一家で上京し、『破戒』を二年がかりで完成させる。『若菜集』や『千曲川のスケッチ』で一躍、名を知られてはいたものの、得られた報酬はごくわずか。『女学雑誌』を主宰していた巌本善治の紹介で、一八九九年に冬子（フユ）と結婚し、乳幼児を抱えていた藤村は、経済的な基盤を得るためにも小説家に転身する必要があった。そこで函館で事業を営む義父からも借金して自費出版を企てる。「緑蔭叢書」と名付けた第一弾として、一九〇六（明治三十九）年三月に上梓した『破戒』は、初版千五百部がたちまち売れ、同数を再版するスタートを切った。

小栗風葉の『青春』、国木田独歩の『独歩集』、二葉亭四迷のほぼ二十年ぶりの小説『其面影』、夏目漱石の『坊っちゃん』『草枕』も世に出るなど、近代文学の傑作が出揃った時期だった。その中でも藤村の『破戒』はもっとも清新、画期的だと評判を呼び、さっそく『早稲田文学』五月号は「小説『破戒』を評す」を特集し、正宗白鳥、小川未明、徳田（近松）秋江、島村抱月、柳田国男も寄稿している。多くの批評は、社会的な文学、社会派の自然主義を発展させる可能性を示した記念碑的作品だと意義を讃え、時を置かず小山内薫の演出で舞台化もされた。藤村はトルストイの『アンナ・カレーニナ』、ドストエフスキーの『罪と罰』、ツルゲーネフの『猟人日記』などのロシア文学やフロベールの『ボヴァリー夫人』に英訳で親しんでいた。とりわけ一八九二年に邦訳版が出た『罪と罰』の影響は、『破戒』の発表当時から指摘された。丑松は隠していた犯罪を懺悔したラスコリニコフと重ねて評され、作品の評判はかえって高まった。

藤村の懺悔《ざんげ》小説

だが、藤村の自然主義は、期待された方向には進まなかった。二葉亭四迷、夏目漱石らから推挙され、一九〇八年四月から『朝日新聞』に連載した「春」は、故郷の家から遠ざかり、女学校で教えながら詩を書き始めた文学的放浪期を描いた自伝的な内容になり、作者そのもののような主人公「岸本捨吉」の名は、その後、『桜の実の熟する時』『新生』でも使用されることになる。「春」には『文學界』に寄稿していた当時、藤村の周辺で起こった出来事が多く含まれ、仲間内でモデル問題も招いた。自殺する「青木駿一」は北村透谷であり、「市川」は平田禿木、「足立」は馬場孤蝶、「菅」は戸川秋骨と特定される。青年らはそれぞれ大いに悩み、恋愛、結婚の理想をいくら語り合っても、金銭問題を伴う「家」の呪縛は解けず、〈ああ、自分のようなものでも、どうかして生きたい〉。よく知られたこの台詞をつぶやきながら、捨吉が仙台へ向かう列車の中で、「春」は終わる。

続いて、正宗白鳥の推輓《すいばん》によって一九一〇年の元日からは『読売新聞』で「家」の連載が始まり、捨吉の思いを「小泉三吉」が引き継ぐ。藤村の育った木曽・馬籠村の島崎家を「小泉家」、長姉が嫁いだ高瀬家を「橋本家」と名付け、両一族が陥っていくモラルの頽廃、家運の凋落を描き、一段と私小説へと傾斜していく。それでも全場面を家の内部の視点から描くという小説の手法、読者を飽きさせない緩急自在な文体……どれをとっても、藤村が傑出した作家であることを実証した長編となっている。三吉には作者二十七歳から三十九歳までの実人生が重ねられている

上に、藤村の妻子と一族の人々もそれぞれ実在の人物を特定されるように登場する。結果、日本流の自然主義を代表する作家として評価が固まると同時に、身内にかかる負担も看過できないほどとなり、一族へ向けての代価もさらに必要となり始める。

その上、「家」の連載が五月四日でいったん終了した直後から、作中人物のモデルとなった近親の人物の運命が暗転していく。翌六月には作中の相場師の「正太」、すなわち藤村が頼りにしていた甥の高瀬親夫が病死し、八月六日には藤村を支えてきた糟糠の妻、冬子が四女の出産直後に三十三歳で死亡する。やむなく三男は養子に出し、乳児も伝手を頼って茨城県内へ預け、浅草・新片町の自宅では六歳、四歳の息子、婆やとの四人暮らしが始まった。藤村は上京後、三人の女児を相次いで病気で失っており、その不幸は「芽生」という作品にすでに書いていたのだが、虚構を超える物語、告白に足る悲劇が次々と流れ込んできたのだった。藤村はこうした出来事も「犠牲」と題して『中央公論』に発表し、それらをまとめて編んだ『家』上下巻を一九一一年、「緑蔭叢書」として出版する。

藤村が不惑の四十歳を前に書いた『家』の中には、主人公の三吉に〈不思議な力は、ふと、姪の手を執らせた〉という場面がある。藤村が長兄・秀雄の長女・勇子《いさこ》の手をとったと解することもできるこの場面は、次なる『新生』の伏線だとも解釈されてきた。

麹町の明治女学校高等科の英語教師であった頃から、藤村は周りに女性が集う環境にあり、教え子への身を焦がす思いも詩の中に書いている。「初恋」で〈花ある君と思いけり〉にうたった

モデルとされる大黒屋の長女「おゆふさん」(大脇ゆう)への早熟な関心も明かしている。ちなみに「おゆふさん」=「オユーサン」といえば、『懐かしい年への手紙』で作家の「K」の妻の通称であるが、実際にも大江は、「初恋の人」であるその配偶者(ゆかり夫人)をこの名で呼んでいる。

父、正樹はその異母妹と関係を持っていた、実母、縫は父の子ではない兄を産んでいた、といった肉親の秘密を春樹(藤村)が知ったのはいつ頃のことだったのか……。親族のあいだでは周知の事実とされていたと、藤村の長兄、秀雄の娘を母に持つ、精神医学者の西丸四方が書き残している(『島崎藤村の秘密』一九六六年)。また、藤村は妻、冬子の結婚前の異性関係に関して不信を募らせ、そうした夫婦間のわだかまりを作中でも繰り返し、何かへの復讐のように書いているが、その原因も実母との確執にあるとされてきた。

このように影の濃い一族ではあれ、藤村はすでに経済的な成功者であったから、次兄、広助の長女の久子、続いて次女のこま子が、故郷の女学校を終えると著名な叔父の家を手伝いに上京してくる。そして、文壇での名声も世間の信望も、すべてが地に落ちるような出来事が姪のこま子との間に発生したのは、明治から大正に改元した夏だった。翌一九一三(大正二)年四月、藤村はフランスへ向かう船上の人となり、出港後、次兄に事の顚末を記した詫び状を書き送る。こま子が男児を出産したのは八月。産院から里子に出され、実の叔父と二十歳を過ぎたばかりの姪の間の秘密は、最少の者の間で守られていくはずだった。

それから第一次大戦下の三年近く、藤村は自らをパリに収監する。十代末の東京での書生時代

や異性との出会い、恋愛を振り返った自伝小説『桜の実の熟する時』や、フランスでの見聞録、児童向けの小品を書いて過ごすが、帰国を待ちわびる家族や出版関係者の声に従い、一九一六年七月に帰国。こま子を含む次兄らが留守を預かっていた芝の借家に戻る。するとまもなく、こま子との関係が再燃した。それだけでも驚くべきだが、藤村はここからの成り行きも渡仏以前のいきさつも、一九一八年四月、こま子の母が亡くなった日から小説に書き始め、翌五月一日からは『朝日新聞』で「新生」と題して連載を開始する。十三世紀末にイタリアのダンテが、早世したベアトリーチェを偲んで書いた詩文集と同じタイトルである。そしてひと月も経たぬうち、早くも核心部分が紙面に載る。〈私の様子は、叔父さんには最早《もう》よくお解りでしょう〉。作中の「節子」（＝こま子）は母になったことを叔父、岸本捨吉に告げ、ここから岸本の煩悶が延々と叙述されたのだった。

〈節ちゃん、そんなに心配しないでも可いよ〉、自分の庶子として届けていいと〈不幸な姪〉を慰め、心の中では戸籍上の母の名を思案したり、〈独身そのものを異性に対する一種の復讐とまで考えて居た彼は、日頃煩わしく思う女のために――しかも一人の小さな姪のために、斯うした暗いところへ落ちて行く自分の運命を実に心外にも腹立しくも思った〉。岸本の思弁は一貫してどこか被害者めいている。渡欧の手続きを急ぎ、パリに逃れた岸本は、かつてロセッティの英語の詩で読んだアベラールとエロイーズの禁断の恋を思い出し、哲学者と宗教者だった二人所縁《ゆかり》の場所を訪れたり、incest の深意を測ったり。この連載が始まった時点では、こま子と別れるには至っておらず、現実の藤村とこま子は作中の岸本捨吉と節子になって、新たに生き直す方便を手

探りし、その煩悶をも援用して書き進められたような印象を受ける。

いくら小説とはいえ、この設定は新聞小説として当時も際どかっただろうし、今ならまず掲載されない。ところが、新聞という公器に連載し、天下に〈自己の破壊にも等しい懺悔〉を行ったことが結果として打開策となる。次兄の広助とは義絶したものの、度重なる経済的な要求を断ち切ることができた。こま子も連載が始まると藤村の長兄、秀雄の住む台湾に身を置くことが決まった。翌年には続編（第二部）を書く環境をも獲得した藤村は、今度は、愛とは、救済とは、世間とはいったい何か。形而上的な主題を掘り進めていく。

〈彼は節子と自分の間に見つけた新しい心が、その真実が、長いこと自分の考え苦しんで来た旧い道徳とは相容れないものであることを知って来た。人生は大きい。この世に成就しがたいもので、しかも真実なものがいくらもある。斯う深思する心は岸本を導いた〉

現実と虚構の間に立つ綱渡りを続ける叔父に、節子の姉が新聞小説で被った迷惑を訴えかける場面も登場する。喜劇的ですらあるが、虚実皮膜の間にギリギリで成立する小説の醍醐味について、これほど考えさせるやりとりもない。

〈叔父さんは御自分で為すったことを御自分でお書きなさるんですから、それでも好いかも知れませんが、唯妹さんが可哀そうだッて――何処へ私が伺ってもそれを言われます〉

〈節ちゃんの承諾を得た上で、俺はあれを発表した〉

〈「夢だった、」とでもする訳には行かないものか〉

〈誰が迷惑するッて言ったって、一番迷惑するのは俺じゃないか〉

〈人は何と思うでしょうねえ。これは実際のことだと思って読むでしょうか。それとも作り話だと思うでしょうか〉

〈斯ういう人生もあると思って読んで呉れる人もあるだろうサ〉

実際にも、こま子の姉の久子と同様のやりとりはあったのかもしれない。この場面から筆者は、大江が自身の小説の締めくくりとした長編『晩年様式集《イン・レイト・スタイル》』の、長江古義人が自宅の居間で妻たちも同席する中、映画監督、塙吾良の最後の恋人「シマ浦」と談論する箇所を思い出した。シマ浦は言う。

《『取り替え子《チェンジリング》』が私をモデルにしていると知らされた時は、ただ吾良さんと自分のことが書かれているところを探して読むだけの、幼稚な読者でしたが……／そうしてるうちに、吾良さんについて本当のことを書いていられると思うようになりました》

《小説のシーンは、長江さんらしいアンチクライマクスのユーモアで終ります。ところがここを読んで、私は声をあげて泣いたんです》

こんなふうに書いてあったら、シマ浦はどこかに実在すると、信じてしまいそうになる。しかし作家自身が旧作を評し、登場人物に憑依してこれを書いているという、事実をもとに作られた虚構の上に、虚構を二重三重に重ねた何とも不思議な世界が、ここに成立しているわけである。やはり曲芸的な芝居が自作自演されており、ここにも藤村の影が見えなくもない。

藤村の『新生』続編（第二部）では、互いの打算や疑心に懊悩しながらも、いつしか六年越し

となった捨吉と節子の関係は、霊的、宗教的な深まり方をする。フランス人の生活の流儀を見知るうちに藤村が体感した、西欧由来の恋愛描写も読者を引きつけた。和歌をよくする節子は〈二人していとも静かに燃え居れば世のものみなはなべて眼を過ぐ〉と詠む。
〈彼女は岸本の一切を所有し、岸本はまた彼女の一切を所有した。しかし二人とも何物をも所有しては居なかった〉。最後は、アベラールとエロイーズの墓にあったのと同じ秋海棠の苗を節子が庭に残して去り、岸本がそれを改めて深く移植する暗示的な場面で終わる。〈節子はもう岸本の内部《なか》に居るばかりでなく、庭の土の中にも居た〉

凄まじい恋愛小説が百年前に書かれていたものである。

芥川龍之介は『或阿呆の一生』の中で『新生』の岸本を「老獪な偽善者」と書いている。藤村自身も後年、『新生』第二部を自身が編集した全集からは外した。だが、正宗白鳥は大正末に藤村のそれまでの作品を振り返る中で『新生』をもっとも高く評価している。かつて藤村から、『ボヴァリー夫人』を読み進むうち恐ろしくなり、書籍を伏せたという話を聞いていた白鳥は、『新生』もそれに似た感じがしたと述べており、〈「新生」は冷静なる人生鑑賞ではなくって、主観の発露である。苦悩に鍛えられた主観が宗教的恍惚境に達するほどに高調されている。そういう点で明治以来の文学で他に全く類のないものである〉。『新生』は「懺悔文学」と見なされているとも伝えつつ、〈作者は描いているのではなくって唄っている〉と評している（「文芸時評」『中央公論』一九二五年十月号）。

秘密の暴露は問題の解決をも意図したものだと批判する向きもあったが、岸本捨吉、いや島崎

藤村が悩み抜いたのは事実であり、『新生』には〈一切を皆の前に白状したら〉という、〈本当のことを言おうか〉にあたる岸本の思弁が見つかる。〈好い事も悪い事も何もかも公衆の前に白状して、これが自分だ、捨吉だ、と言うことが出来たなら〉。この部分は、ルソーの『告白』と重ねて書いたとも読み取られてきたが、いずれにしろ『新生』は、一世一代を賭けた島村の「破戒」であったには違いない。

このようにして藤村は「本当の事」を告白し、それによって生き延びた。『万延元年のフットボール』の蜜三郎が、《作家のうちには、かれらの小説をつうじて、本当の事をいった後、なおも生きのびた者たちがいるのじゃないか？》と言った時、その筆頭に島崎藤村が想定されていたと考えてよいだろう。すぐに鷹四は饒舌に言い返す。

《作家か？　確かに連中が、まさに本当の事に近いことをいって、しかも撲り殺されもせず、気狂いにもならずに、生きのびることはあるかもしれない。連中は、フィクションの枠組でもって他人を騙しおおす。しかし、フィクションの枠組をかぶせれば、どのように恐しいことも危険なことも、破廉恥なことも、自分の身柄は安全なままでいってしまえるということ自体が、作家の仕事を本質的に弱くしているんだ》

《文章になって印刷されたものの中には、おれの想像している種類の本当の事は存在しない。せいぜい、本当の事をいおうか、と真暗闇に跳びこむ身ぶりをしてみせるのに出会うくらいだ》

これは鷹四の台詞を借りた藤村への批判として成立している。この言葉自体が、《文章になって印刷されたもの》であるのを、ここでもつい、忘れてしまいそうになるのだが。

大江健三郎と「私小説」

では、大江健三郎は「私小説」をどう考えていただろうか。

丸谷才一は親しかった井上ひさしの「お別れの会」（二〇一〇年七月）の挨拶で、現代のプロレタリア作家の代表を井上、芸術派の代表を村上春樹、そして大江を私小説家の流れに規定した。それに刺激された大江は直後、「如何《いか》にして私小説家となりし乎《か》」と題し、複雑な思いのこもるエッセーを新聞に発表した。井上と同時代の新進作家として〈日本的私小説は乗り超えるべき対象でした。しかし知的な障害を持った子供と共生する決心をした私は、私生活を根拠地にする小説家になりました〉（『定義集』）と。この問題に関して言及し始めると収まりがつかなくなるが、かつて筆者が本人に問うた際強調していたのは、日本の私小説家が「私」を書く場合には、モデルとしての「私」をフィクション化せず、「書かれた自分としての「私」からハミ出さない場合が多い。その点が、日本人の作家一般の私小説性ということを、外国人の文学研究者が確信する理由だ」という点だった。その時、大江が名を挙げた作家は太宰治、瀧井孝作、志賀直哉、尾崎一雄。ことに『人間失格』『桜桃』を書いた太宰治は、「太宰治」というフィクションの人物と、現実の自分を律儀に辻褄を合わせようとし、そんな書き方を続けたから「結局、作家は自殺するほかないですよ！　そして、案の定、自殺してしまう」。

「そういう小説を書き続けていく状態は、それは精神的に健康ではないです。誰かが太宰治に、「君が書いている作品と君の実生活は違うんだ」と確実に納得させて、かれを文壇から三年間隔

離してやっていれば、太宰は死ぬ必要はなかった」「自分が身辺のモデルからフィクションとして作った人物を、あらためて意識して採用した小説を書けば、中年以降の独特の作品が出来上がっただろうと思います。それは相当なものだったでしょう」と惜しんだ（『大江健三郎 作家自身を語る』）。

だが、私小説を書く作家は、そもそも自分でもどうしようもなく、実際に起きた出来事を事実に即して律儀に小説に再現してしまい、公表することによって自分を救済し、そうすることによって生き延びてしまう人間ではないのか。

頭部に異常をもって長男が生まれた直後の激しい動揺を書き、書くことで現実を受け止め、乗り越えた『個人的な体験』をきっかけに、大江は飛躍を遂げた。『同時代ゲーム』の試みが難解過ぎると非難されると、自分の家族や一族と同じ設定の人物を登場させる物語に設定し直した上で、同じ主題を『M／Tと森のフシギの物語』に再編し、読者の理解へ繋げた。以降は『懐かしい年への手紙』も二〇〇〇年に発表された『取り替え子《チェンジリング》』に始まる長江古義人の物語でも、自分の故郷である谷間の村を舞台に、自身の分身の古義人に実際の出来事と実年齢を反映させながら書くことで、大江は他の作家の追随を許さぬリアリティを保ち続けた。大江作品における事実と虚構の配分は、藤村の律義さとも異なり、多くは読書から得た知識を含む想像力の賜物であったにしろ、想像力の種として不可欠だったのは、やはり実際に体験した事実、現実に出会った人物、日々の家族との生活、そして窮境と呼ぶべき状況であったろう。義理の兄、伊丹十三監督の自殺を直感した瞬間から始まる『取り替え子《チェンジリング》』が成功したのは、ゆえに当然のことだった。

《――吾良が自殺しました、あなたを起さないで出かけるつもりでしたが、マスコミの電話ラッシュにアカリが怯えるといけないから、と千樫は、古義人が十七歳の時からの友人の、彼女にとっては兄の身に起った事を告げていた》

告白する、顕すだけであればそれを行う作家はほかにもいるだろうが、大江も藤村も告白するしかない究極の困難な事実を引き寄せる宿命の下に生まれている。その上、窮境に追い詰められた時ほど、それをとことん反芻し、文学作品に昇華した。時が経てばスキャンダルではなく、作品だけが燦然と生き延びることを大江も藤村も知っていた。

ではなぜ、二人の文豪は「本当の事」、告白する秘密として、近親相姦、インセストという禁忌を選んだのか？　ここからは『万延元年のフットボール』と『新生』を結んで考えてみたい。

島崎藤村の場合は封建的な「家」という、彼を呪縛した因習が生む究極の罪悪を、実父も異母妹と関係したとされた親族内の、性的頽廃に見ていただろう。そう考えれば、自己破壊を辞さず『新生』という作品に書く必然があったし、意図して自分も姪と事を起こした可能性すら浮上する。近代社会が始まっても、まだ婚外子の出生も親族内での結婚もめずらしくなかった明治、大正期。多くの読者はそうした不義、不可解な男女の関係を、周囲に見知っていただろう。

一方、大江の場合は『万延元年のフットボール』に書いた鷹四と妹との関係を、虚構を創作する上でもっとも有効な禁忌と認めて、選んでいたはずである。新憲法の下では叔父と姪を含め、三親等内での婚姻は認められなくなっている。そもそも国家という制度は、『古事記』でアマテ

ラスと弟のスサノオが、性交渉がなくとも、互いの息から次々と子供を生したという神話――吉本隆明が『共同幻想論』（一九六八年）で「対幻想」と呼んだ概念から始まったとする考え方もある。大江も『古事記』を模すように、『同時代ゲーム』（一九七九年）の中で、神官の家に生まれた兄の露己と双子の妹、露巳が祭の日に二人きりで社務所にこもり、《今日おしたことは、**壊す人**の遊びのようなものやったねえ？》と露巳が問う、性的な戯れに耽る場面を描いている。また、『燃えあがる緑の木』では、同じ一族である「新しいギー兄さん」と、両性具有の身体を持つサッチャンがひかれ合う。二人の血縁の濃さは不明だが、新興教団の拠点となる教会を建てようとする物語に、その結びつきは聖性を加えるようでもあった。

さらに二〇〇九年の『水死』では、古義人の作品を舞台化する劇団の、主演俳優であり演出家のウナイコとその伯父の関係が、重要な挿話として出てくる。十七年前、高校生のウナイコが文部官僚である伯父の家に下宿していた時、伯父から徐々に詰め寄られて性行為に及び、やがて彼女は妊娠した。実の伯母に連れられ靖国神社に出向いた際、吐き気をもよおしたウナイコは伯母に異変を察知され、中絶を強要される。それを《自分の根本的な経験》だと長江古義人に告白したウナイコは、次の公演の舞台上でその体験を観客に明かすと決めていた。今や教育界の大物である伯父は、それを知って四国まで伯母と共に撤回の説得に訪れる。固辞したウナイコは監禁されるが、真夜中、ウナイコと伯父が睦み合う様子を周囲の者たちは察知する――。

この奇妙な結末は容易に解釈できるものではない。だが、藤村とこま子の一件を脇に置くと少し糸口らしきものも見えてくる。過ちを犯して藤村はフランスへ行き、帰国後、過ちを繰り返し

た、そこに大江は関心をそそられたのではないか。自身の創作において「繰り返すことで生じるズレ」、そこに重要な意味が発生することを大江はたびたび述べているが、『新生』はまさにそれを書いていた。

二十一世紀の常識においては、血縁で結ばれた伯父と姪ではえぐみが強すぎると判断されたのか、ウナイコと伯父は義理の関係ではある。だが金銭的、社会的に庇護された未成年の頃に身体を支配された記憶が、どれほど根本的な弱みとして根付き、その後の人生に影響し続けるか。信頼していた伯父が相手だったというウナイコの被った体験は、何とも悪質で不気味だ。ウナイコが才能溢れる女性であるように、こま子も文学に秀で、その才気を藤村も愛した。こま子は懸命に自分を高め、叔父の藤村を慕い続けたが、新聞小説で関係が公になると台湾へ追いやられた。ウナイコがこま子の生まれ替わりとして呼び出されたような、『水死』で取り出された伯父と姪の関係は、藤村という作家の偽善を複雑な書き方で現代に再現し、改めて糾弾したようにも読める。

『新生』から数年を経た一九二二年、藤村は女性の思想的向上の場を設けるという名目で、全面的な資金援助を行って同人誌『処女地』を創刊した。雑誌自体は一年も続かず十号で休刊したもののの、藤村はそこに集まった女性の一人、加藤静子と個人的な関係を深め、かなりの間を置いて結婚した。少年時代に始まる、藤村の一風変わった女性観、人生観と行動様式についてはここで述べないが、一例を挙げれば、上京後、困窮の中で三人の女児を相次いで病気で亡くした体験を短編「芽生」に書いている。最初に三女が息絶えた時、作中の父である「私」の胸中を、藤村は

次のように書いている。
〈斯うして私の家には小さな新しい位牌が一つ出来た。そのかわり、お繁の死は、私達の生活の重荷をいくらか軽くさせた形であった。まだお房も居るし、お菊も居る——二人もあれば、子供は沢山だ、と私は思った。／どうかすると私は串戯《じょうだん》半分に家のものに向って、／「お繁が死んで呉れて、大《おおき》に有難かった。」／斯様なことを言うこともあった。私は唯自分の仕事を完成することにのみ心を砕いて居た。／「子供なぞは奈何でも可い。」／多忙《いそが》しい時には、斯様な気も起った。何を犠牲にしても、私は行けるところまで行って見ようと考えたのである〉。志賀直哉をはじめ、この文章を非難した作家は少なくない。

社会と文学の中の圧倒的な男性中心、優位主義に、大江健三郎が日本の男性作家としては例外的な鋭さをもって対抗してきたことは、『大江健三郎全小説全解説』の第九章「アメリカの影が差す女性たち」に書いた。わかりやすい女性礼讃ではもちろんないものの、女性の窮境を直視した、その視点が現われたのは早かった。たとえば『万延元年のフットボール』で蜜三郎の妻、菜採子は障害を持って生まれた子供を施設に預けている。その状況に苦しんでウイスキーをあおり、鬱屈し続けているが、蜜三郎や鷹四は一方的に咎めないし、彼らは命令で彼女を動かそうとしない。菜採子は四国の根所家に落ち着くと、《母屋の納戸から焜炉を探す時一緒に出てきた古い版の漱石全集》を読むことにする。これが「藤村全集」であったなら、さまざまなことはわかりやすくなっていたのだが。

鷗外、漱石、藤村

島崎藤村という作家の評価が最高に高まった頃に生まれ育ったのが、大江を含む一九三〇年代生まれの世代とみられる。ここまでの引用文献からもわかる通り、藤村についての評伝、評論の出版も一九四〇年代後半から六〇年代に集中している。当時の影響力についてもう少し示すことも必要だろう。谷川俊太郎の書いた〈本当のことを言おうか〉が『万延元年のフットボール』の半分を牽引したという、本稿の冒頭で引いた大江の発言は本当だろうかと、筆者は疑問を呈した。異議を唱えた理由の一つには、次の逸話が存在したからでもある。それは一九四三（昭和十八）年八月二十二日、藤村が脳溢血のため七十一歳で死去した直後、広津和郎が同年十月号の『改造』に寄稿した「藤村覚え書」に記されている。広津の追悼文は次のように始まる。

〈島崎藤村の事を考えると、私の頭に先ず浮んで来るのは、「夜明け前」の出版祝賀会の席上で、氏が諸家の祝賀の言葉に対して答えた挨拶及びその挨拶を述べた態度である。／人々のテエブルスピイチが終ると、藤村は感慨に耽り込んだような、そのために少しぼんやりしたような顔付で静かに立上り、暫くうつむき加減に黙って佇んでいたが、やがて顔をもたげ、太い眉をきりりと上げて、そしてゆっくりした口調でこういったのである。／「わたしは皆さんがもっとほんとうの事をいって下さると思っていましたが、どなたもほんとうの事はいって下さらない……」／そのまま又眼を伏せて暫く黙ってしまった。人々は粛然と静まり返った〉

その態度を月並みなお世辞に対する苦笑に満ちた抗議のように感じたという広津は、〈大体わ

たしという人間は、人に窮屈な感じを与えるのですか、近づき難いような感じを与えるのですか、誰もわたしに近づいてほんとうの事をいってはくれません……〉そんな藤村の言葉も伝えている。

一九三五年十月、東京・芝の三緑亭で有島生馬や辰野隆らも臨んだ盛大な祝賀会。その際のこの挨拶の印象は、〝名演技〟などと話題になったようだが（十川信介『島崎藤村』一九八〇年）、出席した物書きを代表するように広津和郎は詳細なメモに残し、挨拶のほぼ全文を長い追悼文の中で再現している。藤村は例のフランス行きを持ち出して、挨拶を次のように締めくくった。〈田山君や柳田君が途中まで送ってくれるといって、一緒に汽車に乗り込んで来ました。その時柳田君がわたしに向ってこんな事をいったのです。『人間がこうして自分のために沢山の人に集まって貰うのは、まあ洋行する時ぐらいのものだね。それともう一つある。それはその人間の葬式の時さ』と。……わたしは今夜皆さんがこうして集まって下さった事を、わたしに対する文壇の告別式だと思っています〉。この時、藤村は六十三歳。

一同が演技的とも感じたのは、やはり『新生』の一件が思い出されたからかもしれなかった。「本当の事」を告白した作家が「本当の事」を言って欲しいと要求した。大江も、父の谷川徹三が藤村作品を時評等で取りあげている谷川俊太郎も、「本当の事」にどこかで取り憑かれていたような藤村とその時代の文壇の雰囲気が、意識下に刷り込まれていたのではないか、と考えてみたくなる。

『夜明け前』を完成させた後の島崎藤村が、漱石、鷗外亡き後、突出した雰囲気を放つ作家となっていたことは、板垣直子著『漱石・鷗外・藤村』（一九四六年）からもうかがわれる。漱石論を多く遺した板垣は思想的な深さ、批評性では漱石、鷗外に藤村は劣るとしながらも、〈三人は三様の実に名文章を支配している〉〈すべての天賦性や後天的な努力の総和が、一般作家の水準よりもはるかに豊か〉だと評している。

竹久夢二の挿絵を付けた四冊の『藤村童話叢書』も太平洋戦争開戦間近の一九四〇年に刊行され、読者の裾野を広げた。戦後、村に公民館が開設され、そこに毎月届く本と向き合い始めた大江少年ならば、柳田国男以上に藤村の作品に接する機会は早くからあっただろう。予科練帰りの長兄、昭太郎は多くの句集や歌集を収集しており、その「すべてを読んだような気さえする」（「詩が多様に喚起する」一九七七年）。なかでも芭蕉と斎藤茂吉に驚きを与えられたと大江は書いている。また、中学生のうちに岩波文庫版の『罪と罰』を郵便為替を利用して取り寄せたというが、これも藤村の『破戒』とその前に出会っていても不思議ではない。松山東高校時代に読んだ国内の作家として、大岡昇平の編んだ中原中也の詩集や富永太郎、三好達治、日夏耿之介の訳によるポー、小林秀雄訳のランボー、深瀬基寛によるT・S・エリオット、オーデンの英訳詩、それに花田清輝、石川淳、渡辺一夫などの名前を大江は挙げている。東大入学後は当然、フランス語と英語の原書に全力で取り組む日々が始まった。

しかし、大江健三郎は並行して、日本文学の読書範囲も広げていったのだった。かつて筆者は雑談の中で菊池寛と正宗白鳥の話になり、どちらの全集も若い頃に読んだと事もなげに本人から

聞いて驚いた。が、たしかに大江の第一全エッセイ集『厳粛な綱渡り』（一九六五年）には、「私小説について」と題し、二十六歳で書いた「日本近代文学論」がある。

そこで大江は〈私小説は亡びたが、人々は「私」を征服したろうか、私小説は又新しい形で現われるだろう〉と小林秀雄の文章を引いた上で、この文章が書かれた年に生まれた人間として〈ぼくはいま、こう考えている。私小説は亡びなかった、人びとは「私」を征服しなかった、そして私小説は新しい形をとることがなかった……〉と書いている。続いて私小説の出発点として志賀直哉の文章を名指しし、それをA、B、Cの傾向に分類し、葛西善蔵、牧野信一、嘉村礒多、宇野浩二、瀧井孝作、森崎和江、尾崎一雄、川崎長太郎、日下直樹らの文体の傾向をその三つのどれかに寄せて解説している。永井荷風と芥川龍之介に言及した文章もある。

『万延元年のフットボール』の翌年刊行の第二全エッセイ集『持続する志』（一九六八年）では、安部公房や堀田善衛ら同時代の作家に加え、谷崎潤一郎、中野重治、折口信夫らを評している。「「維新」にむかっての観察」と題して明治文学にも触れている。

〈硬文学という言葉を、文学史の定義と無関係に、もっと自由につかえば、二葉亭から岩野泡鳴にいたる、明治の作家たちは、社会的にはアウトサイダーでありながら、しかも、日本および日本人について正面から考えつづけることをやめない、硬文学の志をそなえた人々であった。そしてかれらをそのようにあらしめた所以のものは、二葉亭自身が分析しているように、かれらが、直接、あるいは間接に、維新を体験していたからであろうと思う〉

ここで大江は自身の文学の「志」を述べている。大江の二葉亭四迷への敬愛は、ほかにもさま

ざまな形で表明されている。一九七〇年十一月、三島由紀夫が自決した報を大江がボンベイ（現・ムンバイ）のラジオ放送で聞いた。アジア・アフリカ作家会議に出席のため、インドにも訪れたのを利用して、ベンガル湾で一九〇九年に客死した二葉亭四迷の墓参をするため、そこにいたのだった。とはいえ、〈この百年間、本当に新しかった知識人〉は、二葉亭だけを指していたわけではないだろう。二葉亭は多くの翻訳を手掛けたものの、四十五歳で亡くなり、小説は『浮雲』『其面影』『平凡』しか残してはいない。そして「維新」といえばまず、その時代に圧倒的な評価を受けていた『夜明け前』が浮かぶところだが、どこを探しても大江は島崎藤村には触れていない。

『持続する志』に収録された「大岡昇平の人間と作品」の中では、家制度に関連した問題を詳しく論じながら、ここにも藤村の名はない。しかし「父、母」の項の内容は注目される。

〈作家にとって家系とはなんであろうか？　家庭的背景とはなんであろうか？　しかも、大岡昇平のような、もっとも意識的な作家において家系、家庭的背景とはなんであろうか？／一般に、二十世紀の作家にとって、家系または家庭的背景は、その桎梏から、いかにして脱出するかの努力が、すなわち作家の形成に重ねあわされる、ということにおいてのみ、現代的な意味をもつものであった。家系または家庭的背景は、ネガティヴの意味をもつのみであった。／作家は、ブルジョワジーに属さないし、プロレタリアートにも属さない。（中略）家系、家庭的背景から、自分自身を解放した、自由な人間である。作家として活動しているあいだは、有島武郎も、葉山嘉

樹も、そしてすべての作家が、ブルジョワジーにも、プロレタリアートにも、またプチ・ブルジョワジーにすらも属さない。作家はまず基本的に《属さない》ところの人間である。／そこで、作家の家系あるいは家庭的背景を考える場合に、一般にわれわれは、その作家がどのようにして、かれの家系、家庭的背景を克服し、乗りこえたか、を考えることのみを必要とする〉

このように考える大江にとって、大岡昇平とは〈家系、家庭的な背景の克服、乗りこえを、もっとも意識的に、しかも周到無類にやりとげた作家〉というが、ならばその前の世代として当然、島崎藤村が意識されていたはずだ。大江は、大岡が〈私は父が家庭を破壊したことを怨みもしないし、借財を残して死に、私を親類に頭が上がらない位置においたことも歎かない。いずれにせよ、我々はそんなものを相手にしていないのである〉（『父』）と書いていること、また、〈今でも私は感情的窮境に立つ時、そっと／「お母さん、助けて下さい」／と呟くことがある〉（『母』）と書いていても、〈母親にかかわるコンプレクスの数かずのヒントは、いったん意識化された、脱け殻のコンプレクスを指し示すにすぎない〉と、その態度を眺めている。

この評論を、家と男女の桎梏についての大江の関心が、大岡への批評の形で表明された機会ととらえてもよいだろう。一九〇九年生まれ、大江より二十六歳年上の大岡の態度は、すでに戦後的であり、家制度からの解放によって藤村という作家が古びていった経緯まで、この文章越しにうかがわれる。そして、ここで有島武郎や葉山嘉樹を挙げ、藤村の名を出さないのはやはり、どうにも不自然ではないか？　大江は柳田国男の民俗学への尽きぬ関心を、友人の山口昌男が代表していた同時代の文化人類学への関心と置き換えて書き、発言し、そうすることによって終始、

柳田が表面に現われることはなかった。その態度同様、大江は大岡昇平に仮託して、島崎藤村のことを考え続けていたのではないだろうか。

また、〈作家にとって家系とはなんであろうか？　家庭的背景とはなんであろうか？〉と問うている大江は、家系を百年遡る『万延元年のフットボール』をほぼ同時期に書いていた。この長編には、不自然なほど父母への言及はわずかだが、大江自身が父と母の問題を乗りこえていたかについては、おそらく「否」である。息子に対する冷静かつ愛情深い助言者だった実母に関しては、〈脱け殻のコンプレクス〉だというのが筆者の私見だが、大江が九歳の時に突然亡くなった父、好太郎に対しては、乗り越えどころか、宿痾を抱え続けていただろう。亡くなる前の甘美な思い出を熾火《おきび》として、「父」と精神の根底で結び合う天皇制への思考を深め、『水死』の父を描く境地にまでたどり着いた。父の肖像を思いのままに描くことこそ、藤村同様、大江にとっての文学的達成、目的だったはずである。

お父さん！　お父さん！

大江健三郎が自分の父を描く意図を打ち出して最初に書いた小説は、中・短編集『われらの狂気を生き延びる道を教えよ』に収録された「父よ、あなたはどこへ行くのか？」（一九六八年）だった。作中の肥満した小説家は障害を持った子供との生活に浸りながら、二十五年前に亡くなった父の復元を試みようとするのだが、その態度はいかにも本気ではない。彼の父は中国を放浪するうちに知り合った、粗雑な政治趣味の冒険家たちに献金してはそのシンパになった、偉大さの

対極にあるような巨大な体軀の人物で、《＊＊＊蹶起》に託していた現実変革への希望が潰えると、土蔵の奥深くに自らを幽閉するように隠棲していた。小説家はある日、故郷の母親に電話する。《僕はあらためてお父さんの、もっと赤裸々な伝記を書いて、あの人は気が狂って永年、自己幽閉の生活をしたあと、突然に大声で怒鳴って、そしてそのまま死んでしまったということを広告してやる》。すると母は、《三男が気が狂いましたとお知らせしましたが、まちがいです》などと、奇矯な挨拶状を親戚中に送って対抗する。

この肥満した作家は、親族、故郷、母親からも断ち切れた都会の核家族の主であり、子を持っても父の振る舞いのモデルを持たず、精神的に危うい。作家は《あの人の狂気は僕の狂気だ》と恐れ、父親の《われらの狂気を生き延びる道を教えよ、という呼びかけの、本当の内容》を母親が隠しているのだと疑念を強める。この小説を深く印象づけるのは、何といっても語尾を変えながら小説家が繰り返す、ウィリアム・ブレイクの“The Little Boy Lost”から引いたと思われる次の詩句である。

《お父さん！　お父さん！　あなたはどこへ行くのですか？　ああ、そんなに早く歩かないでください。話しかけてください、お父さん、さもないと僕は、迷い子になってしまうでしょう》

《お父さん！　お父さん！　あなたはどこへ行くのですか？　ああ、そんなに早く歩いて！　僕らは迷い子になってしまいました、この不信と恐怖の土地で》

ブレイクの当該の原文は、Father, father, where are you going /O do not walk so fast. /Speak father, speak to your little boy / Or else I shall be lost.

父への切実な思いは、『みずから我が涙をぬぐいたまう日』（一九七二年）でも繰り返される。肝臓癌で余命わずかだと信じ込んでいる三十五歳の小説家は、支離滅裂な父の肖像を自分の妻に口述筆記させている。この作品で描かれる「父」は、東條首相ともつながりを持った満州の黒幕。戦争が続くうちに四国の谷間で隠棲し、敗戦が決まると末期の膀胱癌に冒された身体で脱走兵らを指揮して市街戦に向かい、銃撃されて死ぬ。『水死』の中で長江古義人の母が、想像でも空想でもなく《あれは妄想です》と、喝破した場面がここである。父も息子も、もはや狂気の域にある。三十代までの大江が父を描く時は、父か息子のどちらかが、あるいは母まで正気を逸した状態にある。

それから約四十年後。『水死』（二〇〇九年）の父は、敗戦の年の大雨の晩、短艇で一人川に漕ぎ出して亡くなった。それを前提の事実として物語は展開していく。古義人は時代の大局を見渡し、世の中を揺さぶる大事件を画策する父、その計画に殉死した父をさまざまに夢想する。そしてある時は父が溺れた川で泳ぎ、身体の冷え切った古義人が《黒ぐろと翳る深みに大きい男の裸の身体が横になっている》、父の水死体をまざまざと想起する。《父親を絶望的《デスペレイトリー》なほどに愛している……》。七十五歳の古義人は五十歳で死んだ父と自分を同化させてそう感じる。父はすでに古義人の中にいた。古義人は亡き父になっており、大江がここで書いている父は大江自身でもある。息子が父に、父が息子に憑依したようなこの場面は、やはり《父親を絶望的《デスペレイトリー》なほどに愛している》と自覚していただろう藤村の、晩年の境地を思わせる。

『水死』を書き終えた時、大江はこう語っていた。

「こういう父親と最後に小説の中でめぐり会うために、僕は50年以上も小説を書いてきた。どうもそうじゃないかと思うんです（中略）9歳で突然父を亡くした時、母は一言も理由を明かしませんでしたから。父に見捨てられたという気持ちがずっとありました」（『読売新聞』二〇一〇年一月十二日付）

大江が九歳だったある晩、脳卒中で倒れた父、好太郎はそのまま還らぬ人となった。

藤村も父の心身の異変などから九歳で故郷、木曽の馬籠村の家族の下を離され、すぐ上の兄（母が村内の男性との間にもうけた不義の子とされる）と共に東京の小学校へ遊学に出た。父と東京で再会する機会もあったものの、自宅の座敷牢に幽閉された父が亡くなったのは十四歳の秋。葬儀にも戻らなかった。藤村は『新生』の中で岸本捨吉の姿を借りて、フランスへ向かう船上で父についての長い回想を書いている。

〈父のことに就いて幼い時分の記憶しか有たなかった。四十四歳の今になって、もう一度その人の方へ旅の心が帰って行くということすら不思議のように思われた。半生を通して続《めぐ》りに続った憂鬱――言うことも為すことも皆そこから起って来て居るかのような、あの名のつけようの無い、原因の無い憂鬱が早くも青年時代の始まる頃から自分の身にやって来たことを話して、それを聞いて貰えると思う人も、父であった。何故というに、岸本の半生の悩ましかったように、父もまた悩ましい生涯を送った人であったから。仮りに父が斯の世に生きながらえて居て、自分の子の遠い旅に上って来た動機を知ったなら何と言うだろう……けれども、岸本が最後

に行って地べたに額を埋めてなりとも心の苦痛を訴えたいと思う人は父であった〉

長い船上生活を送る間に、『夜明け前』の構想も湧いたとされている。続いて、パリの下宿に着いたばかりの岸本が、異国での旅情を詩のような文章にする場面となる。

〈旅人よ、足をとゞめよ。お前は何をそんなに急ぐのだ。何処へ行くのだ。何故お前の眼はそんなに光るのだ。何故お前はそんなに物を捜してばかり居るのだ。何故お前はそんなに齷齪《あくせく》として歩いて居るのだ〉

〈――旅人よ。夕方が来た。何をお前は涙ぐむのだ。お前の穿き慣れない靴が重いのか。この夕方が重いのか。それとも明日の夕方が苦しいのか。／――旅人よ。何故お前は小鳥のように震えて居るのだ。仮令《たとえ》お前の生命《いのち》が長い長い恐怖の連続であろうとも、何故もっと無邪気な心を有たないのだ〉

先に引用した大江の詩句、ブレイクの詩句に似ている。英文学を学んだ藤村もブレイクを読んでいただろう。パリに滞在中に書いた散文をまとめた『海へ』には「父を追想して書いた船旅の手紙」と題した文章もある。

〈父上。……私はいつまでもあなたの子供です。異郷の客舎にあった間も、私の心はよくあなたの前に行きました。（中略）そもそも私が英語の読本を学び始めようとした少年の日にそれを私に御許し下さったあなた自身の寛大を今更のように後悔されたかもしれません。けれども私のために御心配下すったあなたの心は長く私に残りました。（中略）私は無暗と西洋を崇拝するために断の旅によってまいったものでもございません。私に取っては西洋はまだまだ黒船でございま

した。幻でございました。幽霊でございました。私はもっとその正体を見届けたいとぞんじました。そして自分の夢を破りたいとぞんじました。その心をもって私は更に深く異郷に分け入り一筋の自分の細道を辿り行こうと致して居りました〉

傍点は批評家の饗庭孝男による。『近代の孤独』（一九七三年）でこの手紙を引用した饗庭は、〈幼くして父のもとを離れ、十五歳（註・数え年）で死別した父に、四十を過ぎてなおかつ生者によびかけるような藤村のこの口調は異様と言えば異様である〉と述べている。が、〈われわれは、亡き父にむかって呼びかける藤村の異郷からの声が、父、正樹の背後をとおして、深く日本という国家のありようとは何かを問うていることを知ることができる。そして彼が「自分の夢を破りたい」と言う時、そこに西洋から日本への回帰が彼の内部で屈折した形で働いているのを見ることができるのだが、その自分のわけ入ってゆく一筋の道は、ほかならぬ父のイメージをとおしてであり、ただその私情のつよさにおいてのみ拓かれているのを見のがすことができない〉。

〈私情のつよさ〉。ここで柳田国男の、一切を幼少期の記憶に帰納しようとした態度を思い出すのだが、その〈わけ入ってゆく一筋の道〉のたどり着いた先に『夜明け前』が誕生した。『夜明け前』の父を描く視点が、藤村の分身としての岸本捨吉や小泉三吉のように〈東京という離村者の多い大都会の知識人ではなく、山深い木曽の庶民的な篤学の士にあてられていることは、いわば土着からの志向として深く日本の精神的伝統の地層に彼が根差そうという思念をもっていたことを物語っている〉。饗庭はきわめて重要な指摘をここで行っている。

『夜明け前』という大長編に込められた藤村の父への、日本へのこのような思いに共振した大江

は、亡くした自分の父を藤村の、維新の夢に破れて狂死した父に重ねて書いてみたいと奮い立ったのではないか。西洋から日本への屈折した回帰を、敗戦を記憶する戦後世代と呼ばれる自分としても書かなければならないと。なぜなら、大江自身も分裂していた。十歳に至るまで幼い魂に刷り込まれた天皇と皇国の恍惚と、進駐軍のジープに乗ったアメリカ人の将校が谷間の村に連れてきた戦後民主主義との間で。自分の「父」に想像力を働かせて文学を始めた作家は、この国の近現代に他にも多くいただろう。しかしその意志を貫徹し、自分の文学を完成させた作家は、大江と藤村よりほかに誰がいただろうか。

V 平田国学と「村＝国家＝小宇宙」

分裂した「昭和の精神」

明治維新を周縁から推し進めた青山半蔵ら『夜明け前』の、「草莽の士」の挫折は、その百年後を生きる『万延元年のフットボール』の根所蜜三郎、鷹四兄弟と深く結びついていた。作中の《本当のことを云おうか》という言葉にも、鷹四と自殺した妹の関係にも、そして大江を貫く「父」という生涯の主題にも、島崎藤村の影が濃く差していた。いち早く外国語と西欧小説の骨法を学んだこの先覚者の存在は、大江が育った敗戦後の評価を勘案しても、どの作家より早く深々と大江健三郎の中に刻まれたと、ここまでいくつかの観点から述べてきた。

西洋から再び日本へ。藤村の屈折した回帰も、大江は『夜明け前』の中に見ていただろう。第一次大戦下のパリに滞在した島崎藤村は、同時代の世界を見渡した上で、近代日本の夜明けに立ち返ろうと決めた。維新にかけた復古の夢に破れ、精神を病んで死んだ父を時代の敗者として描き残そうと発想し、結果として、欧化政策に断裂された日本人の精神を、「青山半蔵」という父の姿に象徴させる達成を遂げた。その仕事を踏襲するように、敗戦前年に病死した父を、敗戦に

先んじて不可解な死を遂げた人物として描き続けてきたのが大江健三郎である。その最終形『水死』(二〇〇九年)で、天皇を信奉する超国家主義者の「父」は、大雨で増水した川に小舟で漕ぎ出し、「昭和の精神」に殉死した。

父の死と敗戦。二つの衝撃に打ちのめされ、動揺する皇国少年の姿も、大江は繰り返し、自身と重ねて書いてきた。十歳を超えたばかりの、孤独な子供が体験した敗戦の日の七転八倒。『遅れてきた青年』(一九六二年)冒頭には、父と子を引き裂く時代の転換が鮮烈にあった。

《村に来た予科練の青年がこういったとき、すべてが始まったのだ、戦争は終るぞ、きみは幼なすぎて、戦争にまにあわないよ、ぼうや!》

《みんな戦争に行き、みんな兵士になる、父親はそういっていた。(中略)神武天皇が生きていたころから父親がそういっていたのだという気がする。神武天皇につづく、薄暮の中の天皇たちの大行進、そのすべての時代にわたって、父親がそういっていたのだ、ぼうや、おまえは戦争に遅れないだろう、戦争には誰ひとり遅れることがあるまい!》

一九四五年八月十五日。国民学校六年級の「わたし」は、女教師に理不尽な説教と折檻をされ、《かわいそうに、ほんとにかわいそうに、あなたはお父さんの死から自分が生きていることまで恐くなったのよ》、そう言われるうち、逆上してポケットに潜ませたナイフで切りつける。その場から逃げ出すが、うなだれて震えながら校舎へ戻る。

《なぜ逃げない? 日本人でなくなること、天皇の子でなくなることが、なによりも恐しいからだ。それは死よりも恐しい。ぼくが死ぬことを恐くないのは、ぼくが死んでも天皇陛下は生きつ

づけるからだ。天皇陛下が生きつづけることは、ぼくが永遠に無になることがないということだからだ。（中略）陛下の赤子でさえあれば、なにひとつ恐れることはない》

だが、戻ってきた彼を待ち受けていたのは、「重大放送」を聞いた直後の、絶望した教師たちだった。《ボクモ、モウ、天皇陛下ノタメニ死ヌコトハデキナクナリ、イヌノヨウニ死ヌコトニナルダロオ。ボクハ恐イ、厭ダ、厭ダ、厭ダ》。さらに帰り路、菊花の金の紋章を掲げる奉安殿に、予科練の青年が放火しているのを見て、《**戦争はおわったのだ、ぼくは遅れてしまったのだ、なにもかにも、もう遅いのだ**》。瀕死の獣のようにうずくまって彼は観念する――。

ここまでは、小説の中に創作された敗戦の日の絶望である。実際の大江少年はどのようにその日を過ごしたのか。それについては、ノーベル文学賞を受賞した翌年に書かれたエッセイ「天皇が人間の声で話した日」が、実際のその日に近い記述としてある。

〈一九四五年八月十五日午後、入江に横たわっていたのは、衝撃のなごりと新しい恐怖にぐったりしている、憐れな子どもだった。怯えた私はかつてないほど避難所を必要として、入江に向っていた。この日の正午、私はラジオから天皇が人間の声で語るのを聞いたところだった！〉（『日本の「私」からの手紙』一九九六年）

「入江」とは森に囲まれた谷間の集落の、一番低い「底」を流れる川にある〈岩と竹藪にはさまれたくさび型の窪み〉。その水中にあおむけに横たわり、森と空を見上げて、村の伝承の人物、巨大なオシコメや小さなお調子者《トリックスター》のメイスケを思い描くことが、父を亡くし、国民学校で教師から体罰や叱責を受ける戦時下の、過酷な日々のシェルターだったのだ。

その日、素封家の屋敷に集まった近所の人々と共に大江少年は敗戦を知り、その直後、まずは自分の入江で虚脱して空を見上げていたということになる。それまでの日々、〈天皇は神であり、かつ国家の強権であり、それは現実の制度だった。軍隊、警察、社会の階級構造の、すべての根元に神としての天皇があった〉。子どもたちは神社に参り、神たる天皇に戦勝を祈願した。だからその時、ラジオから聞こえる声が人間の声ではなく、〈まったくちがう声、そう、神の声で、死ね、と天皇がおおせられていたならば、私は大きい恐怖と絶望のなかにおいてであれ、いつもポケットにしまっていた木工用の小刀で切腹すべく試みたのではなかったろうか?〉。

自分の入江で生温い水のなかに仰向けに浸りながら、しかし大江少年は、〈奇妙な自由〉に早くも気がついていた。

〈天皇のために戦って死ぬ機会には遅れてしまうのではないかと惧れていた。同時に、そうなればいい、という恥かしい希求との間に引き裂かれていた。その苦しみから解き放たれているのだった〉

天皇のために死ぬことができなくなったのと引き換えに解放され、新たな時代の精神を求めて、少年は首都東京をめざす。その先、遅れてゆくことになるであろう「村」を捨てて。その姿は戦後民主主義の申し子となるにはあまりにも不安定で、自由による多幸感と他者への疑念、失望の間で揺れ動き続けることになる。

島崎藤村は明治後半から昭和前半にかけての半世紀、大江健三郎は昭和後半から平成の終わり

にかけての半世紀、それぞれ「時代の精神」を背負って書き続ける運命を生きた。二人は共に成功者ではなく、時代の変わり目で狂気に襲われ、振り落とされ、自滅する敗者の視点を選んだ。天皇の車列に手榴弾を投げようと企む若者らも、極右少年のテロ事件も、弱者であり犯罪者ですらある彼らに憑依するように小説に書いた。

人間の正気を、運命を揺さぶる「時代の精神」とは何か。大江は『遅れてきた青年』から四十七年後、『水死』の中であらためてそれを規定しようとした。夏目漱石の『こころ』を脇に置きながら、「死んだ犬を投げる」という、三十代の女性「ウナイコ」が演出する作中劇にそれを書いている。自分の裏切りから自殺した友人「K」への罪の意識を背負い、〈死んだ積で生きて行かうと決心〉していた『こころ』の「先生」は、明治天皇が亡くなり、続いて乃木大将が殉死すると自分も自殺する。《なにをいまさら、「明治の精神」を持ち出すの?》と、女子高生役が問う。《それがわからないのは、きみが女だからだ!》と言い放つ舞台上の男性へ向けて、観客の高校生はいっせいに「死んだ犬」を投げつける。後日、『水死』の中心人物である長江古義人のもとへ、この舞台を見た妹の「アサ」から手紙が届く。『こころ』の先生は、《徹底して個人の心の問題にこだわり、個人の、個人による、個人のための心の問題を、若者に解らせようと力をつくして死んだんです。それが、どうして明治の精神に殉じることですか?》

『水死』中の、こうした記述には収まりきれない思いがなお残ったのか、大江は二〇一四年、安倍内閣の集団的自衛権の行使容認に異議を表明する新聞への寄稿の中に書いている。寄稿ではまず、『こころ』の本文が引用される。

〈夏の暑い盛りに明治天皇が崩御になりました。その時私は明治の精神が天皇に始まって天皇に終ったような気がしました。最も強く明治の影響を受けた私どもが、その後に生き残っているのは必竟時勢遅れだという感じが烈しく私の胸を打ちました。（中略）私は妻に向ってもし自分が殉死するならば、明治の精神に殉死するつもりだと答えました〉

大江はこの部分について、自身の解釈を次のように示す。

〈若い僕は、漱石にも国家主義的なところがあるのかと反発した。／しかし今回、注意深く読み返すと、違ったものに読めました。自分が生きた明治という時代の「人間の精神」を「明治の精神」と言っているのだと。天皇や大日本帝国ではなく、明治の人々の精神が、今までの日本の歴史の中で特別なものだと言いたいのだと。つまり漱石自身の精神をふくめて。／「時代の精神」というものがあると、はっきり表現し得た小説として、「こころ」は特別な作品だと思います。１００年前の日本人の精神を知りたければ「こころ」を読めばいい〉。続いてこう書いている。

〈漱石の「明治の精神」を僕自身にあてはめると、「戦後の精神」ということになります〉

〈10歳で戦争が終わり、進駐軍のジープが村にやってきて子供心に恐ろしかった。ところが、12歳で日本国憲法が施行され、中学の三年間、憲法や教育基本法についてならった。「良い時代」になったと思った。／今の若い人には想像できないでしょうが、当時の混乱には何か生き生きと動いている感覚があった。個人の権利が保障され、僕も、東京あるいは世界へ出て行って何かやりたいと思った。戦後は明るかった。今79歳の僕にとっては、67年間ずっと時代の精神は「不戦」と「民主主義」の憲法に基づく、「戦後の精神」でした〉（『朝日新聞』二〇一四年四月二十日付）

一九九四年末、ストックホルムから全世界へ向けて行ったノーベル文学賞の受賞記念講演でも、大江健三郎は夏目漱石を引いていた。

「開国以後、百二十年の近代化に続く現在の日本は、根本的に、あいまいさ《アムビギュイティー》の二極に引き裂かれている、と私は観察しています。のみならず、そのあいまいさ《アムビギュイティー》に傷のような深いしるしをきざまれた小説家として、私自身が生きている」（『あいまいな日本の私』一九九五年）

　前年にニューヨーク公共図書館で行った講演でも夏目漱石を引き、西欧社会へ向けて語りかけた。明治維新によって天皇を絶対君主とする近代統一国家として発足した日本では、並行して西欧スタイルの生活様式が浸透し、文学においては「言文一致」運動が進んだが、それを完成したのが漱石だったと大江は述べた。

「漱石は日本と西欧との対立と共存ということを、日本人の運命として、知識人たちの上に担わせた」「漱石は文体において革命的であったと同じく、その主題と人物の作り方においても革命的であった」。急速な近代化の中で「行動不能の状態におちいった知識人」「自己解放の見通しのない女たち」を漱石は共感と憐れみをもって書いた、ただしそれは日本人に向けてであり、西欧人に向けて積極的な媒介者の役割を果たす姿勢を持つ知識人は、この講演をしている自分以前には誰もいなかった、と。

　しかし、島崎藤村が「積極的な媒介者」の前例として存在したのは確かなのである。それは、大江の講演の後に発表された研究成果によって、明らかになったのだが。

藤村が対した世界

一九三一年、ソ連でロシア語版の『破戒』が刊行された。その際、翻訳者である日本学者、ナタリア・フェリドマンに宛てて書き送った島崎藤村からの手紙が、モスクワのロシア国立文学芸術文書館で二〇一三年十月になって発見された。日本語で書かれたこの手紙で藤村は、ロシア版の出版は中国語になった『新生』に次いで二番目となる自作の外国語訳だと述べ、こう綴っている。

〈長いこと私達は孤立の位置にありました。極少数の例外を除いては、私達の国にある詩も、小説も、戯曲も、露西亜その他西の欧羅巴に知られる機会はまだ無かったようなものです。言語の性質とその組織の相異から言っても、私達の文学が外国に紹介されることは、従来望みがたいことのように思われていました。しかし、この孤立は私達に取って、決して好ましいことではありません。こんなに私達が貴国を知ろうと思い、又、西の欧羅巴を知ろうと思いながら、互いの感情を交感する道もないとしたら、どんなものでしょう。私達の考えること、感じることはもっと外国の人達に知られ、私達の文学はもっと無遠慮に批判されていいと思います〉

藤村は『破戒』が〈あの悲惨な大戦争の空気の中〉、すなわち日露戦争の始まった一九〇四年に稿を起こしたことや、「新しい平民」とされた人々の置かれていた実態に触れた後、手紙の終わり近くで訴えている。

〈これを機会に、私達の国の新しい文学も最早四十余年の歴史をもつことを私は貴君に告げたい

と思います。この新しい文学は『言文一致』（語る言葉と書く文章との一致）という文学上の運動から出発したことを心に留めて置いて頂きたい。それ以前は、日常使用する言葉のままで書くことも出来ないほど、吾国の文章は不自由な、型にはまったものでした。この運動が過去の一切の束縛から私達の国の文学を解放したそもそもでした。これは私達の国の新しい文学なりまたその発達なりを理解して頂くに肝要なことの一つであると信じます〉（『朝日新聞』二〇一三年十月二十一日付）

ロシア語版の実現には、藤村と同郷の、文学を学んだのちに渡欧した共産主義者、勝野金政が役割を果たしたと記事は伝えている。藤村は早々に海外で紹介された日本の作家であり、言文一致について積極的に役割を果たしたという自覚も、この手紙に披瀝されているように確固として本人にはあった。正宗白鳥も藤村が言文一致に寄与したところは大いに認めている。

二〇〇八年にブラジルで行われた稲賀繁美による講演録「ブエノスアイレスの雪舟、サンパウロの芭蕉、島崎藤村の国際ペンクラブ参加と「最も日本的なもの」（１９３６）をめぐる講演の周辺」（『日本・ブラジル文化交流』二〇〇九年）。これも西欧世界に対する日本文化の課題を見据えた、藤村の先進性を伝える内容である。島崎藤村は一九三五年に創設された日本ペン倶楽部の初代会長に就いている。副会長は語学力と外交手腕を藤村が頼りとした、有島生馬。その二年前に国際連盟を脱退していた日本政府は、ロンドンに本部の置かれた国際ペンクラブとは十分距離を保ちつつ、一九四〇年には国際ペンクラブ大会を東京で開催したいと目論んでいた。実現を託され、ブエノスアイレスへ藤村ら日本代表団が神戸を出発したのは一九三六年七月半ばで、大会

は九月初旬。イギリスから出席した初代会長ゴールズワージー、現会長H・G・ウェルズをはじめ、イタリアのマリネッティ、オーストリアのツヴァイクらが一堂に会した。

迫る戦争の必然やナチズムをめぐる議論を目の当たりにした藤村は、〈欧羅巴人の東洋人に対して持つ謂れなき排斥の念のいかに根深いものであるかを切に感じた〉〈一切は実に欧羅巴人が東洋の無視に帰着する。一般の欧羅巴人は真の東洋の姿についてあまりに無智である〉と落胆している。藤村の旅の間の心情を記録した『巡礼』（一九四〇年）などの文章を引きながら、稲賀は「藤村は会議の題目に「知性と人生」という項目のあることを奇貨として、「人道の上」から、この東洋認知欠如の問題を、世界40カ国の代表に向けて説こうと思い立っていた」と推察する。

が、東京大会の提案を最終日に控えていた有島はそのような「挑発行為」を許さず、藤村会長の演説は果たされなかった。それでも藤村は、雪舟についての短い講演をブエノスアイレスで行い、サンパウロでは千人に近いブラジルへの日系入植者を前に、芭蕉の価値を語る。その動機として、南米に向かう貨客船には八百五十人もの南米への移民が同乗していたことを稲賀は挙げ、「日本移民の寄る辺なき境涯に身近に接し、文学や芸術を拠り所に励ましと労りの志を伝えること——それはいつしか藤村の胸のうちで、ブエノスアイレスの国際ペンクラブ総会に日本代表として出席するという公式任務にも増すだけの重みを宿した、文学者としての真摯なる責務へと成長していった」と、藤村の思いを量る。雪舟の明代中国への船路、そして「百代の過客」としての松尾芭蕉の一所不在の旅の生涯が、「自らの人生最後の海外への旅、そして移民を南米へと運ぶ航路の体験と共鳴し、渾然一体となって、藤村の「巡礼」をかたちづくるに至っていたこと

も、いまや納得されよう。（中略）ともすれば単純に国粋主義に傾斜したとされがちな藤村の晩年を再評価するための、幾つかの道しるべもまた、ここからくっきりと見えてくる」。稲賀は講演をこう締めくくっている。藤村は日本人の窮境を海外に見聞した上で、『東方の門』を発想し、この長編がいずれ翻訳され、「欧羅巴人」の眼に触れ得るものになるよう目指していただろう。ちなみに、友人の柳田国男が国際連盟の委任統治委員会のメンバーとしてジュネーブに長期滞在し、東洋の「孤島苦」に苛まれた体験を「瑞西日記」等に記したのは、藤村より十年余り前、一九二〇年代前半のことだった。

このような藤村の思いに比べると、夏目漱石の、その四半世紀前の文章に現われている歴史認識は、韜晦に包《くる》まれた穏やかなものである。一九一一年、東京帝国大学の恩師ジェームズ・マードックが著わした『日本歴史』を紹介する文章で、自身の体験した時代を次のように述べている（『東京朝日新聞』一九一一年三月十六日付）。

〈維新の革命と同時に生れた余から見ると、明治の歴史は即ち余の歴史である。余自身の歴史が天然自然に何の苦もなく今日まで発展して来たと同様に、明治の歴史もまた尋常正当に四十何年を重ねて今日まで進んで来たとしか思われない〉

〈同じく当り前さという観念が、やはり自己の生息する明治の歴史にも付け纏っている。海軍が進歩した、陸軍が強大になった、工業が発達した、学問が隆盛になったとは思うが、それを認めると等しく、しかあるべきはずだと考えるだけで、未だかつて「如何にして」とか「何故に」と

か不審を打った試しがない。必竟われらは一種の潮流の中に生息しているので、その潮流に押し流されている自覚はありながら、こう流されるのが本当だと、筋肉も神経も脳髄も、凡てが矛盾なく一致して、承知する〉

また、翌一九一二年六月十日の「日記」の中で漱石は、〈皇室は神の集合にあらず。近づき易く親しみ易くして我等の同情に訴へて敬愛の念を得らるべし。夫れが一番健子なる方法也。夫が一番長持のする方法也〉と書いている。敗戦後の新憲法下の人間天皇、象徴天皇像を先取りしたイメージがここにある。その意味で漱石が『こころ』に書いた「明治の精神」は、大江が「明治の人々の時代精神」として読み取った通りである。だが、一八六七（慶応三）年生まれの漱石は、イギリス留学で被ったダメージは深かったにしろ、維新の混乱の記憶は癒えぬ傷とはなっていないようだ。

父の問題にしても、大江と漱石では境遇が異なり過ぎている。生まれた時から疎まれ、里子や養子に出された後、両親の元に戻ってなお冷遇された漱石は、自身を父の「邪魔物」（『道草』）と知っており、『それから』に至ってはもはや親子というより「決戦すべき」相手として父がある。その後方には兄も嫂《あによめ》も同じように敵対する相手として控えており、さらに背後には〈大きな社会があつた。個人の自由と情実を毫も斟酌して呉れない器械の様な社会があつた〉。大江や藤村のように思慕されてやまない「父」を、漱石は初めから持っていない。それでも大江は、国際的な舞台においては漱石との対比で自己を語り、藤村の名を挙げたことはない。

コギトと日本浪曼派

「大江さんは、憲法や民主主義の重要さを繰り返し語られてきたのですが、他方で小説を書くに至る大江少年を考えた時、その心の底には日本の超国家主義に惹きつけられる傾きがある。このあたりのつながりがどうなっているのか」

二〇〇〇年、『取り替え子《チェンジリング》』の出版を期しての井上ひさしも交えた鼎談で、漱石研究、大江の批評で知られる小森陽一はこの質問を直に投げた。六十五歳の大江は次のように答えた。

「僕には、いつもアイロニーの視点が近くにあった。アイロニーという大きい、恐ろしいものの目が自分を見ている。その気持ちを常に意識しながら、民主主義をかかげて、デモにも行っていた。ところが、小説を書いていると、そういう自分の中の複雑なものも、アイロニー的なものもふくめて、全部解放することができた」

「社会での生き方の上では、ずっと民主主義者として生きていこうとしてきた。同時に、小説はアイロニックな視点で表現して、現在まで来た。／ところが、自分でよく意識できなかったものとして、自分が超国家主義的なものに圧倒されて、頭のてっぺんまで飲み込まれてしまうのじゃないか、という惧れがあった。それはアイロニーの視点の逆です。それも根深い恐怖とともに僕は持ってきた」

一九七一年に三十六歳で書いた『みずから我が涙をぬぐいたまう日』と三十年後の『取り替え子《チェンジリング》』の関係についても、この席で語っている。

「僕にとっては、父親的なものを考える場合には、究極のところ、天皇を考えるところまでゆかざるをえない。（中略）母親は、そういう天皇制的なものとの対立存在として、地方的なもの、自分の村に伝わっている周辺的な人間のフォークロア、民俗、伝承に重なる存在として認識していた。（中略）この二つは対立し合うのではなくて、二つがそれこそ「否定の弁証法」として支え合うようにして僕というものを作っているのではないか。そういう意識はずっとあった」（『座談会 昭和文学史 六』）。

超国家主義的なものに飲み込まれる――デビュー後、『われらの時代』や『セヴンティーン』一部と二部、『遅れてきた青年』などに表現されてきたその「惧れ」を、再び引き受けるように生み出されたのが『取り替え子《チェンジリング》』から新たに登場した作者の分身、長江古義人だった。古義人は高校時代、米軍の将校「ピーター」と父の弟子として活動していた超国家主義者の残党「大黄」らから被った、「アレ」と呼ぶ不可解な記憶に苦しんできた。続く『憂い顔の童子』（二〇〇二年）で古義人は、六〇年安保でデモ行進した仲間と、故郷の複雑な人間関係に追い詰められ、最後、頭部に重傷を負う。それが一つの転機となったように不安定さが昂じた『さようなら、私の本よ！』（二〇〇五年）の古義人は、アメリカで成功した幼友達の建築家「椿繁」にそそのかされ、東京の高層ビルを爆破するテロ計画へ引きずり込まれていく。日米の戦後史に翻弄される国際的な俳優「サクラさん」の物語『美しいアナベル・リィ』（二〇〇七年）を挟んで、『水死』の中の古義人は、よく知る青年から《長江さんには戦後の改革を徹底して支持する教条主義とはまた別に、深くて暗いニッポン人感覚もある》と評される、いっそう真意のつかめぬ老人と化す。

この間、現実の世界で大江は『ヒロシマ・ノート』（一九六五年）の記述をめぐる「沖縄集団自決裁判」の被告として、二〇一一年四月に最高裁で勝訴するまで五年にわたり、法廷闘争の渦中に置かれていた。この体験が作家にもたらしたものについては、いずれ目を凝らさなければならない。歴史の〝真実〟を書くことは可能か。懐疑は深まったことだろう。

長江古義人が巻き込まれるすべての物語の起点も、父と共に在った戦争中にまで遡る。最大の長編『水死』で古義人は、演劇集団「穴居人《ザ・ケイヴマン》」のリハーサルでバッハのカンタータを聴くうちに、亡くなる間際の父からドイツ語の「救い主」を「天皇陛下」と説明された記憶を呼び覚まされる。すると思わず古義人はドイツ語で高らかに唱和し始める。この場面は非常に重要だろう。ここで筆者は、大江に何度か勧められたヴァルター・ベンヤミンの、『歴史の概念について』の言葉を思い出す。

〈過去の真のイメージは、さっとかすめて過ぎ去ってゆく。過去はそれが認識可能となる瞬間にだけひらめいて、もう二度とすがたを現わすことがない、そのようなイメージとしてしか、確保できないのだ〉（鹿島徹訳・評注『歴史の概念について』二〇一五年）。

古義人はもう、歴史に確信を持てなくなった人物として、そこにいる。確定したものとして歴史認識を語ること――それはどのように正しいことを語ろうが、権力を持つ側からの、言葉による抑圧になるという畏れを作中の小説家、長江古義人は持っている。だからこそすべてに確信を持てない気弱な、構想中の小説をいっこうに完成させる気配のない、うつろいゆく世界の一瞬のイメージをとらえたエリオットの詩篇を熱愛する人物として、造形されているように感じられ

る。

確固たる戦後民主主義者として生きてきた大江健三郎と長江古義人との乖離が広がりゆくまま、東日本大震災後の現実と同時進行で雑誌連載が決断された最後の長編『晩年様式集《イン・レイト・スタイル》』(二〇一三年)に至る。

変容していく古義人ではあるが、ここで「長江古義人」という名の由来について考えてみたい。『さようなら、私の本よ!』を書いた頃の大江はこう説明していた。

「副主人公みたいな、私自身に近い人物の名として、チョウコウ・コギトは出てきます。まず長江といえば揚子江のことで、大江《たいこう》。私のスゥード・ネームとしてあり得るでしょう。古義人というのは、小説の中ではジョン万次郎にアメリカの風俗のことを習ったじいさんが、デカルトを聞きかじっていて、そのコギトと、私の地方では地主や商人が学んだ儒学者は伊藤仁斎の流れですから、仁斎の古く正しい道、儒学的な古義という言葉を一緒にして、変な和洋折衷的な名前を付けたんだとされている、というように書きました。しかしそれは後になって小説を書きながら屁理屈を付けたのであって、最初はコギトという音自体が好きだったからです。(中略)/ただ、デカルトのコギト・エルゴ・スムは私にとって若い時から重要な言葉でした」(『大江健三郎 作家自身を語る』)

「古義学」を提唱した儒学者、伊藤仁斎の名が出てきている。山鹿素行、荻生徂徠と伊藤仁斎は「古学」と総称され、彼らの学問は儒学、朱子学を脱構築的に読み、近代的思考へ道を拓いたと

される。

だが、デカルトの「コギト・エルゴ・スム」の方も併せて考える必要がある。ラテン語で「自己の意識」を指すcogito。日本浪曼派の中心人物、保田與重郎が東京帝大在学中に亀井勝一郎らと創刊し、伊東静雄らも加わった同人誌『コギト』の印象も強く、ここから発想された可能性もなくはないだろう。先に大江が自身を称した「アイロニーの作家」という言葉も、保田を評する「浪曼的イロニー」とつながる。

保田與重郎は大江が生まれた一九三五年――島崎藤村が『夜明け前』を完成したのと同じこの年、『日本浪曼派』を創刊する。その後は時代の前面で大東亜共栄圏の拡張をめざす戦争を肯定し、青年層を鼓舞する。ドイツ語の歌詞の意味を古義人に教えたという古義人の父も、日本浪曼派に傾倒し、『コギト』誌にちなんだ名を息子に付けた……書かれなかったそんな挿話の想像へも誘われる。『日本浪曼派』には、佐藤春夫、萩原朔太郎、太宰治、檀一雄らも加わり、活発な文学運動を展開する。戦後、保田は公職追放となるが一九六〇年代に入ると復権し、全共闘世代にも読者はいた。大江最後の短編となった「火をめぐらす鳥」（一九九一年）は、高校三年の頃に出会った伊東静雄の「鶯」という詩の一節に、激しいインスピレーションを受けた体験を回想した掌編だが、日本浪曼派の詩人へ示した関心の深さに、発表時、周囲の年長者がざわめいたことを思い出す。

時局へ積極的に働きかけようという保田の姿勢は、日中戦争下の一九三八年、『コギト』誌に発表した文章を主に集めた第三評論集『戴冠詩人の御一人者』の、「緒言」からも明らかだ。

〈日本は今未曽有の偉大な時期に臨んでいる。それは伝統と変革が共存し同一である稀有の瞬間である。日本は古の父祖の神話を新しい現前の実在とし有史の理念をその世界史的結構に於て表現しつゝ行為し始めたのである〉

〈戦争は一箇の叙事詩である。恋愛は叙事詩でなく抒情詩の一つである。この時期に我らは物語小説と詩文学を区別する。今は英雄が各個人の心に甦り、個人が国民と英雄を意識し、己の中にみいだす日である。英雄とは歴史の抒情に他ならない、人間の抒情がまさに詩人であったように、意志と精神の決意は一つの抒情を歌いあげる〉

表題の「戴冠詩人の御一人者」とは、日本武尊《ヤマトタケル》を指す。〈日本武尊が上代に於ける最も美事な詩人であり典型的武人であったということは、僕らの英雄の血統、文化の歴史、ひいては文芸の光栄のために云はれることである。しかるに僕らの先人は、日本の血統をあまりにも尊重したために、この半ば伝説の色濃い英雄の、悲劇と詩については、明治の国民伝説の変革の中からも省略していた〉〈ともかくも国民的英雄から、英雄と詩人の神典的時期の血統を発見する期間をもたなかったから、日本では世界文学の可能は文芸資質以外の別のところで考えられた。このあわれむべき芸術的誤謬をよく考えよ〉。保田の文章は高い調子で進む。

西欧人は「冒険」を愛し、日本人は「歌」を愛したがゆえに旅に生命を浪費した、日本武尊は東北への旅心を歌った有史以来の大旅行者であり、本居宣長はそうした上代に生きた日本人の「自然観」を明らかにすることに生涯を費やした、宣長、賀茂真淵ら国学者は、漢心と大和心を鮮明にする必要に専心した――。『戴冠詩人の御一人者』の目次には、「大津皇子の像」「白鳳天

平の精神」「当麻曼荼羅」「齋宮の琴の歌」等、大和心を伝える題が並ぶ。「当麻曼荼羅」は折口信夫が『死者の書』を書く契機になったとされる。そして最後に置かれているのが一九三七年、『文藝』に発表された論考「明治の精神」である。古義人を『コギト』誌由来の名と捉えてみるならば、『水死』で言及される「明治の精神」とこの長文の論考とのかかわりを検討する必要も生じるだろう。保田のこの言葉も元々は〈漱石の小説をひいて〉だと断られている。

「明治の精神」で保田は、日本に発した〈芸文的にロマンチックな世界精神〉は江戸期の国学者、契沖、宣長を経て佐佐木信綱がまとめたとした上で、明治から大正の文学史を展開する。茶の湯を海外に知らしめた岡倉天心、科学と神学との統一に苦しみつつ比類ない新しい文章を残したキリスト者、内村鑑三。この二人が世界精神を体現した明治の天才だったと述べ、北村透谷、島崎藤村らの『文學界』、与謝野鉄幹、晶子の『明星』、「日本主義」を唱えた高山樗牛、正岡子規、そして森鷗外、夏目漱石――これらの人々を「尊敬すべき血統」だと認めている。透谷や藤村が『国民新聞』の徳富蘇峰に代表される〝健全さ〟に反発して『文學界』を編集し、藤村の『春』はその反発の軌跡でもあることが今では知られているが、保田は権威的な体制側に反発する透谷らを肯定する。同時に、〈明治の精神は云わば日清日露の二役を国民独立戦争と考えた精神である。彼らは日本を近代市民社会諸国の系列にひきあげる決意をもち方法をもっていた（中略）しかしながら、明治の精神を崇高に象徴した御一人者は、明治天皇であった〉と主張する。〈明治の精神の悲しみを思うたびに、たとえば天心を思い鑑三を思っても、彼らの風貌のどこかに激烈な狂気の相が流れているのが無気味である〉とも述べ、続けて、〈明治という時代は後進

国日本を官吏が指導せねばならなかった時代であったことは、残念ながら当前であった。（中略）鷗外と漱石はこの時代に於て、日本の歴史を知り世界史を知った人として、日本文化の根柢をささえた人と見える（中略）彼らは現代の藤村の地位の如く代々の識者の友であり、そして識者の教師である〉。このように島崎藤村を現役作家の最上位に置き、藤村は〈一人きりで西洋に対抗しうる国民文学の完成を努めた〉と評価している。保田の文章は『夜明け前』が完成して二年後に書かれている。

藤村の日本回帰

一九二二年生まれの比較文学者、佐伯彰一は、鶴見俊輔、ドナルド・キーン、瀬戸内寂聴とも同い年の、保田與重郎と大江の間の世代だが、自らを「維新以来の三代目」と自覚していた。佐伯は〈そもそも「文学史」というものが、わが国では、比較文化意識の産物であった〉と述べ、〈黒船の衝撃を、青春期においてまともに受けたのは、彼らの父たちの世代であり、漱石も鷗外も藤村も、さらには岡倉天心、内村鑑三、新渡戸稲造もこの世代の仲間であった。まず西洋を外からのしかかる重さとして意識しながら、西洋を身につけることを緊急の課題とせざるを得なかった〉と、これらの人物を眺める。彼らは〈柄が大きく、洗練とソフィスティケーションにおいて欠けるにせよ、その把握と思考は、一国の枠を越える拡がりをはらんでいた。しかし、彼らは西洋をわが身にのしかかる重荷として感じた限りにおいて、強烈な固有主義者であり、自国尊重論者となった〉。祖父にあたる彼らについて、「日本」と題した小論でこんなふうに書いている

（『講座・比較文化第八巻　比較文化への展望』一九七七年）。佐伯は、同じような人々を挙げて論じた保田の仕事については、言及していない。保田與重郎は昭和の後半、ほぼ黙殺された状態が続いた。この佐伯が三代目ならば、維新の四代目となる大江健三郎は「明治の精神」を形作った文学者たちの仕事をどのようにとらえていたのだろう。一九六四年の大江は、次のような文章を『産経新聞』に寄せている。

〈ここ数年、新しいナショナリズム待望の気運の中で明治的なるものの再評価の声がはげしいのは、いかにも当然であるが、それにしても明治期の文章には、独特なナショナリズムの勢いがあふれている。（中略）明治の文学者達のナショナリズムの根底を、彼らが江戸期から継承した儒学の伝統に帰する意見が、特に新しい保守派によって、一つの定説となった観がある。／しかし、歴史的事実を、よりダイナミックに考えようとすれば、二葉亭をその典型として、明治期の文学者達は、彼らそれぞれの直接間接の、維新体験によって、独自のナショナリストとなったとみなすべきではあるまいか？〉

〈ぼくのように、外国文学をまなんで青春を出発した人間には、おなじ大学の先輩たちの、日本回帰へのジャンプぶりが、つねに関心のまと、恐ろしさと魅惑のからみあった、熱い関心のまとであった。（中略）／もっとも、老年にいたるまでインターナショナルな知識人というものにも、なんとなくおぞましいところがあることは否定できない。そこで誰もが、気狂いじみてもいなければ、《国是》におもねってもいない日本回帰をしたかと考えれば、この百年間、本当に新しかった知識人が誰であるかも、おのずからあきらかになる〉（『持続する志』一九六八年）

〈本当に新しかった知識人〉とは、素直にとれば英文学者であった夏目漱石となるし、大江の中では柳田国男も該当しただろう。〈日本回帰へのジャンプぶり〉を見せた東大の先輩には、ドイツ文学を学んだ保田與重郎が当然、含まれていたはずだが、百年間というスパンで考えてみると、ほかにどんな知識人がいただろう。ロシア情勢を学ぶところから文学を始めた二葉亭四迷は、大江が敬意を表明している明治の代表的な作家だが、彼は東京商業学校出身であり、明治学院を卒業した島崎藤村も違う。が、藤村晩年の「日本回帰」を、未完に終わった最後の長編『東方の門』の中に厳しく指摘する声は、先の稲賀も気にかけていたように少なくはない。しかもこの作品を、追って述べるように大江は後期の創作で大いに参考にしているのだから、これも検討の必要がある。批判的な立場を代表する十川信介は、『夜明け前』をこう評する。

〈藤村は過去の事実から父を解放した。そして半蔵の生涯ばかりでなく、作中のあらゆる人物と事件が、最終的に「大きな自然《おのづから》の懐の中」（二ノ十一）に抱き取られる時に、「進歩」を孕んだ「保守」も、「保守」を孕んだ「進歩」も、すべての人間の営みは「過ぎ去るもの」としてはるかな後景に退き、残された半蔵の「まこと」と彼が発見した「まこと」だけが、いつまでも読者に語りかけることになる。（中略）この心情が、やがて、古代の「健全な国民性」への共感から「日本的」な精神や国体の手放しの讃美と癒着するのは必然である〉〈小説は明治十九年の半蔵の死をもって終るが、それに引続く二十年代、特に日清戦争後の国家的発展を藤村が日本の「夜明け」として描く時、甦えった半蔵の理想は、「異質な文明の開発と破壊」に抗し続け、それを同化し続けて来たわが国の「腰骨の力」（『東方の門』）として、そのグロテスクに変身した姿を現わ

す〉（『島崎藤村』一九八〇年）

『夜明け前』から『東方の門』への変化を、十川は〈いわば透谷から天心への乗り換えにある〉とみる。半蔵は最後までその理想を生かす道を見出せなかった。が、岡倉天心が説いた多様な価値観を寛容する日本の特質、そこには「古来の理想」があるという思想に藤村が大いに共鳴し、『東方の門』を構想したとする。そこに至って『破戒』や『家』、『新生』で書かれた個人と社会をめぐる問題は忘れ去られ、〈半蔵の「復古」の理想は、次第に昭和十年代の国策と同一方向を指して歩みはじめる〉。

ブエノスアイレスへの旅の帰路、南仏でシャヴァンヌの絵画「東方の門」を鑑賞したところから発想された同名の小説は、たしかに、時勢に即して決断されたかのようなタイミングで連載が始まっている。『中央公論』一九四二年十二月号に掲載された序文「「東方の門」を出すに就いて」には、〈これが小説と言へるかどうか、それすら分らない。すべては試みである。ともかくも書いて出て見る。実はこの作、戦後にと思つて、その心支度をしながら明日を待つつもりであつたが、かねて本誌編輯者に約したことも果したく、いさゝか自分でも感ずるところあつて、かく戦時の空気の中でこの稿を起すことにした〉とある。大江が東日本大震災の起きた二〇一一年十二月、急遽、『群像』二〇一二年一月号から連載を始めた『晩年様式集《イン・レイト・スタイル》』の「前口上として」が思い出される。《どうにも切実な徒然なるひまに、思い立つことを書き始めた。友人の遺著は“On Late Style”つまり「晩年の様式について」だが、私の方は「晩年の様式を生きるなかで」書き記す文章となるので、“In Late Style”それもゆっくり方針を立ててではないから、幾つも

のスタイルの間を動いてのものになるだろう》とあり、藤村に比する覚悟が伝わる。『東方の門』は一九四三年八月二十二日に藤村が脳溢血で急逝したため中絶した。絶筆となった第三章「五」が同年十月号の『中央公論』に掲載され、翌秋、最後の一文字まで収録した私家版が、最期を伝える有島生馬の跋文を付けて刊行される。

「松男」と「松雲」

『東方の門』の「序の章」は、〈古い伝説によると、かつて日の光は天の岩戸に隠れてしまったことがあった〉と、『古事記』『日本書紀』の神話を引いて始まる。続いて鎖国を続けた徳川幕府の時代の長崎に〈東方を求める心〉でやって来た医学者シイボルトの足跡の記述となる。そこに平田派の国学とその源流、本居宣長派との争いの解説も加わり、黒船のペリイ来航、安政の大獄などの時代を回顧して、ようやく第一章に入る。作中の時代は『夜明け前』の終わりから十年後の一八九六（明治二十九）年。木曽神坂村「万福寺」（青山半蔵が放火したのは祖先が建立に関わったこの寺。実在するのは永昌寺）の「松雲」和尚は七十歳にして、諸国の神社仏閣参拝をしながら長崎を目指す旅に出ている。道中の出来事と馬籠での出来事を回想する松雲の思弁で話が進む。

〈今や維新大改革の途上にある。こんな際に、神道を基として、しかも仏法を護らうとするものは、あたかも両頭の蛇のごとき譏りを受くることあらうとも、その根本を明かにするため神道を首とし、恩に報ずるために仏法を尾とするは、わが身の恥づるところでない〉

ここまで説明すれば、思い出す読者もおいでだろう。『燃えあがる緑の木』第三部の最後、行

き詰まった「新しいギー兄さん」の教会から「巡礼団」を結成して出発した、「松男さん」という谷間の村の禅寺の住職を。本書の第一部で、「松男」とは柳田の『文學界』投稿時代の筆名だと紹介したが、この人物が『東方の門』の松雲と重ねて造形されているのは間違いないだろう。じきに指摘されるのを望んだかのような人物の引用だとさえ感じる。松雲が木曽の万福寺から長崎への旅へ出た百年後、谷間の村を出た松男さんは《九州最西端》、すなわち同じ長崎へ向かい、そこを起点として巡礼の旅に発つ。途上では、シモーヌ・ヴェイユの哲学書に浸る。

『東方の門』の松雲と青山半蔵の関係は、『万延元年のフットボール』における根所蜜三郎と村の住職の関係にもよく似ている。この若い住職は『万延元年のフットボール』から派生した短編「核時代の森の隠遁者」で、その後の自分と、村の困難を蜜三郎に書き送る。『憂い顔の童子』でも「動《あよ》くん」という山寺の跡取りの若者が、村の英雄「銘助さん」にも、古義人にもつながる賢者として登場する。三島神社の跡継ぎである青年の「真木彦」は、地元の歴史主義者を代表する。神主や住職という視点は、日本の村落共同体を描く際にきわめて有効であることを、大江はやはり藤村に学んだのだろう。

『東方の門』の松雲を通して藤村は、旧庄屋で本陣、問屋の主人であった青山半蔵の、生一本の性格ゆえに苦難をたどった平田派の門人としての生涯を、改めて述懐している。絶筆となった第三章では、〈いつの世、いかなる時代でも、勇気ある民族が一度は通り過ぎねばならなかつたやうに、この国のものもまたおのれの伝統と天性とに随つてその導くまゝに歩み行くことの出来るまでは、先蹤のために負はせらるゝ影響の重荷を負ふことはおろか、模倣の邪路に各自の身を曝

すほどの危険をすら冒し進んで来たのである〉と、明治前半を総括している。戦争に向かう日本を肯定しているようにも受け取れる。有島の跋文には、第四章で岡倉天心が前面に出てくる予定だったと記されているが、〈決定的な主人公といふもののないのが、本篇の構想であり、冒険である〉と作者の遺志を伝えている。

東京大学で長年、藤村研究を牽引した三好行雄は、『東方の門』の構想を書き残した藤村の「雑記帳（い）」の記述から推量し、〈『夜明け前』を継ぐ時点から現在、太平洋戦争にいたるまでの日本近代史の展開を背景に、はげしく揺れ動く時代状況とそこを生きたさまざまな人物を織りなしながら、その長い時間をつらぬく一本の赤い糸として青山和助、すなわち藤村自身の生の軌跡を描きこむという、きわめて壮大な長篇小説が構想されていたらしい〉と解説している（『島崎藤村全集』第十二巻、一九八二年）。『島崎藤村全集』第十四巻に収録されているこの「雑記帳（い）」の中には、〈絶えず激しき動揺／十九世紀的なもの丶烈しき／インフルウエンス／いかにして近代の自覚に／進み得べきかと人々迷ふ〉、あるいは〈道祖神／神は死せりとの近代の人々／信仰を失ひしもの丶否定……それにもか丶はらず依然として同じ／やうに働く道の祖〉など、詩人藤村の揺れ動く思いの痕跡が残る。三好は、〈未完成は今日から見れば藤村にとって必ずしも不幸であったとは云えない〉〈書きながら死ぬつもりではなかったか〉などの推測があったとも書き添えている。

先に引いた十川信介による『島崎藤村』は亀井勝一郎賞を受賞しているが、当の亀井勝一郎は「文明批評家」と題した論考で、藤村を擁護している。亀井は『仏蘭西だより』『海へ』『エトラ

ンゼエ』から『飯倉だより』『春を待ちつゝ』『市井にありて』等、藤村の〝紀行感想集〟を、〈小説では発揮されなかったひろい視野と多面的な思索がこゝにみられる。（中略）明治、大正、昭和の三代にわたる近代日本の文明を、国の内と外から眺めた人の眼に、その実体がいかに映り、何をこゝに夢みたかは極めて興味ある課題だと思う〉と評す。また、明治以後の極端な欧化と偏狭になりがちな国粋擁護の声の二つがもたらした混乱を藤村も免れず、〈未来の政治家を夢みたこともある。キリスト教の洗礼を受けたかと思うと、忽ちそれを捨ててバイロンに赴く。同時に万葉集、西行、芭蕉、近松、西鶴に接し、或は西欧の古今の詩文をも愛読した。心の漂泊は混乱をそのまゝ映して、四分五裂の状態にあった〉と藤村の思想遍歴を振り返る。亀井自身、東京帝大でまずマルクス主義に傾倒し、プロレタリア作家同盟に属すが、その三年後の一九三五年には『日本浪曼派』を保田與重郎と共に創刊。太宰治との大和路紀行から古代・中世仏教、人生論まで幅広く、揺れ動きながら批評を続けている。

亀井は〈透谷の理想主義精神が、いかなる破滅をもたらしたかの彼は目撃者である。（中略）「破戒」の蓮太郎と、「春」の青木（透谷）と、「夜明け前」の半蔵と、三人ともに非業の死をとげた人達だ。併せて、芸術と実行の間に苦悩し蹉跌した二葉亭の運命をも彼は見ている。こうした経験と、彼固有のすさまじい生への執着力、裡なる煩悩具足の凡夫にとって、「理想」とは「死」を意味していたかもしれない〉。さらにこう証言している。〈日清、日露、第一次大戦、日華事変、第二次大戦と、藤村は生涯に五つの戦争時代を通ってきている。まず明らかなことは、彼の詩、小説、感想の全体を通して、どこにも好戦的言辞はひとつもないことだ。軍事国家を礼

讃し侵略を肯定するような言葉は見あたらない。同時に、戦争に対する痛烈な懐疑、乃至は反戦的態度と云ったものも見あたらない。（中略）政治に対すると同様、政治としての戦争についでは殆んど沈黙を守った〉（『亀井勝一郎全集』第五巻、一九七二年）

受け継いだルネサンス！

藤村は一九三七年、初の文芸家の代表として「帝国芸術院」会員に推されているが、これを一度は固辞している。『夜明け前』を書き上げ、時代の名士となった藤村の仕事と態度を、誰より間近で見続けていたのが批評家の勝本清一郎だった。勝本は厳密な校訂を尽くした『透谷全集』全三巻（一九五〇〜五五年）を完成させ、徳田秋声の『仮装人物』に書かれた複雑な恋愛事件のモデルとしても知られる。慶應義塾大学に学び、『三田文学』の編集に携わった勝本も、出発点は亀井同様にプロレタリア作家同盟にあり、一九二九年には藤村の三男、蓊助と共にベルリンへ渡っている。約五年間過ごして帰国すると、島崎藤村を会長に立てて実現した日本ペン倶楽部の実務にも加わるが、ほどなく思想犯として検挙される。物心両面で支援を受けた藤村との関係は、勝本の遺稿集『近代文学ノート』全四巻（一九七九〜八〇年）に詳しい。〈終戦まぎわにアメリカ軍の飛行機が落したビラに、日本軍部は藤村を飢え死させたと書いてあったことを私は憶い起す。食糧の点は大磯の町そのものが随分気をつけてくれたが、精神的には藤村の位置として市井にかくれ、清節を維持することは容易でなかった〉と、当時の日本人にとっての藤村という作家の大きさを示す記述もある。

勝本によると、『東方の門』執筆前の「先生」は、まず『新井白石全集』を読みふけった。新井白石は平田篤胤が敬した医学者である。次に英訳されたギリシャの悲劇作家、ソフォクレスの全集、新関良三によるギリシャ悲劇の研究書を座右に置いて、西洋芸術の本源を求める読書に勤しんだ。日華事変から太平洋戦争へ向かうこの時期、世間では〈殆どすべての藤村崇拝者、研究者が寄ってたかって、御時勢向きの藤村像のでッちあげに夢中になり始めていたのである。それは木曽の山家の老農としての藤村像であった。西行・芭蕉・良寛・一茶の後継者としての藤村像であった〉。が、こうした日本の伝統精神に照らされた像はかくれ蓑ともなった。本当は九つからの銀座育ちで、フランス料理や洋装を好む〈ハイカラ趣味の東京人〉だった老大家は、戦時に行われがちだった文芸家への批判や攻撃から概ね守られた。

また、藤村はこの頃、〈若い頃にギリシャというものに直接に触れていたら〉と、自身の初期浪漫主義運動が直接にギリシャ芸術まで遡らず、英国のラファエル前派の古典主義のイミテーションだったと、しきりに悔いていたという。〈藤村にとっては、一生の課題がただ一つであった。ルネサンス！／世間では、藤村は若い時に浪漫主義者で、のちリアリストに転じたとだけ簡単に考えている。多くの論客も藤村の浪漫主義を論じ、リアリズムを論ずるだけである。藤村の古典主義を把握した人はない。しかし古典主義が藤村の浪漫主義を制約し、また藤村のリアリズムを制約していた〉

藤村を〈思想家としてはヒューマニスト、芸術家としてはルネサンスの使徒〉と規定する勝本は、〈木曽の封建社会の本陣庄屋に生れた藤村が、近代的世界に生きようとした場合、一生の課

題がそういう限界内にあり得た。しかも日本の社会の歴史的段階の後れが、そういう作家と、そういう作家的課題とを時代の中心に置いたのである。／だからこそ齢七十に垂んとして藤村は、ソフォクレスを英語で読み始めたのである。そしてそれが「東方の門」の準備ともなった〉（『近代文学ノート2』一九七九年）。さらに〈ルネサンスの未達成という大きな事実が、藤村の死後、われわれに残された〉と、この論考を締めくくっている。

ルネサンス！　勝本清一郎の「島崎藤村」論の初出は一九四八年五月の雑誌『自由婦人』で、同年九月に出た「ざくろ文庫3」の『近代文学ノート』に収録された。今、古書を取り寄せて実物を見ると、まだ戦後の劣悪な用紙に瀟洒なフランス装が施されている。定価は百三十円。能楽書林刊の「ざくろ文庫1」は渡辺一夫『無縁仏』、「2」は西脇順三郎『諷刺と喜劇』。松山市内で下宿生活を始めていた大江が、一九五〇年代初頭、毎日のように立ち寄っていたという繁華街「大街道」にある書店か古本屋で、勝本の本を見かけて読んだ……そこから「ルネサンス」に特別な関心が芽ばえた可能性はなかっただろうか。

十六歳、高校二年から、夏目漱石も一時期教えていた伝統校、愛媛県立松山東高校に編入した大江健三郎は、京都から転校してきた二歳年上の池内義弘＝映画監督となる伊丹十三と出会い、文学に急速に引きつけられていく。のちに大江の義理の兄となる伊丹も、本名からすればまさに「義にいさん」である。そして『懐かしい年への手紙』の「ギー兄さん」の言動には、やがて『取り替え子《チェンジリング》』の塙吾良となる伊丹の影もたしかに濃い。ともあれ高校二年の頃、渡辺一夫著『フランスルネサンス断章』に出会い、その中で繰り返される「自由検討、libre examen の精神」

が、「私に将来への道を指し示すようだった」と語っている。「自分がどうしても我慢できなかった高校一年の、あの非常に不寛容で、意地悪で残酷なもの、暴力的なもの、そういうものに苦しんでいた、やわらかな心に触れることなどできなかった、そういう経験の後でしたからね……」(『大江健三郎 作家自身を語る』)。近代の開幕となるフランス・ルネサンスを勉強しよう、その著者、渡辺教授に学ぶため、東京大学文学部に進学しよう――一晩でそう決意したと、大江は語っていた。しかしながら、『フランスルネサンス断章』を手に取ってみる前にもう一段階、何かのきっかけがあったのではないかと、疑問は残っていた。フランス語については伊丹と共に読んだランボーの詩への関心があっただろうが、敗戦で深い精神の亀裂を刻んだ大江少年は、なぜルネサンス期の文学研究を志したのか。大江は藤村を早い時期から愛読して影響を受けていたという本稿の仮説と、〈ルネサンスの未達成という大きな事実が、藤村の死後、われわれに残された〉という勝本の言葉が、その時、渡辺一夫の著書に出会うことによって、大江の中でスパークしたとすれば……。

夢を見る子供

さて、ここからは藤村をいったん離れ、やはり早い時期から大江健三郎に影響を与えていたと思われる、別の人物との関係を考えてみたい。それは国学者、平田篤胤《あつたね》である。東京大学の同級生のひと言が、長い間気にかかっていた。駒場の教養学部時代に親しかった友人によると、その頃の大江は江戸の小咄や連歌についてもよくしゃべっていたらしい。大江が島崎藤村を読み込ん

でいたとすれば、当然、『夜明け前』を貫く江戸の国学の流れにも関心を寄せただろう。知識と関心を小出しにするように、大江作品には一九七〇年代からチラチラと、篤胤の影が見える。いずれも夢の続きのような話としてふっと顔を出しているのは、先の大戦で、日本の侵略政策の理論的な根拠として用いられた平田篤胤の国学が、戦後民主主義者である大江健三郎にとって、まことに不似合いだと自覚されていたからかもしれない。

「ギー兄さん」は、柳田国男に由来しているのではないかと筆者が考え始めたのは、十歳に満たない頃に大江が体験したという「神隠し」の逸話からだった。その話を書く際に大江はたいてい、この世と仙境を自由に行き来して江戸の評判になった「仙童寅吉」の話と絡めて書いていた。短編では「「罪のゆるし」のあお草」、「夢の師匠」、長編では『M／Tと森のフシギの物語』などに篤胤の幽冥界が現れる。

この中から、大江が「想像力の組み替え」と呼ぶ思考の仕組みを知る上で、もっとも有効だと思われる一九八八年の短編「夢の師匠」を通じて、平田篤胤がどう作用したかを見ていきたい。作者の分身のような語り手の作家は、この小説を次のように始める。

《森の子供がした不思議な経験を、自分のこととして僕はしばしば書いてきた。むしろそれに援護されて小説家たりつづけることができているのだと、そういわれても異存はない。しかし少年時に出会ったさらに不思議なことを、あれもこれも、まだ書かないでいる、と感じている。なぜ書かないできたか？　それは自分でなおよく当の経験を理解しえていないからだ。むしろそこに新しくかさねられる経験があると、それが記憶の薄暗がりに一挙に光を投じる。その時はじめ

て、具体的な言葉をそなえた出来事として、過去が姿をあらわす。僕はそのようにして仕事をして来たのである》

《森の子供》には野に遊ぶどんな時代の、どこにいた子供も含まれ、《新しくかさねられる経験》とは、主に読書で得た経験を指しているだろう。どちらも自分が直接、体験したことではない、という断り書きである。にもかかわらず、「夢の師匠」の語り手は大江本人であり、大江が子供の頃に体験した出来事だと思い込まされてしまう、おそろしく親密な語り口で話が進む。この語り手には《少年時に出会ったさらに不思議なこと》――敗戦の年のある日、自宅の裏座敷に蒼白な皮膚に唇だけ赤い少年がむしパンとハーモニカを握ってぐったりと横たわっているのを見た記憶――があり、その話は当時から家族に笑い飛ばされてきた。ところが最近、老いた母親がそれは本当にあったことだと口にした……そんな奇妙な逸話からゆるりと滑り出す。「夢を見る子供」と呼ばれていたその蒼白の少年は、自分の見る夢をそばで見物人に伝える壮年の男「夢を読む人」に連れられて近隣を渡り歩き、占いで日銭を稼いでいたのだが、ついにある日、辛さのあまり逃げ出して来たのを、語り手の祖母が裏座敷で匿《かくま》っていたという。

「夢を見る子供」と「夢を読む人」の記憶は、語り手の《胸うちにとどこおる懊悩》として残った。そこに《新しくかさねられる経験》として『平田篤胤全集』で読んだ、仙境へ飛ぶ「仙童寅吉」の話と、ゲルショム・ショーレムの『ユダヤ神秘主義』が《一挙に光を投じる》。「仙童寅吉」の話とは、ある時、「仙人」と北の山へ飛行し、その体験を篤胤が聞き取った異界譚で、《篤胤が刻明に記録する問答は、もし少年が当代一流の学者に問いかけられ・答える、というのでは

なかったならば、つまり神誘ひの後、少年がただ商人の家庭に戻ってきたというだけであったならば、およそ実現しえなかったはずの高度のものである》と紹介されている。一方のゲルショム・ショーレムの書物からは、降魔術のやり方を引いている。ショーレムが書いた十七世紀、救世主と期待されたサバタイ・ツェヴィのイスラム教への突然の改宗という実話は、のちにカルト教団内部を描いた大長編『宙返り』（一九九九年）にまで成長していく、想像力の種となる。

平田篤胤とショーレムの著作。両作から「夢を見る子供」と「夢を読む人」の二人組を知るという《新しくかさねられる経験》を経て、いよいよ《具体的な言葉をそなえた出来事として、過去が姿をあらわす》。《過去が姿をあらわす》とは、フィクション化が作動し始めるといった意か。そこから「夢の師匠」後半の「音楽家のTさん」（＝武満徹）に声をかけられて取り組んだオペラの台本として、この短編の後半が書かれたというふうに読んでいくことができる。あるいは、篤胤とショーレムの本が先にあり、そこから敗戦の年に見た「夢を見る子供」の記憶が創作されたとも考えられる。武満から台本の話は実際にもあったが（武満徹、大江健三郎著『オペラをつくる』一九九〇年）、結局、オペラの制作は実現していない。

その台本の第一幕は、大企業の経営者らのために近い未来を夢みて譫言《うわごと》をささやく若者と、そばで大きい声で譫言を解読する壮年が仕事をする、先の敗戦の年の記憶をそのままずらしたような占いの場面である。第二幕、第三幕では、壮年の男が消え、夢の聞き取り役は青年と一緒になった娘に替わる。夢の予言が行われる場所は自給自足のコミューンふうであり、この短編の直後に着手された長編ＳＦ『治療塔』（一九九〇年）の主題を胚胎している。《……宇宙船団が出発し

て行く、頭の良い人、美しい人、強い人はみな乗り組ませて。破壊され、汚染された地球に、選ばれなかった者たちが残っている。打ち壊され焼かれ、放射能に汚れた地球で、生きつづけてゆかなければならない》。詩のようなこの予言は、『治療塔』でもそのまま繰り返され、物語の駆動力となる。「夢の師匠」冒頭の文章と考え合わせると、「想像力の組み替え」とみられる手続きを、この作品の中に読み取ることができそうだが、組み替えと呼ぶにはあまりに想像力の飛躍を要する方法でもある。

ここで想像力のジャンプ台となった「仙童寅吉」の異界譚、いや「仙童寅吉」を書き残した平田篤胤的なものの現われ方を、他の作品にも見てみよう。たとえば二〇〇二年の『憂い顔の童子』。四国の森で半ば隠居暮らしを始めた古義人を、『ドン・キホーテ』に重なる喜劇的な事件が待ち受け、ここにも村の不識寺の住職「松男さん」が登場する。作中、古義人と地元の中学生たちは森へピクニックに行く。江戸期に生きたその地の英雄「銘助さん」とその生まれ替わりの童子たちゆかりの遺跡を探訪するのが目的だが、途中、旧家の娘が尋ねる。《長江先生が子供の時、この森で三日間「神隠し」にあって、「天狗のカゲマ」といわれたと聞きました。（中略）銘助さんは、**壊す人**のカゲマだったのじゃないですか？》

一同は《歩くのに難渋するほど草の伸びた鞘北端の、紡錘形の大岩》という妖しい伝説の場所に辿り着くが、そこにはただの丸い大岩しかない。しかし、その大岩の裏側に銘助さんが百五十年も前に刻んだとみられる文字を発見したと、神主の正装をした三島神社の跡継ぎの「真木彦」がその場で講釈を始める。《これらの文字は**壊す人**に背負われて行った国で習って、帰るとすぐ、

忘れぬように森の奥の岩の根方に鑿で刻んでおいた》。銘助はそのように大洲のお城で話したという。銘助が仙境で習ったという文字は、《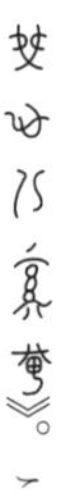》。これは平田篤胤の『仙境異聞』に紹介されている、寅吉の文字そのまま。ここでは「壊す人」が天狗と重ねられている。

平田篤胤に由来する逸話の起点と考えられる一九七九年の『同時代ゲーム』ではどうなっていたか。村の歴史と自分の家族の物語を手紙に書き続ける語り手の「露己《つゆき》」と、その手紙の宛先になっている双子の妹「露巳《つゆみ》」。彼らの父親は村の神社に赴任してきた神主で、日本海側の小都市に漂着したロシア人を祖父に持つ他所者である。彼は旅芸人の女との間にもうけた五人の子に、すべて露西亜《ロシア》の露の字をいれて命名する。この設定を小森陽一は〈異種混淆性を喚起する設定は、「万世一系」の天皇神話と接続している単一民族神話をあからさまに解体する装置でもある〉と指摘した（『歴史認識と小説　大江健三郎論』二〇〇二年）。この父＝神主は村独自の歴史を口承で露己に教え込み、戦争末期、彼が仕える神社に参拝に訪れた国民学校の校長を、天狗の面で威嚇する。奇行を重ねるこの「父＝神主」は、秋田出身でロシア語を読み、天皇神話を喧伝した平田篤胤を戯画化した人物のように思われてならない。

平田篤胤と「壊す人」

平田篤胤は「宣長没後の門人」を名乗りながら、やがて独自の「復古思想」を唱えた国学者であり、神道家で、医者でもある。ニュートンの物理学を初めて日本に紹介した『暦象新書』をはじめ、科学、地理、宇宙の成り立ちにかかわる西洋の書物から最新知識を取り入れ、キリスト教

やロシア情勢、農政学にまで関心を拡げ、あらゆるものを独自の思想に統合した。睡眠も惜しんで数多くの著作を門人らと共にまとめては出版し、江戸を中心に多くの読者を得た。しかし、「国粋思想」の祖ともなった平田篤胤については、それなりの説明を要するだろう。

一七七六（安永五）年、出羽国久保田藩（現・秋田市）の武士の四男に生まれた篤胤（幼名は正吉）は、親の愛情に恵まれぬまま二十歳で故郷を出奔。江戸で飯炊きや火消しの下働きをしながらひたすら書物を読み、人体の解剖に立ち会うなどもしているうちに、備中松山藩士で兵学者、平田篤穏《あつやす》の養子に引き立てられる。この時から平田篤胤を名乗り、大恋愛の末に織瀬という女性と結婚し、妻に渡された本居宣長の本を読んで国学を志す。亡くなった宣長に夢の中で入門を許されたと主張し、一八〇四（文化元）年、私塾「真菅乃屋《ますげのや》」（のちに「気吹舎《いぶきのや》」と改名）を開く。愛妻の死が転機となって死後の世界を伝える『霊能真柱《たまのみはしら》』（一八一三年）を著わし、ここから宣長と異なる独自の幽冥観を展開していく。宣長が死んだ人間の霊は「夜見（黄泉）」の遠い世界へ去ると説いたのに対し、篤胤は死後の「幽冥」は目に見えぬだけで、この世の森や山、墓などに遍在している、大国主神は我々を常に護ってくれる、その神々を慰めるために人間ができるのは「祭祀」である等々の説で関心を集め始める。

維新後の近代日本に大きな影響を与えることになったのは、宣長の『古事記伝』を土台として日本神話を再編成した二十八巻の『古史伝』だった。「皇御国《すめらみくに》」日本は大地の大本であり、世界中で日本だけが『古事記』『日本書紀』という神話や『延喜式祝詞』の中に霊を知る手がかりを得ている、儒教の祖、孔子が奉った神は日本神話の神々だ、などと主張した。『黄帝伝記』では

儒教の大本を神仙世界を説く道教に求め、その神々も日本神話の神々だとした。この説はあまりに荒唐無稽だと批判を浴びてきているが、大江との関連から浮かぶのが、『取り替え子《チェンジリング》』から登場した古義人の父の弟子、「大黄一郎《だいおう》」という人物である。その名は大黄山という世界的に有名な霊山にも、篤胤の主張する中国の古代「黄」国の神話に由来しているようにも思われる。敗戦の頃、二十代後半だった大黄は、二〇〇〇年代には八十代を迎えているはずだが、隻腕の大黄は壮年のように思考し行動し、まるで年齢をなくした仙人のようだ。

篤胤はキリスト教＝天主教の天地創造神話の知識も糧としながら、アダムとイヴはイザナギとイザナミの神話が誤って伝わったものだとも述べている。このあたりの飛躍も、大江を大いに刺激したのではないか。篤胤は『霊能真柱』では漢心＝仏教や儒教、ことに幕府が奨励した朱子学は霊魂を否定するとして排除を求め、「古学」を提唱した伊藤仁斎や荻生徂徠らも批判した。暦学や易学、神代文字の研究にも傾倒し、気吹舎の門人の数も増えていくが、次第に幕府の反感を買う。一八四一（天保十二）年、グレゴリオ暦を根拠に当代の暦を否定した書物を出版したのを機に著述差し止め、江戸追放の命を受け、故郷の秋田に戻った篤胤は、六十八歳で死去している。が、その著作は後継ぎの鉄胤（養子）らの奮闘によって没後も全国に流布し、門人は明治初期まで増え続ける。明治の怪談ブームの先駆けのような『稲生物怪録』や「仙童寅吉」の話をまとめた『仙境異聞』は挿絵も凝らされ、市井の人々からの写本の需要が高かった。死後、「霊神」の称号を与えられ、太平洋戦争下の一九四三年には没後百年を期して従三位が贈られる。「我が天皇命《すめらみこと》は万の国の大君《おおきみ》」と尊主思想を唱えた篤胤らの復古神道は、大東亜共栄圏の建設を進める

聖戦を正当化するイデオロギーとなっていたからである。

よって、平田篤胤の研究も出版も戦後は半世紀以上停滞した。明治から大正にかけて全集が一度刊行された後、一九三一年に刊行の始まった『平田篤胤全集』（上田万年、山本信哉、平田盛胤編）は全十五巻の予定が十巻で中絶。岩波書店『日本思想大系50』の『平田篤胤　伴信友　大国隆正』の巻が一九七三年に出たものの、巻末の解説ではその幽冥思想を〈その脳髄中にうかぶ想念を古伝説にむすびつけて、恰も事実の裏付けがあるかのごとくに仕立てた、客観性をもたない独断〉（田原嗣郎）と切り捨てている。

ところが、二〇〇一年から東京・代々木の平田神社に秘蔵されてきた平田篤胤、鉄胤、延胤、盛胤四代の膨大な平田国学資料の調査が許可され、『気吹舎日記』や書簡などの内容が明らかになると、新たな側面が浮かび上がり始めた。未公開資料の調査に関わった吉田麻子は、『知の共鳴　平田篤胤をめぐる書物の社会史』（二〇一二年）で、幕末維新期に書物の出版、販売で人の心をとらえ、社会運動を起こした「気吹舎」の動きを詳細に述べ、続く『平田篤胤』（二〇一六年）で篤胤の広範な仕事と思想の概要を伝えている。とりわけ次の記述は『同時代ゲーム』との関連から見過ごせない。

〈なぜこの世のあらゆる不思議なものを「カミ」というのであろうか〉。吉田はその語源について、宣長は〈未タ思ヒ得ず〉としていたのに対し、篤胤はそれを「牙《カビ》」だと考えていたと『古史伝　一』の記述から紹介している。〈『日本書紀』の巻頭に「いにしえ、天地がまだ分かれておら

ず、陰陽〔雌雄〕が分かれていない時に、ぐるぐると回転して鶏卵の中身のように形状のさだまらないものがあり、その中にくぐもって牙《カビ》が含まれるようになった、云々」とある、この牙《カビ》こそが、すなわちカミの語源である〉。その「牙」は菌類の「カビ」に似た〈頭《カミ》大キく、下細《シモホソ》き形〉で〈おそらく男根の形〉であり、〈よって、カミ〔＝カビ〕は、世界に生まれ出た物の始原であり、たいへんに霊妙不可思議なものである。ここから言葉の意味が広がり延びて、霊妙不可思議なものすべてを指す名称となった〉。このような『古史伝　一』の記述を挙げて吉田は、イザナギとイザナミの夫婦神の〈交わりによって日本の国土を産み、さらに万物を生んでゆく。そして、産まれてきた八百万の神や人間たちもそれと同じ行為によって子孫を連ね、歴史を刻んでゆく。／篤胤の理論の根底にあるものは、このような男女の性による「生命のはじまり」であり、沸きあがろうとする「生の勢い」への賛歌とでもいうべきものである。それは、既成の宗教思想である儒教や仏教からは到底発想されえないものであった〉（『平田篤胤』）と含意を説いている。

　思い出されただろうか。『同時代ゲーム』で、故郷に戻った妹の露巳が道沿いの斜面の穴の中で冬眠していた、干からびたキノコのような「壊す人」を発見し、自分の鞘（女性器）の中で育て始めているという突拍子もない話があった。ここにも想像の確たる根拠があったのだ。そして『同時代ゲーム』のクライマックス、露己の森の中の幻視体験の始まりを告げる光景――《森の裂けめの深い空を見あげている間に、鶏卵の黄身のような色とかたちの飛行体が、当の裂けめの上限から下限へと、輝きつつ回転して通過した》――そこにも『日本書紀』冒頭の、篤胤が着目した記述がイメージとなって作用していたのかもしれない。こうしてとらえ直してみると、常に

小説の本文中でゴチック体の表記を作者が指定し続けてきた「**壊す人**」とは、日本の神そのものではないのか。

大江がたびたびその学識への信頼を語っていた古代日本語研究の第一人者、大野晋著の『一語の辞典 神』によると、「カミ」はカガミ（鏡）の意、カシコミ（畏）の略、カミのミはヒ（太陽）の転化、カミ（上）などの説はすべて学問的には成立しないという。カミという言葉は万葉仮名では伽未、柯微、可尾、可味などと書き、雷、虎・豹・狼などの猛獣、妖怪、山を指し、超人的な威力を持つ畏怖の対象としてあった。大野は日本のカミの特性を次のように抜き出す。①カミは唯一の存在ではなく、多数存在した。②カミは具体的な姿・形を持たなかった。③カミは漂動・彷徨し、時に来臨し、カミガカリした。④カミはそれぞれの場所や物・事柄を領有し支配する主体であった。⑤カミは超人的な威力を持つ恐ろしい存在である。⑥カミの人格化。『古事記』『日本書紀』に書かれた神話のカミは、〈隠身の神と姿形のある神という二つの異なる面を持ちながら、それを統一するように扱っている〉。

このような大野の見解と併せて考えてみると、『同時代ゲーム』『M／Tと森のフシギの物語』などに登場する「壊す人」の、どうにもつかみどころのない様態に込められた作者の意図も見えてきそうだ。しかし大野の著作は『同時代ゲーム』より十五年以上後にまとめられたものであり、大江の「壊す人」はそれ以前から、これらの特性を満たしていた……。

大野晋は、江戸期の国学者が「日本とは何なのか」という問いを提出し、中国やインドの学問を借用して説明しようとする「神道家」としてではなく、日本古代の文献を正確に日本語として

理解することに努めた点を評価する。〈日本人が行なった日本に関する研究が、幕府を倒し、日本の政治を変革するところへ強力に働いたことはそれまで例がなかった。また国学は、カミの認識を変革し、ホトケは本来輸入品であるという事実を明確にした。そして、文献以前、儒仏以前の日本こそ独自の日本であるという考えを導いた〉。それを果たした人物として、十七世紀の契沖（僧侶）、十八世紀の荷田春満《かだのあずままろ》（神職の家筋）、賀茂真淵（神職の一族）、本居宣長（医者、仏教徒）、そして十九世紀の平田篤胤（武士）の名を挙げている。

篤胤の近代と冥界

平田神社の秘蔵資料の調査を主導した宮地正人による『歴史のなかの『夜明け前』 平田国学の幕末維新』（二〇一五年）は、東濃、馬籠、南信、奥三河など『夜明け前』に関わりの深い地域で、「気吹舎」が果たした役割を詳述している。篤胤が秋田から江戸へ出奔した一七九五年頃は、ロシアやイギリスからの武力行使を辞さない通商要求が加速し、鎖国以来初めて日本が世界との対決を余儀なくされていた。その時期、もっとも深く事態の推移をとらえ、対応を模索したのが時局情報を集めた篤胤の『千島白波《ちしまのしらなみ》』だったという。また、『霊能真柱』に流れる思索の根底に存在したのは、〈彼の祖父、父、そして彼自身とたたき込まれてきた儒教的宇宙論への確信の崩壊であった〉とみる。その精神的空洞を何で埋めるのかという問題に直面したこの時期の日本で、独力で知的体系をつくり、実証しようと力を尽くした篤胤の生涯を、宮地は高く評価する。

寅吉が伝えた『仙境異聞』や、生まれ替わりの体験を主張する少年に聞いた『勝五郎再生記

聞』、備後の少年が体験したひと夏の怪談話をまとめた『稲生物怪録』、さらに鳥の話を聞き分けたという「鳥忠兵衛」など、江戸の庶民を引きつけた平田篤胤と門人たちの仕事は、現代まで読み継がれている。作家の荒俣宏は篤胤を「まさに江戸のルネサンスの立役者」（『別冊太陽　知のネットワークの先覚者　平田篤胤』二〇〇四年）と呼んでいる。篤胤が収集したロシア語文書などの資料を眺めると、日本海側の小都市に漂着したロシア人を祖父に持つという『同時代ゲーム』の「父＝神主」は、やはりこの篤胤を抜きにしては創造されなかった、との思いが膨らむ。

それにしても「仙童寅吉」の話ばかりを大江が繰り返し持ち出したのはなぜだろう。人間が死ぬと魂は近くの山へ還る……。『懐かしい年への手紙』で「ギー兄さん」と語り手の「K」が、齢を重ねてもどこかで信じ続けていた土地の伝承は、柳田国男が形にした日本の固有信仰そのものだったが、その奥には平田篤胤が『霊能真柱』に書いた幽冥界があることを、示しておきたかったのか？　篤胤と柳田の近さは、『平田篤胤』で吉田麻子が現代語訳で紹介している、次のような部分からも明らかだ。

〈では、この国土の人が死んだ後、その霊魂の行方はどこなのかというと、永遠にこの国土に居るのである。このことは、古伝の趣と現代に残っている事跡とを考え合わせることで明らかになる。（中略）そもそも、冥府というのは、この国土の外の別のどこかにあるわけではない。そのままこの国土の内のどこにでもあるのであるが、ただ幽冥《ほのか》にして、現世とは隔たっていて目に見ることができない。よって、中国の人も幽冥また冥府というのである〉（『霊能真柱』下つ巻）

また、『毎朝神拝詞記』（一八一六年）では、気吹舎塾で唱えられていた祈りの詞が列挙されている。祈りは順番に、風の神→天つ国（太陽）と夜見の国（月）にいる神→顕・幽の世界（国土と衣食住・死後の世界）をひらき、守る神→それぞれの国や村を恵み守る神→家やその周辺の神（家の神棚により来る神・心身についた穢れを祓う神・禍を塞ぐ神）→人の心と言葉、行いに恵みを与える神→日常生活を構成している諸物（屋敷・穀物・土地（庭）・竈・井戸・厠など）の神→学問の神→先祖の神……と、遠景から近景へと祈りの向かう先を移動させながら続く。藤村もこの祈りの流れを意識して、『夜明け前』の半蔵の心象風景を描いていたように思われる。

吉田は『玉襷《たまだすき》』の内容に関連して、〈篤胤にとっての天皇とは、「人間社会に住む人間」ではなくて、「神や霊魂を含み込んだ森に住む人間」を統治し幸せにするために、天つ神から与えられた職（役割）なのである。つまり、天皇とは森の祭主である〉と述べている。森の祭主、天皇――。これを「「村」の祭主、天皇」と考えることはできないだろうか。《村＝国家＝小宇宙》という、本書で最初に取りあげた『同時代ゲーム』を貫く概念も、平田篤胤につながるものではなかったか。そして柳田が強調し、大江が作中で繰り返した「七生報国」という言葉の中にある「国」とは、柳田にとっては「常民」たちが協働する「村」の集合体であったかもしれないが、大江にとっては『同時代ゲーム』で描いた独立した営みを持続する「村」がすなわち「国」であり、「七生報〝村〟」と本当は言いたかったのかもしれない。

平田篤胤は門人と共に常陸・下総地方（現在の茨城・千葉方面）の鹿島・香取・息栖の三神社

まで参詣の旅に出て、豪農や余裕のある商人層とさかんに知的交流を拡げている。現地の人々から直接、話を聞き取るというフィールドワーク、産土神や氏神についての関心の傾け方にも民俗学の萌芽が認められる。

鹿島神宮といえば、大江と学生時代から親しかった中央公論社の編集者、塙《はなわ》嘉彦の家系につながり、塙が四十五歳で急逝した際、大江は追悼文「宇宙のへりの鷲」（一九八〇年）でそのことに触れている。〈宇宙のへりで羽ばたく巨大な鷲という普遍的なイメージが、神道と深くかかわる家系という、友人の個人的な環境のうちに、根をおろすさまが想像される。空間的には宇宙のへりまで拡大し、時間的には神道の、あるいはその向うまで民俗的に延びる、雷神＝水神の古代にまで延長して、その空間・時間の大きい構造を覆うように、巨大な鷲の羽ばたきが、現代の都市に生きる男を鼓舞する。これはすでにいかにも明瞭な、小説の構想ではないだろうか？〉と、塙が遺していた草案の意味を伝えていた。塙という姓には塙保己一がいる。保己一の編纂した国学・国史を軸とした大叢書『群書類従』（一七九三〜一八一九年）にも、篤胤は参加している。

平田篤胤と柳田国男

ずいぶん遠いところまで話が広がってしまった。このあたりで再び柳田国男に登場を願わなければならない。この国の民俗学を創始した柳田に、平田篤胤が大きな影響を与えたのは明らかだが、にもかかわらず柳田国男が平田篤胤の名を口にしていないのはなぜか？　疑問の声を上げていたのは、歴史学者の芳賀登だった。芳賀は、養子となった柳田家は平田没後の門人が全国一多

い信州伊那（現・長野県飯田市）にあり、柳田の民俗学への関心は宣長の『玉勝間』ではなく、篤胤の著書に由来するとみられること、柳田の父、松岡約斎が篤胤を信奉し、篤胤の幽冥論に重要な「産土神」を生まれた土地の神、一族の守護神として柳田も大切にしていたこと、柳田も篤胤も日本人の霊魂の行方に強い関心を傾けたことを篤胤の影響として挙げている。柳田の歌の師、松浦辰男（萩坪）も熱心な平田派の学徒だった。

伊東多三郎の『草莽の国学』を継承し、平田国学と島崎藤村に関する研究に取り組んできた芳賀は、〈平田学のもっともつよいところは、民族の村共同体に支えを求める力をもつことである。自分の本生の地を大事に、産土を大切にする〉。と同時に、〈何より青人草（蒼生）を大事〉とし、こうした考え方が維新国家の国体論を支えるものとつながって、農業国家日本の統治の原則を示したと、平田国学の歴史的役割をみる。そして、柳田の『先祖の話』は平田の『玉襷』を下敷きにしており、〈東洋の古伝説の中にある神秘的、怪奇的要素ということが、篤胤の学問を宣長学との性格の比較の上にかなり異質なものに変えていく最大の理由〉（『柳田國男と平田篤胤』一九九七年）だったと述べている。

芳賀はまた、江戸の市井で高い人気を得た『仙境異聞』（＝『仙童寅吉物語』『嘉津間答問』）を重視する。江戸の下谷七軒町に生まれた寅吉は、七歳で老人に誘われて常陸の国に行き、山中で大勢の山人（仙人）らと共に断食修行を行い、十一歳で帰ってくると寺に預けられる。その後、また山に入り、諸国を巡り、唐まで飛んでいった――そうした寅吉の話を、四十代後半になっていた篤胤は熱心に聞き取り、話に忠実な「仙境」の光景を絵師にわざわざ描かせている。山人の

世界も天狗、妖怪といった存在も、篤胤自身が信じていたと芳賀は断言する。「産土神」にまつわる陰陽の結合といった性の問題には、まるで触れようとしなかった柳田だが、こうした聞き書き、調査、記録という篤胤の後期の仕事は結局、柳田以外に受け継ごうとしたものがいなかったと芳賀はいう。

〈かつては常人が口にすることをさえ畏れていた死後の世界、霊魂はあるか無いかの疑問、さては生者のこれに対する心の奥の感じと考え方等々、大よそ国民の意思と愛情とを、縦に百代にわたって繋ぎ合わせていた糸筋のようなものが、突如としてすべて人生の表層に顕れ来ったのを、じっと見守っていた人もこの読者の間には多いのである〉

このように柳田が『先祖の話』の自序に記したのは敗戦の年。翌年には出版され、憔悴した日本人の心を慰めた。続けて敗戦後三年のうちに「新国学談」と冠して、三つの冊子『祭日考』『山宮考』『氏神と氏子』の出版に力を注いだ。同時期に折口信夫が〈国学は今正に、新国学を名のって、鮮やかに出直す時が来た〉(『國學院大學新聞』一九四七年九月)と志していたのと対照的に、〈今は国が新らしくなろうとしている(中略)新しい国学だから斯ういう研究を集めて、新国学の談と謂おうとするのだと、解してもらわぬ方が今は無事でよかろう〉(『祭日考』)と慎重な姿勢をみせている。柳田は同書で新しい学問の主題として「国民の固有信仰」「人の心を和らげる文学」「国語の普通教育」を挙げた。そして一九四九年には、日本人の固有信仰をこう表す。〈日本を囲繞したさまざまの民族でも、死ねば途方もなく遠い遠い処へ、旅立ってしまうという

思想が、精粗幾通りもの形をもって、おおよそは行きわたっている。ひとりこういう中においてこの島々にのみ、死んでも死んでも同じ国土を離れず、しかも故郷の山の高みから、永く子孫の生業を見守り、その繁栄と勤勉とを顧念しているものと考え出したことは、いつの世の文化の所産であるかは知らず、限りもなくなつかしいことである〉（「魂の行くえ」）

新制中学の生徒だった大江は、「新国学談」の小冊子を教材として読んだり、「魂の行くえ」を、心のどこかでよりどころとして、戦後の時代を生き直していったのかもしれない。東京の大学を卒業して故郷に落ち着いた早々、世界への通路を求めてダンテの『神曲』を読み始めるギー兄さんを描こうとした作者の心情も、少しずつ浮かび上がってくる。そんな生き方を選んでいたはずだったと、大江自身が六十代になって述べている。

〈もしこの集落に生き続けていたならば、私にとっても幼少年時の森のなかの神話＝民話的宇宙を受容し続けて、これまでの五十年を生きることは困難であったろうと思います。むしろ私は、一九八七年の『懐かしい年への手紙』に描いた旧家の当主の青年のように生きたはずなのです。／つまり、村の生産と流通について大きい変革を構想し、実際に村の若者たちを組織して実現に着手しながら、性的な小事故を契機に―むしろそれが本質的なものの顕現《エピファニー》となって―地域に生きる人々から完全に疎外され、土地の神話＝民話にも背を向けて、ダンテの素人専門家《アマチュア》として生涯を過ごす……〉（「小説の神話宇宙に私を探す試み」『大江健三郎・再発見』二〇〇一年）

「魂のこと」をしたい

柳田国男が本居宣長を敬し、平田篤胤を表面に出さなかったように、大江健三郎も超国家主義へと近代日本を導いた思想の祖とされた平田篤胤を、正面から招き入れることは決してしなかった。また、大江は夏目漱石を国際的な表舞台でも作品においてもまず敬し、柳田を作中に引用することはあっても、島崎藤村の名を作品や発言の中に挙げることはなかった。

だが、これまで述べて来たように大江が柳田国男、柳田と同世代で友人でもあった島崎藤村、さらには柳田と藤村に多大な影響を与えた平田篤胤——彼らに多大な影響を受けたことは疑えないだろう。そして、東京大学で渡辺一夫にフランス・ルネサンスを、また、さまざまな〝部品〟を組み合わせて新しい創造物を生み出す、ブリコラージュの手法を学んだ大江健三郎は、大江にしかできない「魂の行くえ」への探究を、ある時期から小説の創作を通じて行い始めている。大江自身はかつてそれを「魂のこと」と呼んでいた。インタビュー等でしばしば口にしていたのは、『燃えあがる緑の木』『宙返り』を書いていた頃に当たるが、『懐かしい年への手紙』の完成直後にも、『治療塔』と『治療塔惑星』、『人生の親戚』ほか、一九八〇年代後半から九〇年代半ばにかけて書かれた長編、短編にも、その姿勢は明確に現われている。

この「魂のこと」に込められていた真意とは何か。本人からその言葉を聞いていた当時はまるで理解が及ばなかったが、ここまで考えてくれれば想像し得るところもある。大江は、篤胤の幽冥思想や柳田の固有信仰と、ダンテ、ブレイク、イェーツ……選び抜いた西欧文学の巨人にして神

秘主義者たちがそれぞれの作品の中に描き残した霊魂の世界とを、それがキリスト教の信仰に基づくものであるにしろ、何とか地続きの、人類共通の死生観としてつないでみることを試みた。それが大江の言っていた「魂のこと」という仕事であり、これこそ独創的な、「想像力の組み替え」ではなかっただろうか。

平田篤胤（一七七六～一八四三年）とほぼ同じ時代を生きたのが、生前はその価値が顧みられなかったイギリスのウィリアム・ブレイク（一七五七～一八二七年）だった。詩人であり、幻想的な絵やダンテの『神曲』の挿画で知られ、神秘主義の思想を書き残したブレイクの仕事を、自分の身体を通じて東洋の、日本の精神世界と統合すること。それが一九八〇年頃の大江にとって、もっとも意欲のそそられる小説の方法であったと推察される。実際、評論『小説の方法』（一九七八年）を読めば、一九七〇年代半ばのメキシコ滞在中にはポサダ版画の骸骨《カラヴェーラ》を見て、十五世紀のフランス市民の日記とモンテーニュと自身の家庭に起こったことをグロテスク・リアリズムの観点から繋ぐ――そうした広範な素養と鋭敏な感受性に、大江が自信を持っていたことが伝わる。

洋の東西を結ぶ不思議な競合、共時性に人間の普遍性を発見し、日本文学から世界文学への通路をひらくことも可能になる――そのような確信も大江にあったのではないか。だからこそ、本書の第一部で述べた「「罪のゆるし」のあお草」で大江の分身とみられる語り手の作家は、故郷の家に近いお庚申様のお堂の中に入って祈る母親と息子を、ブレイクの『ピカリング草稿』を読

みながら夢想する。《森にひそむ神の力が、母親を媒介に、息子の脳を治療しているのではないか》と。そしてその「神」はどんな神とも特定されていない。

そもそも日本の言語文化はユーラシア諸語の言語文化の辺境であると同時に、四千年前からは中華文明圏における辺境の言語文化であり、辺境ゆえの特色としてあらゆるものがとらわれなく結び付き、融合してゆく。『万葉集』の研究から判明する日本型知識人とは「言語と文化の翻訳者」であり、「他国の文化と日本を結びつける人」だと上野誠は定義する。また、日本的な知性は〈「組み合わせ」と「ずらし」によって生まれるのではないか〉(『万葉集から古代を読みとく』二〇一七年)と考察し、そうした日本型知識人の代表が奈良時代に生きた山上憶良だという。遣唐使として中華文明圏の儒教、仏教、道教、老荘思想に及ぶ広い学識を持ち、それを「理」を伝える漢文と「情」を伝える和文を自在に「組み合わせ」、釈迦の教えも日本向けに意図的に「ずらし」て、子を思う歌を詠んだからこそ、憶良の歌は『万葉集』に七十八首を採られているのだ、と。大江健三郎は、この「日本型」を最初から意識したような仕事をしている。

しかし、憶良が「好去好来の歌」で〈大和の国は皇神《すめらみ》の厳《いつく》しき国　言霊の幸《さき》はふ国〉と詠い、平田篤胤が『古史伝』でそれを独自に解釈したところから保田與重郎ら日本浪曼派が関与して、超国家主義の理念に使われた。深瀬基寛は、〈万葉が亡びたというのではない。万葉を国家の歴史的生命の断末魔の注射用に思いつこうという魂胆が亡びたのである。かくして万葉そのものがかえって新しい生命の借用期間を約束された〉と、大江がエッセイや講演で何度も言及している創元文庫版『エリオットの詩学』(一九五二年)の中で述べている。エリオットが用いた英国的な

「伝統」や「保守」という言葉の真義を、大江は深瀬の著書からも学生のうちに学んでいただろう。同時期、日本の文学はまず「荒地派」の戦後詩から新たに始まり、多くの若者は「万葉」を切り捨てた。だが、深瀬を熟読していた大江の知性は「万葉」を簡単に切り捨ててしまうことはせず、並行して学び続ける賢明さを保っていた。その結果として、万葉の「組み合わせ」は「組み替え」、「ずらし」は「ずれながら繰り返す」という、大江独自の創作法が準備されていったと思われる。

そして、この「組み合わせ」と「ずらし」の対象を日本で最初に西欧の知にまで広げ、八方破れに行ったのが、平田篤胤という人物であっただろう。篤胤の残した著作は度外れてドン・キホーテ的で、それゆえ小説家の関心をくすぐる人物だった。大江と親しく、「ギー」という登場人物に愛着を持っていた堀田善衛の自伝的長編小説『若き日の詩人たちの肖像』(一九六八年)には、強烈な挿話が出てくる。先の大戦中、保田與重郎の〈ひどく日本語を捩じ曲げた文章〉が通るのも「国学」の後ろだてがあるからだと察した「若者」(＝堀田)は、まず本居宣長全集にとりかかって早々に挫折し、次に平田篤胤の全集を読み始める。すると「本教外篇」に〈幸福《さいわい》なるかな、義のために責められたる者、天国はその人のものなり〉とあるのを発見して、仰天する。なぜ、「新約聖書」のマタイ伝の言葉が復古神道の書物に〈これ神道の奥妙〉として出て来るのか。が、若者は少しずつ面白くなってくる。

〈平田篤胤は、本当に前人未踏の地で苦闘をしているのである。天地創造の問題を神学的に処理するために彼は苦しみぬいているのであり、この労苦をまったく認めぬということになれば、こ

れはもう勝手放題な言い分というものであろう。被造物であるアダムもエヴァも、男神、女神に出世して（中略）、日本の国土創造神であるイザナギ、イザナミは逆にアダムとエヴァと同じ被造者の位置に転落してしまう。そうしてエホヴァである天主、あるいは上帝は、天つ神、天祖神、皇祖神と書き改められ、造物主と本文には書きながら、皇祖天神と傍註までがしてある。仏教の輪廻説を排するために、天主教の天堂地獄説が天津国夜見国に転用されている。／「エライコトニナットルナア……」／とひとりごとを言いながら読みつづけていると、突然、錐《きり》で突かれたような悲しみが襲って来た。／つまりは、平田篤胤の場合、彼は儒教や仏説を排除し論破するために、手段を選ばずという次第でキリスト教を動員して来たわけであったが、考えてみれば、というふうに男は思うのである。／「イマダッテ同ジコトヲヤッテイルンジャナイカ……」（中略）／とにかく近代の超克もなにもあったものではなかった。近代を超克するというのなら、まず平田篤胤あたりから超克してかからなければならぬ〉

西欧の文明に「日本」を対置するところから始める――それが遅れてきた青年たる近代日本の文化創造の宿命だった。その結果、どうなるか。大江も先に引用した通り、〈僕のように、外国文学をまなんで青春を出発した人間には、おなじ大学の先輩たちの、日本回帰へのジャンプぶりが、つねに関心のまと、恐ろしさと魅惑のからみあった、熱い関心のまとであった〉と、二十代の頃からその予感に戦々恐々としていた。フランスのランボーから始まった小林秀雄の仕事が『本居宣長』に行き着き、スタンダールに傾倒した大岡昇平は『堺港攘夷始末』まで多くの歴史小説を残した。同じ大学ではないが、詩人として出発した堀田善衛はアジアやアフリカの作家と

連帯を試みながら同時代の文明批評をさかんに行い、評伝『ゴヤ』をまとめた後、六十代の十年間、スペインに移り住んで『定家明月記私抄』などを書く。大江が一九六〇年代のうちに予感した通り、七〇年代以降、佐伯彰一と同じ「維新の三代目」にあたるこれらの先輩は、それぞれ紆余曲折の日本回帰をたどって行った。それを眺めていた大江は、老年に至っての日本回帰ではなく、「想像力の組み替えの問題」として島崎藤村を、平田篤胤を鑑み、二十世紀後半に必然の脱構築の方法として、篤胤とブレイクを繋いで「魂のこと」を考えてみただろう。敬愛した堀田が書いたように〈まず平田篤胤あたりから超克して〉。堀田の意気に誘われたとしてもおかしくはない。

とはいえ、大江はオカルティズム、スピリチュアリズムとつないで語られる神秘主義と自身の西欧キリスト教文明への関心は厳密に区別していた。欧米で講演した際、大江の聖書の読み方にある「ネオプラトニズム的な傾向。もう一つはもっと広く神秘主義的な傾向。この二つについて説明を求められる」ことがよくあったと大江は話していた。それに対して、神秘主義は、mysticism の日本語訳だが、「教会を通じてとか、同志たちとの共同の行為を介してというんじゃなくて、直接、人間を超えたものと個人の自分との関係を結ぼうという態度。それを、自分としては神秘主義と考えている」。(『大江健三郎 作家自身を語る』)。

この時のインタビューでは、イギリスの詩人で批評家のキャサリン・レインのブレイク研究の話が続き、連作短編集『新しい人よ眼ざめよ』(一九八三年)はレインに影響を受けたと語った。

脳に障害を持って生まれた長男が成人に至るまでの年月、その日常とエピソードを大江自身の家族とほぼ同じ設定で振り返った同作は、高い評価を受け、私小説と錯覚した読者も多かった。その受け取りはあながち誤りといえない面もあり、長男の光＝作中の「イーヨー」が、音楽家としての才能を発揮し始めたことが、この連作を書く強い動機としてあった。だが、「無垢の歌、経験の歌」をはじめ七編の発想のもとは、すべてウィリアム・ブレイクの言葉にあり、どの短編も大江家の現実とは似て非なる、精巧なフィクションだった。ブレイクの言葉をトレースするように、自身の一家の経験を描くことによって、東京の一家族の歳月は時空を超えて世界に開かれた。その中の一編、ブレイクの有名な絵画「蚤の幽霊」と同名の短編は、ブレイクの預言詩《プロフェシー》を想いながら長男と過ごす、伊豆の山荘での嵐の一夜の出来事。そこには自身とブレイクと「壊す人」をつなぐ、創作の秘義を告解するかのような、呻《うめ》くような思弁がある。

《僕は『同時代ゲーム』という長篇を書いて、そのなかのいくたびも生きかえる族長《ペイトリアーク》の役割の人間を、**壊す人**と名づけた。そしてブレイクの現世にあたる、この墜落した現代世界で、**壊す人**の肉体が細分化されて森に埋めてあるのを、ひとつずつ集めて再生させ、時代によみがえりをもたらす、そのような仕事を熱に苦しむ夢のなかで試み、ついにそれをよくなしとげえぬ少年の、悲嘆についても書いた。その挿話とオシリス神話他とのつながりを、マリオン・クレーンに聞きただされたりもしたのだった。しかしいま気づいてみると、それはブレイクの Man の再生前のありようとそのままかさなりあうではないか？　この点については、のちに入手しえたキャサリン・レインの秘教的なブレイクの分析に直接確認しえたのでもある。つまり僕は青春期のはじま

りに大学の図書館でかいま見たブレイクの、その一ページに印刷されていた詩行から、自分の言葉にいいかえることでのみ、この二十五年近く小説を書いてきたようではないか？　なかば無意識に影響づけられての操作に加えて、はっきり意識して僕がブレイクの詩を小説の契機にしたこともいくたびかあったのだ……》

《キャサリン・レインの秘教的なブレイクの分析に直接確認しえた》と、ここで大江はいくぶん曖昧に述べているが、しばらく後にあらためて、レインが自分にもたらした影響をエッセイの中であらためて次のように明かしている。

大江は、レインの仕事はブレイクの神話世界に〈ヨーロッパの秘教思想の伝統につながる太く深い根を発掘〉したことだと、まず評価している。それを掘ろうとした研究者は他にもいたが、彼女はブレイクの作品やノートに残されたあらゆる影響の痕跡を読みとり、〈影響の筋みち〉を裏付けていった。その結果、エリオットをはじめとする詩人、識者らが、ブレイクの預言詩《プロフェシー》は恣意的、個人的な発想によるものだとする見方は変わり、ブレイクの預言詩は、プラトン、プロティヌスからスエーデンボルグ、ヤコブ・ベーメらの著作を経て、〈その神話世界の創造の土台を見出したいきさつを、レインはあかしだてます〉。

〈レインはヨーロッパの伝統《トラディション》にむすんで解明したのです。併せて僕は自分の短篇連作『新しい人よ眼ざめよ』が、レインのブレイク理解に直接教えられること多いのをいわねばなりません〉。

「あかしだてる」とは暴きたてる、のような響きを伴うが、そうではなく「証しを立てる」＝確かであることを証明するといった意。ここにも、根拠のある創造と想像を重視する大江の一貫し

た態度が明らかで、それはつまり、大江の小説も恣意的、個人的な発想ではなく、傾倒してきた読書に創造の土台があると言っているに等しい。

先進的な科学哲学を代表したベーコンもロックもニュートンも、ブレイクにとっては敵対者だった。しかし大江は、ブレイクが伝える古代以来の〈徹底してラディカルな思想を、留保条件なしに、われわれが正面から受けとめてみなければならぬ〉というレインの主張に耳を傾けたい、と述べている。と同時に一九八〇年代半ばに差しかかったその時期、「ニュー・アカブーム」に踊っていた日本の若者らには、〈にせ神秘思想へ向う、情緒的な傾斜〉も懸念していた（『生き方の定義　再び状況へ』一九八五年）。

伝承への回帰

しかし、大江健三郎はここからキャサリン・レインに導かれてアイルランドの神秘の大詩人W・B・イェーツの世界にいっそう沈潜し、SF作品『治療塔』と続編『治療塔惑星』にとりかかる。二十一世紀前半、局地的な紛争と原発事故によって環境汚染が急速に進んだ地球から、選ばれた百万人の人々が「新しい地球」に移り住み、一部の人々は再び地球に戻ってくる。若返って戻ってきた青年の「朔」と、同じ一族で地球に残っていた「リツコ」との出会いから始まるこの長編では、イェーツの詩「塔」が暗号文のように宇宙空間を超えて二人の間を結ぼうとする。

《この愚かしさ《アブサーディティ》をなんとすればいい――おお心よ、おお苦しめられた心よ――この戯画を、／老いさらばえた齢が犬の尾のように私にゆわえつけられての？》

だが、『治療塔』で重い印象を残すのは、イェーツより、すでに一九八八年の短編「夢の師匠」で書かれていた大江自身による預言詩のような一節だ。

《……宇宙船団が出発して行く、頭の良い人、美しい人、強い人はみな乗り組ませて。破壊され、汚染された地球に、選ばれなかった者たちが残っている。打ち壊され焼かれ、放射能に汚れた地球で、生きつづけてゆかなければならない。傷ついている、ものごとがよくわからず、醜く弱い、子供のような者らが》

実際には刊行されなかった『治療塔』の「連作第三部」にあたる「治療塔の子ら」と題した作中作は、『燃えあがる緑の木』の第二部「揺れ動く（ヴァシレーション）」の中に詳しく書き込まれている。そこにもイェーツの『塔』から《遺言を書き記す時が来た。》などの引用があり、「K伯父さん」から完結を託された余命幾ばくもない「総領事」は、「治療塔の子ら」を独自の構想で書き継ごうとする。もっとも、「連作」を読んだ総領事は、《ついにさ、こんなことを書くに到ったKちゃんは、小説家として大丈夫なんだろうか？　ここには科学的な展開はなくて、薄められたオカルティズムのみがあるのじゃないか？》。そんな批判を言わせてもいる。

総領事の息子で『燃えあがる緑の木』の教会の「救い主」＝「新しいギー兄さん」は、翻訳された聖書も原始仏典の一節も、イェーツ、ドストエフスキー、中世の女子修道院に残された神秘体験を集めた古井由吉の『神秘の人びと』からも、教会に集う者たちの信仰の糧となる言葉を集め、自身は次のような説教を残してまもなく、投石を受けてこの世を去る。

《さきのギー兄さんが殺された出来事は、続いて来る者が、つまり自分がいまここに、さきのギ

ー兄さんが浮んだテン窪の堰堤に立つ前触れだった。もし自分が新しいギー兄さんとして殴り殺されるとするなら、それはさらに確実に、より新しいギー兄さんがやって来る日の前触れであるだろう……》

《そしてついには、かわりの人間が、そのものの人間となる時が来る。ナニカ・ナニモノカそのものの到来の日。そのものの人間とは、「救い主」。そのものの人間が現われる時、それまでのかわりの人間はみな、そのものの人間と重なる。「救い主」とは、そのような綜合体としての、唯一のものにほかならない。そこに到るかわりの人間のひとりとして、積極的に務めを引き受けよう》

　柳田国男の「七生報国」とつながる、生まれ替わりにつながる志向がはっきりと見てとれる。「七」といえば、「二十世紀のウィリアム・ブレイク」と称され、ジョン・レノンにも多大な影響を与えたとされるレバノン出身のハリール・ジブラーン（一八八三〜一九三一年、英語読みではカーリル・ギブラン）が、亡くなる三年前に英語で出した詩集『人の子イエス』の「第一篇」として置かれている短い次のような詩を、大江もきっと知っていただろう。

〈師よ、歌の師よ、
語られていないことばの師よ、
七度《たび》私は生まれ、七度死にました、
あなたの急《せ》かしい訪問とわれらの短い歓迎以来。
ごらん下さい、私はまた生まれました、

山の中の昼と夜に
あなたの潮がわれらを持ち上げたときを思い出して。
その後私は多くの土地と海をわたりました。
鞍《くら》にのせられたときも帆に導かれたときも
どこでも人はあなたのみ名を祝福するか呪うかでした。
呪いは失敗に対する抗議であり
祝福は狩人が山から帰ってきて
妻に糧食《たべもの》を持ちきたる時の讃歌でした。〉
（神谷美恵子著『うつわの歌』一九八九年）

日本では、精神科医で著作集もある神谷美恵子の訳で知られているが、神谷にレバノン大統領から贈られたジブラーンの散文詩集『預言者』を紹介したのは、皇太子妃だった頃の美智子上皇后であったとされる（神谷美恵子著『ハリール・ジブラーンの詩』二〇〇三年、加賀乙彦の解説）。この詩とどこか繋っているようにも思われるのが、新しいギー兄さんの死後、教会を見守ってきた「K」＝大江健三郎の分身のような作家の考える「世界モデル」である。教会の礼拝堂を設計した建築家が代わって説明する場面も終盤に描かれている。
《人々は、この谷に生まれ育ち、一度は多様な世界である谷間の外にでるが、やがてふたたび源としての谷に帰ってきます。（中略）森には、人を帰還させる力がある。そのように「場所に力がある」のです。つまり、Kは、流出＝生、帰還＝死という〈生と死の場〉の仮想された地形を

構築しています。それが、Kが描出したひとつの「世界モデル」なのです》

故郷を離れて暮らす現代人が増大した社会の変化を見据え、また、キリスト教をはじめとする既成宗教が無力化した現代世界に視野を広げた大江は、生まれ替わりを願う柳田の固有信仰をこのように更新させた。大江健三郎による新たな死生観＝「世界モデル」がここで提起されていたのだ。

『宙返り』の着地点とは

このように決着する『燃えあがる緑の木』第三部を書き終えようとしていた一九九四年の十月、大江健三郎はノーベル文学賞を受賞する。前後して「スピノザを読んで過ごす」という方針を表明し、無期限の休筆期間に入る。英文学者で批評家の島弘之は、〈スピノザを精読するとは、おそらくユダヤ教にもキリスト教にも「帰依」しなかったこの哲学者に「師事」しつつ、イェイツの「ヴィジョン」に勝るとも劣らぬ自らの人間観・歴史観の集大成を「思弁的」な形で完成させるつもりなのだろう〉〈サルトルの「無神論」も、フォークナーの殺伐たる「南部的」キリスト教も、ブレイクの独創的《イディオシンクラティック》なキリスト教的ヒューマニズムも、ラウリーのユダヤ神秘主義（カバラー）も、十二分に渉猟してきた作家である。手持ちの札に不足があるはずもない。また、仮に氏が、今後、本当にスピノザについて書くことになれば、それは、「神」を赦さない日本人の〈歌〉を探し求めるという意味合いにおいて、小林秀雄の『本居宣長』以来の壮大な試みとなる可能性も大いにある〉と期待した（「大江健三郎の現在」『新潮』一九九四年十二月号）。

そして一九九六年冬、武満徹の死をきっかけとして休筆を解いた大江は長編に取りかかり、三年後、大長編『宙返り』を世に問う。オウム真理教が起こした一連の甚大な事件を踏まえた、新興宗教教団の出発から消滅に至る物語。二十世紀最後の十年、千年紀《ミレニアム》を間近に控え、終末への漠たる怖れが世界を覆っていたまさに世紀末だった。世界の終わりは必ず来るという黙示録的な教義を掲げた「救い主」と「預言者」は、何千人かの信者を集めながらも、《これまで説いてきた教義は、まるっきり冗談だった。自分らは教団を放棄する》と、ある日突然、謝罪する。ところが「師匠《パトロン》」「案内人《ガイド》」と名を改めた二人は、再び信者を集め始める。原型を成すのはスピノザと同時代に広く西欧世界を揺るがせた「偉大なる偽メシア」と呼ばれる瞑想家ツェヴィと、その参謀役ガザのネイサン（ナータン）。短編「夢の師匠」に明記されていたゲルショム・ショーレムの『ユダヤ神秘主義』がこの長編の起点となった一冊だろう。一時はキリストに対比されるほどの救世主とされたツェヴィだが、次第に奇行が目立つようになり、一六六六年、オスマン帝国にとらえられるとあっさり棄教し、頭にターバンを巻いてイスラム教徒への改宗を宣言する。ところが、この歴史的な〝宙返り〟により却って民衆の間に支持が拡がる。この預言者らをめぐる史実に想像力を揺さぶられた大江が、最大限に想像力の組み替えを発揮した世界が、『宙返り』の中にある。

作中のさまざまな場面に織り込まれたこの教団の教義については、その出典をたどる研究もいずれ進むだろうが、「師匠」と「案内人」の説く言葉は、語り手の「木津」という熟年の洋画家の受け止めを介することで、懐疑を交えた小説の文章になっている。この作品に接続されるの

は、日本では無名の、英国国教会の牧師でもあった現代詩人R・S・トーマスの穏やかな詩、それにドストエフスキー、『旧約聖書』の「ヨナ書」。それまでの作品に比べると、引用作品の意図するところは分かりやすい。そして長編の後半、東京から四国に根拠地を求めて移住する教団と信徒たちを迎え入れる地元の代表は、ここでも『燃えあがる緑の木』で教団の巡礼団を率いた、禅寺の住職の「松男さん」。両性具有の「サッチャン」を母とする十五歳の少年「ギー」もいる。この少年はインターネットを通じて新たな千年王国を目指す武装蜂起の構想を、世界に発信することを夢見ている。また、小説家の兄を持つ「アサ」という地元の婦人は、教団の運営を担う若い男女へこんなふうにその土地を語る。

《私はな、もう本当に幼《いとけな》い折から、テン窪に登って来るたびに、なにか不思議な力を感じていたと思います。「根拠地」の運動が起って、ここに「美しい村」が作られることになった。（中略）「燃えあがる緑の木」の教会がここで起された。その教会は消滅したのであるけれども、いま都会から移って来る人たちが、やはり新しい教会をこの土地に作られる。それを思いますとね、私はあらためて、《場所に力がある》と感じるんです。むしろその場所の力が、ここに人を集めて動かすのじゃないでしょうか？　万延元年の当時から》

長大なこの作品の最後、「師匠」は《カラマーゾフ万歳！》の声を残して祭りの火に飛び込む。「神」からの訣別、文学への回帰の意志を読み取ることができる。大江が「魂のこと」と称した長い遍歴は、『宙返り』と共に終わったのだろう。完成直後の大江は筆者に語った。

「この小説の結末が絶対正しかったとは考えていません。僕自身、まだ揺れ動いている。『神』

の問題からはほとんど自由になったと思いますが」（「大江健三郎の「宙返り」＝転向」『中央公論』一九九九年八月号）

大江が四国の生まれた村で祖母や母から聞いた村の伝承＝固有信仰に基づく死生観は、キリスト教もユダヤ神秘主義も敵わぬほど根強く作家の中に残り、「場所の力」という一語に集約されて少年の日に聞いた谷間の伝承に回帰した。

そしてここから新たな中心人物、長江古義人が『宙返り』の翌二〇〇〇年には誕生する。老いに向かう彼が信仰を求めることはもはやない。彼に寄り添いつつ脅やかすのが、先に触れた古義人の父の弟子であった「大黄」という老齢の男。「ギシギシ」という、やはり「ぎ」の音を含むあだ名を持つ彼は、続く一連の作品で土地の悪霊にも精霊のようにも変化しながら、大きな役割を果たす。古義人と、その影のような大黄が作中で交わす言葉と行為は、すべて敗戦を起点とした個人的、かつその後の人生に致命的な意味を持つ出来事に起因している。そこで負った癒えない傷を抱える古義人の内面は、戦後日本の「時代の精神」と密に重なっている。

幼い頃「コギー」と呼ばれていた古義人の中には、柳田国男由来と思われる「ぎ」（義）が組み込まれ、どこにいても彼の心は、故郷との通路を保っている。もはや何も恐れることなしに懐かしい過去の一瞬を、詩の中に探すことに心を傾ける古義人だが、現実社会のさまざまな問題に易々と巻き込まれてしまいもする。フレイザーの『金枝篇』を基底に置いて展開する『水死』では、人間界と森の自然界、すべての矛盾を背負ったような大黄が、姪と不義を犯した文部官僚を撃ち殺した後、森へ向かい、立ったまま自死する。この結末と表題の意図するところはまだ、霧

の中にある。

嵐の中の団欒

大江健三郎が五十五年に及んだ創作生活の締めくくりとした長編『晩年様式集《イン・レイト・スタイル》』(二〇一三年)には、『万延元年のフットボール』から数えて六代目となる「ギー」の生まれ替わり(幼い頃、「コギー」と呼ばれていた長江古義人を含めると七代目)、「ギー・ジュニア」が登場した。そのことは本書第一部の終わりで触れた。『懐かしい年への手紙』の終わりに村のテン窪の沼で死んだ「さきのギー兄さん」と「オセッチャン」との間に生まれ、アメリカで教育を受けたギー・ジュニアは、古義人の娘の「真木」と結婚を約束する。『晩年様式集《イン・レイト・スタイル》』の最後には、古義人の妹の「アサ」が「さきのギー兄さん」を沼に沈めたのは古義人ではなかったかと、積年の疑いを突きつける場面もあるのだが、古義人ら家族や友人がテン窪の家に集い、長男アカリの作曲の仕事など、今後のことを話し合う穏やかな情景も描かれる。それは東日本大震災からまだ月日浅く、反原発の抗議活動に古義人が東京まで出かけて行くこともある時期であり、各々の足場は不安定で、いつ永遠の別れやカタストロフに襲われても不思議でない。一同はそれをよく知っている。この場面に続いて古義人が書き写しているのが、長年、彫琢《エラボレート》し続けて来た長編詩「形見の歌」だった。そこには『遅れてきた青年』に書かれた敗戦の日、〈ラジオの前に　校長が立って叫んだ。／私らが生き直すことはできない!〉の詩句もあれば、〈気がついてみると、／私はまさに老年の窮境にあり、／気難しく孤立している。／否定の感情こそが親しい〉ともある。そう書き

ながら、生の肯定、希望の意志が、最後に強く示されている。

〈小さなものらに、老人は答えたい、

私は生き直すことができない。しかし

私らは生き直すことができる〉

長江古義人が味わう、ひとときの団欒。この相似形のような場面を、一九二六（大正十五）年、関東大震災から復興が進みつつあった東京の一隅を舞台に、島崎藤村は書いていた。短編集『嵐』の表題作がそれで、パリの逃避行から帰国したのちの藤村は、病死した妻の残した四人の子供を、手伝いの者たちの手を借りながらすでに七年間、男手ひとつで育ててきた。六本木に近い飯倉片町の、部屋数が足りぬ不自由な借家住まいで、そこからの脱出が親子五人の悲願でもあった。

〈たまに通る電車は町の空に悲壮な音を立てて、窪い谷の下にあるような私の家の四畳半の窓まで物凄く響けて来ていた。／「家の内も、外も、嵐だ。」／と、私は自分に言った〉

〈世はさびしく、時は難い。明日は、明日はと待ち暮して見ても、いつまで待ってもそんな明日がやって来そうもない、眼前に見る事柄から起って来る多くの失望と幻滅の感じとは、いつでも私の心を子供に向けさせた〉

一見水彩で描いた具象画のような、大正期の生活の記録であるが、背景には米騒動も市電のストライキも、関東大震災後に官憲の犠牲となった大杉栄（作中の名は「早川賢」）を「横死」として問題にする息子たちの発言に成長を思う瞬間も書き込まれている。その時代、この父は外出や

交際を極度に抑え、あらゆる「嵐」から子供を守ることだけに尽くしてみせている。三男で画家になった島崎蓊助が、のちに岩波文庫の解説で〈よろこびも、かなしみも、少年の日の悔恨も、すべては「嵐」のうちに、うつろう陰影をおとしながら彫まれています〉（岩波文庫『嵐』解説、一九五六年）と認めている通りの、私小説集である。大正期心境小説の代表作と評価され、姪との恋愛事件を描いた『新生』の告白からの浄化作用も果たしたとされる。

　こうした「嵐」の日々も終わりに近づき、長男に続いて次男も、故郷の中山道、旧馬籠村の家を再興するために建てた家に出発する日が訪れた。飯倉の借家で最後の晩餐を終えて息子を送り出す間際、父である「私」は次のような思いにつつまれる。

〈「大都市は墓地です。人間はそこには生活していないのです。」／これは日頃私の胸を往ったり来たりする、あるすぐれた芸術家の言葉だ。（中略）／私が見直そうと思って来たのも、その墓地だ。そして、その墓地から起き上る時が、どうやら、自分のようなものにもやって来たかのように思われた。その時になって見ると、「父は父、子は子」でなく、「自分は自分、子供は子供等」でもなく、ほんとうに「私達」への道が見えはじめた〉

　ここにも刹那の団欒、「私」から「私ら」に託した未来があった。絵画の才能を見込まれた蓊助はのちに勝本清一郎とドイツに留学し、作中でもっとも愛嬌を発揮している次郎＝鶏二は才能あふれる父の肖像画を描きながら、惜しくも大戦中に南方で命を落とした。『嵐』を完成した後、藤村はいよいよ『夜明け前』の執筆へと向かう。一方、大江の『晩年様式集《イン・レイト・スタイル》』は、それまでに書かれたあらゆる小説に見たことのない開かれ方をしている。まるでこの小説自体が、他者の想像

力に介入され、組み替えられることを待ち望んでいるように……。

島崎藤村と三つ歳下の柳田国男は若き日、言文一致から自然主義の発生という日本近代文学の始まりに『文學界』を介して友情を深めた。両氏共に五度にわたる戦争をくぐり、柳田はジュネーブに、藤村はパリに大正期の三年を過ごした。共に父を通じて平田篤胤の学を知り、篤胤が西欧の知と最初期に格闘した日本人であることを理解していた。藤村はドストエフスキーを初めて本格的に日本文学に取り入れて『破戒』を書き、柳田はフレイザーを知って日本の民俗学を創始した。大江健三郎は祖父の世代にあたるこの二人の英知に感銘し、両人を通じて平田篤胤の真価を知り、「ルネサンス」を学ぼうと決意したことを想像する。その後も大江はこの三人をずっと、自身の創作を拡げる想像力の種、ジャンプ台としただろう。

大江健三郎という巨大な作家の読書歴と引用を注意深く見ていけば、多様な人物と作品の流れを、ほかに幾筋も発見することができるはずだ。子細にたどれば、優に百年はかかる仕事となるかもしれない。それでもまず、時代を超えるひと筋の精神で繋がる三人について、知る必要があった。柳田国男、島崎藤村、平田篤胤。「義」で結ばれた彼らの影響を抜きに、大江健三郎の文学、「戦後の精神」を考えるわけにはいかない。

おわりに

評論らしくない表題、大江健三郎作品と結びつき難い人物への言及に終始した本書に、複雑な読後感を持たれたかもしれない。筆者としても、あらかじめ結論を見据えて書き進んだわけではなかった。探し集めた断片がしだいに脈絡を成し、思わぬ方向を指し示したことに驚いている。

しかし、「戦後十年の間に自分がその創生に参加した」（二〇〇四年、「九条の会 7・24集会」の演説）、戦後民主主義者と相容れぬものではないだろう。柳田国男の民俗学からは、同じ土地に生まれ替わるように生きてきた無名の人間の物語を、島崎藤村の小説からは、故郷を離れ、歴史に翻弄される個人を描く困難を大江氏は学んだのだ。敗戦後、忌避されてきた『古事記』や平田篤胤からも、自身の作品に必須の根拠を見出していた。ウィリアム・ブレイクの預言詩《プロフェシー》のなかに、ヨーロッパ秘教思想につながる根拠をくまなく証し立てたのはキャスリン・レインだったが、大江氏はそうしたレインの仕事を援用して自作にブレイクを移植しただけではなかった。昭和末の東京に生きる自身の裡《うち》になお、したたかに生き長らえる民俗信仰の根と西欧の神秘を結び合わせ、現代人の祈りの在り方を問うていたのだった。

和魂洋才という、明治からよく使われてきた言葉はある。だが、その魂はどれほどの矛盾や悲嘆を背負うものでもあったのか。西欧文化と本格的に対峙するにはどれだけ深く、日本古来の文化に根を張る必要があったのか。大江氏は初めから知っていた。だからこそ、いち早くその局面に立ち向かった平田を、柳田を、藤村を敬し、日本人の意識の深層を模索し続けたと推察する。『同時代ゲーム』で繰り返される「村＝国家＝小宇宙」の概念にも、柳田国男から近づくことができた。同作中の「露己《つゆき》」は、生まれた村の歴史をひたすら書き、『懐かしい年への手紙』でも、作家の「K」は死んだ「ギー兄さん」に、自分たちの年代記を送り続けることを誓う。だが、武満徹、伊丹十三を亡くし、晩年を意識し始めた大江氏は、二十一世紀への変わり目に完成させた『取り替え子《チェンジリング》』で、歴史を語らぬ「長江古義人」を分身として生み出す。古義人という作家は構想を温めるばかりで、一向にペンを執る気配がない。『水死』の古義人に至っては、深瀬基寛訳のT・S・エリオットの詩篇にしか、心を動かさなくなっている。

海底の潮の流れが
ささやきながらその骨を拾った。浮きつ沈みつ
齢《よわい》と若さのさまざまの段階を通り過ぎ
やがて渦巻にまき込まれた。

古義人はもはや一瞬の想起、詩の断片にだけ、世界の真実を眺める。しかし作家自身は、渦巻

にまきこまれる危うさを自覚しつつ、懸命にあらがい、書き続けた。大江氏をこの世界に繋ぎ留めたものこそ、「義」ではないか。それは、Righteousness、Justice、Faith、Loyalty などより、Morality ＝道義に近いと感じる。

「義」の意、「ぎ」の音は、「ギー」に込められた柳田国男の「ぎ」であると共に、あらゆる機会をとらえて大江作品に埋め込まれていた。大切な言葉には「定義」も与えられた。それでも、「ぎ」とは疑であり、偽、欺、戯、議、宜でもあり、擬、犠、儀、技、巍……鬼ですらある。「ギー兄さん」は、これらあらゆる「ぎ」をまとった人物だった。そして大江健三郎氏の小説は、すべてを懐疑する（懐かしく疑う！）姿勢で一貫した。それが「アイロニーの作家」と自称する所以なのだろう。

最後に個人的な背景を書き添えることを許していただきたい。今では自治体の単位としても次々に消えつつある「村」の感覚を、筆者はかすかに知っている。祖父は昭和の初め、現在は宮崎県西都市の一部となった上穂北村の村長で、筆者の最初の記憶は祖父の遺した古い家のなかにある。カトリック幼稚園に通っていた一九六五年頃には、地元紙の記者だった父に連れられ、生まれて初めて長い長い時間バスに揺られ、椎葉村を訪ねたこともあった。柳田国男が一九〇八年、民俗学的な調査を開始した場所である。平地の町とまるで異なる、澄んだ高みに望んだ集落。その残像を頼りに、四国の谷間にある大瀬村、藤村が九歳まで育った木曽路の馬籠村、それらを含む日本のすべての村の原風景として、岩手県遠野に広がっていたであろう、往時の小宇宙

を想像した。

三年をかけた道程を、講談社の松沢賢二氏、戸井武史氏、野間教育研究所の山口和人氏の励ましに助けられた。

大江健三郎氏の寛容の精神に、あらためて感謝と敬意を申し上げたい。

二〇二二年八月 敗戦の日に

筆者

略年譜

1776（安永5）　**平田篤胤**　8月24日、出羽国秋田郡久保田藩の大番組頭、大和田清兵衛祚胤《としたね》の四男として生まれる。生後間もなく里子に出される。

1795（寛政7）　**篤胤**（20）1月、脱藩して江戸へ上る。

1800（寛政12）　**篤胤**（25）備中松山板倉侯の藩士、平田藤兵衛の養嗣子となり、篤胤を名乗る。

1804（文化元）　**篤胤**（29）屋号を真菅乃屋と称し、門人が集う。

1808（文化5）　10月、イギリス軍艦フェートン号、長崎港に侵入。

1812（文化9）　**篤胤**（37）8月、妻・織瀬死去。12月、『霊能真柱』成立。『古史伝』に着手。

1816（文化13）　**篤胤**（41）初めて鹿島・香取・息栖の三社に参詣。屋号を「伊吹乃屋（気吹舎）」と改める。

1819（文政2）　塙保己一『群書類従』正編刊行。

1822（文政5）　篤胤（47）仙童寅吉の異界体験を聞き取った『仙境異聞』の草稿成立。

1832（天保3）　篤胤（57）『玉襷』を本居宣長の霊前へ献呈。

1833（天保4）　天保の大飢饉。

1837（天保8）　大塩平八郎の乱。

1841（天保12）　篤胤（66）元日、幕府により著述差し止め、国許への帰還を命じられ、4月、秋田の生家に戻る。

1843（天保14）　篤胤　9月11日、死去。享年68。

1853（嘉永6）　7月、アメリカ使節ペリー、浦賀に来航。

1860（安政7・万延元）　1月、咸臨丸で勝海舟らがアメリカへ出向。3月、桜田門外の変。

1861（万延2・文久元）　10月、和宮親子内親王、将軍家茂に降嫁（公武合体）のため、京から江戸へ出立。

1868（慶応4・明治元）　1月、鳥羽・伏見の戦、戊辰戦争始まる。3月、神仏判然令が出され、廃仏毀釈運動起こる。9月8日、明治と改元。

1872（明治5） **島崎藤村** 3月25日、筑摩県第八大区五小区馬籠村に本陣・問屋・庄屋を兼ねる旧家、島崎家に父・正樹、母・ぬいの四男三女の末子として生まれる。本名は春樹。

1875（明治8） **柳田国男** 7月31日、兵庫県神東郡田原村辻川に、医業や漢学を学んだ父・松岡操（号は約斎）と母・たけの元に八人兄弟の六男として生まれる。うち三人は夭逝。

1877（明治10） **西南戦争起こる。**

1878（明治11） **東京・代々木に篤胤を祀る「平田神社」創建。**

1881（明治14） **藤村**（9） 三兄の友弥と共に上京し、泰明小学校に通学。

1885（明治18） **国男**（10） 病弱だったため、高等小学校を卒業後、辻川の旧家に預けられ、読書に親しむ。

1886（明治19） **藤村**（14） 11月、自宅に幽閉されていた父・正樹が逝去。

1887（明治20） **国男**（12） 茨城県北相馬郡布川町の長兄・鼎宅へ移る。隣家の小川家の蔵書を読み耽る。

1890（明治23） **国男**（15） 東京市下谷区徒士町の次兄・井上通泰宅に寄留。森鷗外を知り、短歌の投稿を行う。

1891 **藤村**（19） 明治学院卒業。翌秋、明治女学校の教師となる。

（明治24）

1892（明治25）　**国男**（17）桂園派の歌人、松浦萩坪に入門し、田山花袋と知り合う。

1893（明治26）　**藤村**（21）教職を辞し、受洗した教会の籍を脱する。『文學界』同人となる。
国男（18）中学課程修了の資格を得て、第一高等中学校に合格。

1894（明治27）　5月、北村透谷が自殺。7月、日清戦争始まる。

1895（明治28）　**国男**（20）『文學界』に新体詩を発表し始める。

1896（明治29）　**藤村**（24）仙台の東北学院に赴任。柳田国男、田山花袋らを知る。
国男（21）7月に母・たけ、9月に父・操を相次いで亡くし、詩作に傾倒する。

1897（明治30）　**藤村**（25）8月、新体詩集『若菜集』を刊行。翌年にかけ、『一葉舟』『夏草』も続刊する。
国男（22）国木田独歩、宮崎湖処子、田山花袋らと新体詩集『抒情詩』を出版。9月、東京帝国大学法科大学に入学し、農政学を専攻する。

1898（明治31）　**国男**（23）8月、愛知県伊良湖に滞在。秋、腸チフスで数ヵ月、休学。

1899（明治32）　**藤村**（27）小諸義塾の教師として信州小諸町に赴任。函館出身の秦フユと結婚する。

1900　**国男**（25）東京帝大を卒業し、大学院に籍を置きながら、農商務省農務局に入る。

（明治33）

1901（明治34）　**国男**（26）信州飯田藩の旧藩士で大審院判事、柳田直平の養嗣子となる。花袋、独歩、藤村らと交流する。

1902（明治35）　**国男**（27）法制局参事官に任官。以来、農商務省の嘱託、宮内書記官なども兼任する。

1904（明治37）　**国男**（29）柳田直平の四女・孝と結婚。
2月、**日露戦争始まる。**

1906（明治39）　**藤村**（34）3月、『破戒』を自費出版し、好評を博すも、相次いで二児を亡くす。

1908（明治41）　**藤村**（36）『朝日新聞』に「春」を連載。

1909（明治42）　**国男**（34）前年、南九州を調査旅行した折に宮崎県椎葉村で調査した『後狩詞記』を五十部、自費で出版する。

1910（明治43）　**藤村**（38）『読売新聞』に「家」を連載。妻・フユが四女の出産後に急逝する。
国男（35）佐々木喜善から聞き取った岩手県遠野の伝承をまとめた『遠野物語』を三百五十部、出版。

1911（明治44）　**藤村**（39）『中学世界』に「千曲川のスケッチ」を連載。

1912（明治45・大正元）　**国男**（37）フレイザーの『黄金の小枝』を原書で読み始める。
7月30日、明治天皇崩御、大正と改元。

1913（大正2） **藤村**（41）次兄の娘・こま子との恋愛をひそかに清算するため、春、渡仏。
国男（38）法制局書記官（兼任）となる。3月、高木敏雄と共に季刊『郷土研究』を創刊し、同誌に「巫女考」「山人外伝資料」などを発表。折口信夫が投稿を始める。

1914（大正3） **国男**（39）4月、貴族院書記官長となる。
7月、第一次世界大戦始まる。

1916（大正5） **藤村**（44）夏、フランスから帰国。

1917（大正6） **国男**（42）3月、『郷土研究』休刊。台湾、中国、朝鮮半島を旅し、孫文に会う。

1918（大正7） **藤村**（46）こま子との関係を『朝日新聞』連載の「新生」の中に描く。

1919（大正8） **国男**（44）12月、貴族院書記官長を辞任。

1920（大正9） **国男**（45）8月、朝日新聞社の客員論説委員となる。12月、沖縄へ旅に出る。

1921（大正10） **国男**（46）1月、那覇に上陸し、伊波普猷《いはふゆう》と会う。5月、新渡戸稲造より推薦され、国際連盟委任統治委員に就く。ジュネーブに一旦赴く。

1922（大正11） **国男**（47）ジュネーブに着任し、国際連盟の任務の傍ら、欧州各地を旅する。

1923（大正12）
藤村（51）軽い脳溢血に倒れる。
9月1日、関東大震災発生。
国男（48）11月、帰国。

1925（大正14）
国男（50）11月、採集資料を掲載するため、隔月刊『民族』を創刊。

1927（昭和2）
国男（52）北多摩郡砧村（現・世田谷区成城）に市ヶ谷から転居。書生に岡正雄ら。

1928（昭和3）
藤村（56）加藤静子と結婚。「夜明け前」執筆の準備が本格化する。

1929（昭和4）
藤村（57）『中央公論』に「夜明け前」第一部の連載開始。

1930（昭和5）
国男（55）朝日新聞社論説委員を辞任。
5月、田山花袋死去。

1935（昭和10）
藤村（63）10月、「夜明け前」第二部を完結。11月、日本ペン倶楽部会長に就任。
国男（60）民俗学研究者の全国組織「民間伝承の会」を発足させる。機関誌『民間伝承』を創刊。
大江健三郎　1月31日、愛媛県喜多郡大瀬村に紙幣原料商を営む父・大江好太郎と母・小石の三男として生まれる。兄二人、姉二人、弟と妹が一人ずつという七人きょうだいの五番目。

1936（昭和11）
藤村（64）国際ペンクラブ大会に出席するため、アルゼンチンに赴く。帰路、米、仏を周遊する。

1940（昭和15）
国男（65）『妹の力』を刊行。

1941（昭和16）
12月、太平洋戦争始まる。

1942（昭和17）
藤村（70）第一回大東亜文学者会議に出席し、万歳の音頭をとる。

1943（昭和18）
藤村 1月、『中央公論』に「東方の門」の連載を開始。8月22日、大磯の自宅で脳溢血のため急逝。享年71。

1944（昭和19）
健三郎（9）1月、故郷の伝承を語り聞かせてくれた祖母が死去。夏に小田川が氾濫する。11月、父が50歳で急死する。

1945（昭和20）
健三郎（10）大瀬国民学校五年生で敗戦を迎える。雨のしずくの中に〝世界〟を発見し、初めて詩を書く。

1946（昭和21）
国男（71）『先祖の話』を刊行。枢密顧問官として新憲法の審議にも関与する。

1947（昭和22）
健三郎（12）新制の大瀬中学校に入学。5月、日本国憲法施行。二年生の時、子供農業組合の組合長となり、鶏の雛を育てる事業を手掛ける。長兄の影響で芭蕉や斎藤茂吉を熱心に読む。

1949（昭和24）
国男（74）「民間伝承の会」を「日本民俗学会」と改称し、会長となる。

1951
国男（76）11月、文化勲章を受章。

(昭和26) **健三郎**(16) 愛媛県立内子高等学校から松山市の県立松山東高等学校に二年生から編入、下宿生活を始める。映画監督の伊丹万作の長男、池内義弘(のちの伊丹十三)と知り合い、文学への興味が深まる。校内文芸誌『掌上』の編集に加わり、詩や評論を書く。

1952(昭和27) **健三郎**(17) 渡辺一夫の著書と出会い、東京大学への進学を決意する。

1953(昭和28) 9月、折口信夫死去。

1954(昭和29) **健三郎**(19) 東京大学文科二類に入学。9月、東大学生演劇脚本に応募した「天《そら》の嘆き」が佳作となる。以来、戯曲や短編を学内誌などに応募し、相次いで入選。池内義弘の妹で神戸在住のゆかりと文通を続ける。

1957(昭和32) **国男**(82) 4月、民俗学研究所の解散を決める。
健三郎(22) 5月、「奇妙な仕事」が東京大学の第二回五月祭賞を受賞。平野謙が『毎日新聞』で紹介し、7月、『文學界』『新潮』誌上でデビュー。以降、文芸誌に続々と短編を発表する。

1958(昭和33) **健三郎**(23) 1月、「死者の奢り」が芥川賞候補となるが次点。7月、第三十九回芥川賞を「飼育」により受賞。この年、『芽むしり仔撃ち』『見るまえに跳べ』を刊行。

1959(昭和34) **健三郎**(24) 3月、一年留年して東京大学を卒業。卒業論文は「サルトルの小説におけるイメージについて」。この年、世田谷区成城に転居し、現在に至る。武満徹と親しくなる。

1960(昭和35) **健三郎**(25) 2月、池内ゆかりと結婚。石原慎太郎、江藤淳、浅利慶太らと「若い日本の会」で活動し、「安保批判の会」のデモにも加わる。野間宏、亀井勝一郎、開高健らと中国を訪問し、毛沢東と対面する。帰国後、新日本文学会に加入(翌年末に脱会)。

1961 **国男**(86)『海上の道』を刊行。

（昭和36）　**健三郎**（26）『文學界』2月号に発表した「政治少年死す（「セヴンティーン」第二部）」に対して右翼団体から脅迫を受ける。文藝春秋新社は同誌3月号に謝罪広告を掲載。8月からヨーロッパ各国を訪問し、パリでサルトルと対面する。

1962（昭和37）　**国男**　8月8日、死去。享年87。蔵書は成城大学へ寄贈された。

1963（昭和38）　**健三郎**（28）6月、長男・光が誕生。直後、頭蓋骨の異常を治療するための手術を受ける。8月、広島を訪れ、原爆による被害と原水爆禁止運動を取材する。

1964（昭和39）　**健三郎**（29）11月、『個人的な体験』で第十一回新潮社文学賞を受賞。

1965（昭和40）　**健三郎**（30）夏、米・ハーヴァード大学に滞在し、キッシンジャー教授のセミナーに参加する。

1967（昭和42）　**健三郎**（32）『群像』1月号から連載し、9月に刊行した『万延元年のフットボール』で第三回谷崎潤一郎賞を受賞。

1970（昭和45）　**健三郎**（35）11月、アジア・アフリカ作家会議出席を機にアジア諸国を旅行中、インドで三島由紀夫自決の報を聞く。

1972（昭和47）　2月、連合赤軍あさま山荘事件が発生。
健三郎（37）10月、『みずから我が涙をぬぐいたまう日』を刊行。

1973（昭和48）　**健三郎**（38）12月、『洪水はわが魂に及び』で第二十六回野間文芸賞を受賞。

1975（昭和50） **健三郎**（40） 5月、恩師の渡辺一夫が死去。同月、韓国の作家、金芝河の釈放を求め四十八時間のハンストに参加。

1976（昭和51） **健三郎**（41） コレヒオ・デ・メヒコの客員教授として3月から7月までメキシコシティーに滞在し、バルガス・リョサらと知り合う。

1977（昭和52） **健三郎**（42） 10月、米・ハワイ大学の東西文化研究所でのセミナー「文学における東西文化の出会い」に参加。

1979（昭和54） **健三郎**（44） 『新潮』1月号に「想像する柳田國男」を発表。11月、『同時代ゲーム』を刊行。

1983（昭和58） **健三郎**（48） 2月、『「雨の木《レイン・ツリー》」を聴く女たち』（刊行は前年）で第三十四回読売文学賞（小説賞）を受賞。10月、『新しい人よ眼ざめよ』で第十回大佛次郎賞を受賞。

1984（昭和59） **健三郎**（49） 5月、第四十七回国際ペン東京大会に参加。アラン・シリトーらと対面し、「核状況下における文学」を講演する。12月、『いかに木を殺すか』を刊行。岩波書店が創刊した季刊『へるめす』に磯崎新、山口昌男らと共に編集同人として参加する。ブレイク、ダンテ、イェーツの著作をさかんに読む。

1986（昭和61） **健三郎**（51） 10月、『M／Tと森のフシギの物語』を刊行。

1987（昭和62） **健三郎**（52） 10月、『懐かしい年への手紙』を刊行。

1989（昭和64・平成元） **健三郎**（54） 10月、ブリュッセルでユーロパリア賞を受賞し、「日本の周縁とヨーロッパ」を講演。

1990（平成2） **健三郎**（55） 5月、『治療塔』を刊行。6月、『人生の親戚』（刊行は前年）が第一回伊藤整賞を受賞。10月、『静かな生活』を刊行。11月、武満徹との対談を収めた『オペラをつくる』を刊行。

1993（平成5） **健三郎**（58） 11月、『燃えあがる緑の木 第一部』を刊行（三部作の完結は1995年3月）。
1月、安部公房死去。

1994（平成6） **健三郎**（59） 9月、NHKで「響きあう父と子 大江健三郎と息子 光の三〇年」を放映（同番組は翌年、米・エミー賞を受賞）。10月13日、スウェーデン・アカデミーが1994年度ノーベル文学賞を大江健三郎に授与すると発表する。翌日、文化勲章の授与の打診を辞退。12月10日、ストックホルムで授賞式に臨む。

1995（平成7） **健三郎**（60） 1月、朝日賞を受賞。同月、ノーベル賞受賞記念講演を収めた『あいまいな日本の私』を刊行。4月、米・アトランタでノーベル文学賞受賞者のシンポジウムにオクタヴィオ・パス、クロード・シモン、トニ・モリスン、ヨシフ・ブロツキーらと参加。9月、伊丹十三監督の映画『静かな生活』公開。

1997（平成9） **健三郎**（62） 12月、母・小石死去。同月、義兄・伊丹十三が自殺。

1999（平成11） **健三郎**（64） 6月、『宙返り』を刊行。11月から独・ベルリン自由大学で連続講座を受け持つ（翌年2月まで）。

2000（平成12） **健三郎**（65） 12月、長江古義人を主人公とする『取り替え子《チェンジリング》』を刊行。

2002（平成14） **健三郎**（67） 5月、フランス政府からレジオン・ドヌール勲章コマンドゥールを受章。9月、『憂い顔の童子』を刊行。

2004（平成16） **健三郎**（69） 6月、日本国憲法九条を堅持するために活動する「九条の会」を結成。呼びかけ人は加藤周一を中心に、大江、井上ひさし、梅原猛、小田実、鶴見俊輔ら。

10～12月、国立歴史民俗博物館で特別企画展「明治維新と平田国学」を開催。

2005（平成17） **健三郎**（70） 8月、『沖縄ノート』の記述に名誉を棄損されたとする遺族らが、大江と岩波書店に賠償、出版差し止めを求めて提訴（「沖縄集団自決裁判」。２０１１年4月、大江側が全面勝訴）。9月、『さようなら、私の本よ！』を刊行。10月、「大江健三郎賞」（講談社主催）の創設を発表する（同賞は２００７～２０１４年まで大江自身が選考して、八回実施）。

2009（平成21） **健三郎**（74） 12月、『水死』を刊行。

2011（平成23） **健三郎**（76） 3月、東日本大震災、福島第一原子力発電所の事故が発生。5月、東京・新宿で日・中・韓の研究者らによる「シンポジウム大江健三郎の文学を考える」を開催。6月、「さようなら原発１０００万人アクション」で呼びかけ人の一人となり、２０１５年にかけてデモや街頭演説を行う。

2013（平成25） **健三郎**（78） 10月、『群像』に前年から連載した『晩年様式集《イン・レイト・スタイル》』を刊行。

2015（平成27） **健三郎**（80） 11月、那覇市で「沖縄から平和、民主主義を問う」を講演。ドイツで『政治少年死す』が刊行される。

2018（平成30） **健三郎**（83） 7月、『大江健三郎全小説』全15巻の刊行が始まる（翌年9月に完結）。

2019（平成31・令和元） **健三郎**（84） 3月、中国浙江省で「大江健三郎国際シンポジウム」が開催され、中国内外の研究者ら約百人が参加する。

2021（令和3） **健三郎**（86） 2月、東京大学文学部に一万枚を超える自筆原稿などを寄託。世界的な研究拠点として「大江健三郎文庫」の整備が始まる。

※『平田篤胤　伴信友　大国隆正』（日本思想大系50）、『別冊太陽　知のネットワークの先覚者　平田篤胤』の吉田麻子編の年譜、『島崎藤村全集別巻』（筑摩全集類聚）の瀬沼茂樹編の年譜、『新潮日本文学アルバム　4　島崎藤村』の三好行雄編の年譜、『定本柳田國男集　別巻第五』の年譜ほか、森昭夫作成の「大江健三郎書誌稿（増補版）」、大江健三郎著『壊れものとしての人間』（講談社文芸文庫）の古林尚編の年譜、筆者による『大江健三郎全小説全解説』の年譜をそれぞれ参考とした。

主要参考文献

大江健三郎

小説

『大江健三郎自選短編』岩波文庫、二〇一四年
『池澤夏樹個人編集 日本文学全集22 大江健三郎』河出書房新社、二〇一五年
『大江健三郎全小説』（全15巻）講談社、二〇一八〜一九年

評論・エッセイ

『大江健三郎同時代論集』（全10巻）岩波書店、一九八〇〜八一年
『核の大火と「人間」の声』岩波書店、一九八二年
『生き方の定義 再び状況へ』岩波書店、一九八五年
『小説のたくらみ、知の楽しみ』新潮社、一九八五年
『「最後の小説」』講談社、一九八八年
『人生の習慣《ハビット》』岩波書店、一九九二年
『小説の経験』朝日新聞社、一九九四年
『あいまいな日本の私』岩波新書、一九九五年
『日本の「私」からの手紙』岩波新書、一九九六年
『私という小説家の作り方』新潮社、一九九八年
『大江健三郎・再発見』集英社、二〇〇一年
『鎖国してはならない』講談社、二〇〇一年
『言い難き嘆きもて』講談社、二〇〇一年
『読む人間 読書講義』集英社、二〇〇七年

『定義集』朝日新聞出版、二〇一二年
大江健三郎、中村雄二郎、山口昌男編集代表『叢書 文化の現在』（全13巻）岩波書店、一九八〇～八二年
大江健三郎、谷川俊太郎、河合隼雄『日本語と日本人の心』岩波現代文庫、二〇〇二年
大江健三郎他『大江健三郎往復書簡　暴力に逆らって書く』朝日新聞社、二〇〇三年
大江健三郎、尾崎真理子聞き手・構成『大江健三郎 作家自身を語る』新潮社、二〇〇七年
大江健三郎、古井由吉『文学の淵を渡る』新潮文庫、二〇一八年
大江健三郎、長嶋有他『大江健三郎賞8年の軌跡「文学の言葉」を恢復させる』講談社、二〇一八年
大江健三郎、柄谷行人『大江健三郎 柄谷行人 全対話 世界と日本と日本人』講談社、二〇一八年
饗庭孝男『近代の孤独』集英社、一九七三年
芥川龍之介『河童・或阿呆の一生』新潮文庫、一九六八年
網野善彦他編『村と村人――共同体の生活と儀礼　日本民俗文化大系8』小学館、一九八四年
網野善彦他編『岩波講座 天皇と王権を考える　第7巻 ジェンダーと差別』岩波書店、二〇〇二年
網野善彦他編『岩波講座 天皇と王権を考える　第9巻 生活世界とフォークロア』岩波書店、二〇〇三年
荒俣宏、米田勝安編『知のネットワークの先覚者 平田篤胤 別冊太陽』平凡社、二〇〇四年
安藤礼二『近代論 危機の時代のアルシーヴ』NTT出版、二〇〇七年
安藤礼二『光の曼陀羅 日本文学論』講談社、二〇〇八年
井口時男『柳田国男と近代文学』講談社、一九九六年
井口時男『危機と闘争 大江健三郎と中上健次』作品社、二〇〇四年
池田彌三郎、谷川健一『柳田国男と折口信夫』岩波同時代ライブラリー、一九九四年
石田英一郎『新訂版 桃太郎の母』講談社学術文庫、二〇〇七年

石田英一郎『新版 河童駒引考』岩波文庫、一九九四年
板垣直子『漱石・鷗外・藤村』巌松堂書店、一九四六年
伊東俊太郎他編『講座・比較文化 第六巻 日本人の社会』研究社、一九七七年
伊東多三郎『草莽の国学』真砂書房、一九六六年
伊藤幹治編・解説『現代のエスプリ57 柳田国男』至文堂、一九七二年
伊藤幹治『柳田国男と文化ナショナリズム』岩波書店、二〇〇二年
井上ひさし『新釈 遠野物語』新潮文庫、一九八〇年
井上ひさし『花石物語』文春文庫、一九八三年
井上ひさし『吉里吉里人』新潮社、一九八一年
井上ひさし、小森陽一編著『座談会昭和文学史 六』集英社、二〇〇四年
色川大吉『明治の文化』岩波書店、一九七〇年
色川大吉『日本民俗文化大系1 柳田國男 常民文化論』講談社、一九七八年
岩波書店編『記録・沖縄「集団自決」裁判』岩波書店、二〇一二年
岩本由輝『柳田國男の共同体論 共同体論をめぐる思想的状況』御茶の水書房、一九七八年
岩本由輝『柳田民俗学と天皇制』吉川弘文館、一九九二年
上野誠『万葉集から古代を読み解く』ちくま新書、二〇一七年
牛島盛光『日本民俗学の源流 柳田国男と椎葉村』岩崎美術社、一九九三年
内子町誌編纂会編『新編内子町誌』内子町、一九九五年
内田九州男他『新編県史38 愛媛県の歴史』山川出版社、二〇一〇年
大江昭太郎『黄瑞香』不識書院、一九八九年
大岡昇平『歴史小説論』岩波同時代ライブラリー、一九九〇年
大塚英志『「捨て子」たちの民俗学 小泉八雲と柳田國男』角川選書、二〇〇六年

大塚英志『怪談前後 柳田民俗学と自然主義』角川選書、二〇〇七年
大塚英志『殺生と戦争の民俗学 柳田國男と千葉徳爾』角川選書、二〇一七年
大藤時彦、柳田為正編『柳田國男写真集』岩崎美術社、一九八一年
大野晋『日本人の神』河出文庫、二〇一三年
岡茂雄『本屋風情』中公文庫、二〇〇八年
岡村民夫『柳田国男のスイス 渡欧体験と一国民俗学』森話社、二〇一三年
岡谷公二『柳田国男の青春』筑摩書房、一九七七年
尾崎真理子『大江健三郎全小説全解説』講談社、二〇二〇年
折口信夫、折口博士記念古代研究所編『折口信夫全集20』中公文庫、一九七六年
霍士富『九十年代以降の大江健三郎 民話の再生と再建のユートピア』菁柿堂、二〇〇五年
景浦勉『伊予農民騒動史話』愛媛文化双書刊行会、一九七二年
勝本清一郎『ざくろ文庫3 近代文学ノート』能楽書林、一九四八年
勝本清一郎『近代文学ノート』(全4巻)みすず書房、一九七九～八〇年
加藤周一『日本文学史序説』(上・下)ちくま学芸文庫、一九九九年
加藤典洋『増補 日本人の自画像』岩波現代文庫、二〇一七年
神島二郎『近代日本の精神構造』岩波書店、一九六一年
神島二郎『日本人の結婚観』筑摩叢書、一九六九年
神島二郎『常民の政治学』講談社学術文庫、一九八四年
神谷美恵子『うつわの歌』みすず書房、一九八九年
神谷美恵子『ハリール・ジブラーンの詩』角川文庫、二〇〇三年
亀井勝一郎『亀井勝一郎全集 第五巻』講談社、一九七二年
柄谷行人『定本 日本近代文学の起源』岩波現代文庫、二〇〇八年

柄谷行人『柳田国男論』インスクリプト、二〇一三年
柄谷行人『遊動論 柳田国男と山人』文春新書、二〇一四年
苅部直『「維新革命」への道』新潮選書、二〇一七年
菊池清磨『明治国家と柳田国男「地方」をめぐる「農」と「民俗」への探求』弦書房、二〇二二年
工藤庸子『大江健三郎と「晩年の仕事《レイト・ワーク》」』講談社、二〇二一年
国木田独歩『国木田独歩全集 第六、七巻』学習研究社、一九六四〜六五年
久野収、鶴見俊輔、藤田省三『戦後日本の思想』岩波現代文庫、二〇一〇年
倉野憲司校注『古事記』岩波文庫、一九六三年
後藤総一郎編『人と思想 柳田国男』三一書房、一九七二年
後藤総一郎『柳田学の思想的展開』伝統と現代社、一九七六年
小林秀雄『本居宣長』新潮社、一九七七年
小林秀雄『考えるヒント3』文春文庫、一九七六年
小森陽一『歴史認識と小説 大江健三郎論』講談社、二〇〇二年
子安宣邦『鬼神論 儒家知識人のディスクール』福武書店、一九九二年
子安宣邦『国家と祭祀 国家神道の現在』青土社、二〇〇四年
子安宣邦『平田篤胤の世界 新装版』ぺりかん社、二〇〇九年
子安宣邦『江戸思想史講義』岩波現代文庫、二〇一〇年
佐伯彰一『大世俗化の時代と文学』講談社、一九九三年
桜井徳太郎『桜井徳太郎著作集2 神仏交渉史の研究』吉川弘文館、一九八七年
佐佐木信綱編『新訂新訓 万葉集』（上・下）岩波文庫、一九九一年
佐藤健二『読書空間の近代 方法としての柳田国男』弘文堂、一九八七年
佐藤健二『柳田国男の歴史社会学 続・読書空間の近代』せりか書房、二〇一五年

思想の科学研究会編『共同研究 明治維新』徳間書店、一九六七年
島崎静子『藤村の思い出』中央公論社、一九五〇年
島崎藤村『藤村童話叢書』（全4巻）研究社、一九四〇～四一年
島崎藤村『藤村全集』（全17巻、別巻1）筑摩書房、一九六六～七一年
島崎藤村『新潮日本文学2 島崎藤村集』新潮社、一九七〇年
島崎藤村、谷崎潤一郎他編『日本の文学7 島崎藤村（一）』中央公論社、一九六七年
庄司吉之助、林基、安丸良夫編『日本思想大系58 民衆運動の思想』岩波書店、一九八五年
絓秀実、木藤亮太『アナキスト民俗学 尊皇の官僚・柳田国男』筑摩選書、二〇一七年
瀬沼茂樹『島崎藤村 その生涯と作品』塙書房、一九五三年
瀬沼茂樹『評伝 島崎藤村』筑摩書房、一九八一年
高群逸枝『日本婚姻史』至文堂、一九六三年
武満徹、大江健三郎『オペラをつくる』岩波新書、一九九〇年
谷川健一、伊藤幹治、後藤総一郎、宮田登編「季刊柳田國男研究」（第一～八号）白鯨社、一九七三～七五年
谷川健一『谷川健一著作集 第七巻』三一書房、一九八二年
谷川健一『巫女の世界』三一書房、一九八九年
谷川健一『谷川健一コレクション2 わが沖縄』冨山房インターナショナル、二〇二〇年
谷川健一『現代と民俗 伝統の変容と再生』小学館、一九九五年
谷川健一『柳田国男の民俗学』岩波新書、二〇〇一年
谷川俊太郎『谷川俊太郎詩集 続』思潮社、一九九二年
田原嗣郎他校注『日本思想大系50 平田篤胤 伴信友 大国隆正』岩波書店、一九七三年
田山花袋『花袋全集11』花袋全集刊行会、一九二三年（国立国会図書館デジタルコレクション）
田山花袋『東京の三十年』岩波文庫、一九八一年

筒井功『利根川民俗誌 日本の原風景を歩く』河出書房新社、二〇二一年
坪内祐三・高橋源一郎編『明治の文学 第5巻 二葉亭四迷』筑摩書房、二〇〇〇年
坪内祐三・堀江敏幸編『明治の文学 第16巻 島崎藤村・北村透谷』筑摩書房、二〇〇二年
鶴岡真弓『ケルト 再生の思想 ハロウィンからの生命循環』ちくま新書、二〇一七年
鶴見和子『南方熊楠 地球志向の比較学』講談社学術文庫、一九八一年
鶴見和子『漂泊と定住と 柳田国男の社会変動論』ちくま学芸文庫、一九九三年
鶴見和子『日本を開く 柳田・南方・大江の思想的意義』岩波書店、一九九七年
鶴見和子『鶴見和子曼荼羅Ⅳ 土の巻 柳田国男論』藤原書店、二〇一四年
鶴見和子編集・解説『近代日本思想大系14 柳田国男集』筑摩書房、一九七五年
鶴見俊輔『戦時期日本の精神史 1931〜1945年』岩波現代文庫、二〇〇一年
鶴見俊輔『アメノウズメ伝 神話からのびてくる道』平凡社ライブラリー、一九九七年
鶴見俊輔『限界芸術論』ちくま学芸文庫、一九九九年
鶴見俊輔、関川夏央『日本人は何を捨ててきたのか 思想家・鶴見俊輔の肉声』ちくま学芸文庫、二〇一五年
鶴見太郎『柳田国男とその弟子たち 民俗学を学ぶマルクス主義者』人文書院、一九九八年
鶴見太郎『民俗学の熱き日々 柳田国男とその後継者たち』中公新書、二〇〇四年
鶴見太郎『座談の思想』新潮選書、二〇一三年
十川信介『島崎藤村』筑摩書房、一九八〇年
中上健次『中上健次全集』(第5、6巻) 集英社、一九九五年
中沢厚『石にやどるもの 甲斐の石神と石仏』平凡社、一九八八年
中沢新一『森のバロック』講談社学術文庫、二〇〇六年
中村生雄『カミとヒトの精神史 日本仏教の深層構造』人文書院、一九八八年
中村生雄『日本の神と王権』法藏館、一九九四年

中村哲『新版 柳田国男の思想』法政大学出版局、一九八五年
夏目漱石『漱石日記』岩波文庫、一九九〇年
夏目漱石『こころ』新潮文庫、二〇〇四年
西丸四方『島崎藤村の秘密』有信堂、一九六六年
沼野充義編『ユダヤ学のすべて』新書館、一九九九年
沼野充義編『ドストエフスキー』集英社文庫、二〇一六年
野口武徳、宮田登、福田アジオ編『現代日本民俗学Ⅱ 概念と方法』三一書房、一九七五年
野村純一、三浦祐之、宮田登、吉川祐子編『柳田國男事典』勉誠出版、一九九八年
芳賀登『草莽の精神』塙新書、一九七〇年
芳賀登『明治維新の精神構造』雄山閣、一九七一年
芳賀登『柳田國男と平田篤胤』皓星社、一九九七年
芳賀登『「夜明け前」の実像と虚像』教育出版センター、一九八四年
橋川文三『20世紀を動かした人々1 柳田国男』講談社、一九六四年
橋川文三『柳田国男論集成』作品社、二〇〇二年
橋川文三『近代日本政治思想の諸相』未来社、一九九五年
長谷川伸『相楽総三とその同志』講談社学術文庫、二〇一五年
馬場孤蝶『明治文壇の人々』ウェッジ文庫、二〇〇九年
原基晶『ダンテ論『神曲』と「個人」の出現』青土社、二〇二一年
平田篤胤『平田篤胤選集』(第1、2巻)八幡書店、一九九九年
平田篤胤、子安宣邦校注『仙境異聞・勝五郎再生記聞』岩波文庫、二〇〇〇年
平田篤胤、武田崇元解説、山本博現代語訳『現代語訳 仙境異聞 付・神童憑談略記/七生舞の記』八幡書店、二〇一八年

平野謙『島崎藤村 人と文学』新潮文庫、一九六〇年
深瀬基寛『エリオットの詩学』創元文庫、一九五二年
藤井貞和『物語理論講義』東京大学出版会、二〇〇四年
古井由吉『神秘の人びと』岩波書店、一九九六年
古井由吉『古井由吉自撰作品1』河出書房新社、二〇一二年
古井由吉『われもまた天に』新潮社、二〇二〇年
細川周平他編『日本・ブラジル文化交流 言語・歴史・移民』国際日本文化研究センター、二〇〇九年
堀田善衞『若き日の詩人たちの肖像』（上・下）集英社文庫、一九七七年
牧田茂『柳田國男』中公新書、一九七二年
正宗白鳥『正宗白鳥全集12』新潮社、一九七六年
正宗白鳥『正宗白鳥全集13』新潮社、一九七六年
正宗白鳥『自然主義文学盛衰史』響林社文庫、二〇一五年
松浦寿輝『明治の表象空間』新潮社、二〇一四年
松枝佳奈『近代文学者たちのロシア 二葉亭四迷・内田魯庵・大庭柯公』ミネルヴァ書房、二〇二一年
松沢裕作『日本近代村落の起源』岩波書店、二〇二二年
松島正一『ブレイク論集「ピカリング稿本」「ミルトン」その他』英光社、二〇一〇年
丸山真男『日本の思想』岩波新書、一九六一年
丸山真男『忠誠と反逆』ちくま学芸文庫、一九九八年
丸山真男『超国家主義の論理と心理 他八篇』岩波文庫、二〇一五年
水野葉舟、横山茂雄編『遠野物語の周辺』国書刊行会、二〇〇一年
南方熊楠『南方熊楠選集4』平凡社、一九八四年
宮地正人『歴史のなかの「夜明け前」平田国学の幕末維新』吉川弘文館、二〇一五年

宮本常一『民俗学の旅』講談社学術文庫、一九九三年
三好行雄『島崎藤村論』筑摩書房、一九八四年
本居宣長、村岡典嗣校訂『玉勝間』（上・下）岩波文庫、一九三四年
本居宣長撰、倉野憲司校訂『古事記伝』（全4巻）岩波書店、一九九六年
保田與重郎『日本浪曼派の時代』新学社、一九九九年
保田與重郎『英雄と詩人』新学社、一九九九年
保田與重郎『戴冠詩人の御一人者』新学社、二〇〇〇年
安丸良夫『神々の明治維新 神仏分離と廃仏毀釈』岩波新書、一九七九年
安丸良夫『一揆・監獄・コスモロジー 周縁性の歴史学』朝日新聞社、一九九九年
柳田國男『定本柳田國男集』（全31巻、別巻5巻）筑摩書房、一九六二〜七一年
柳田國男『柳田國男全集』（全32巻）ちくま文庫、一九八九〜九一年
柳田國男、井口時男編・解説『柳田國男文芸論集』講談社文芸文庫、二〇〇五年
柳田国男『先祖の話』角川ソフィア文庫、二〇一三年
柳田国男、大塚英志編『神隠し・隠れ里 柳田国男傑作選』角川ソフィア文庫、二〇一四年
柳田國男『故郷七十年』講談社学術文庫、二〇一六年
柳田国男研究会編『柳田国男・ジュネーブ以後』三一書房、一九九六年
柳田国男研究会編『柳田国男・民俗誌の宇宙 柳田国男研究年報4』岩田書院、二〇〇五年
柳田国男他『柳田国男対談集』筑摩叢書、一九六四年
柳田国男『海上の道』岩波文庫、一九七八年
柳田国男研究会編「柳田国男研究」（1〜8）一九七三〜七五年
山口昌男『文化と両義性』岩波現代文庫、二〇〇〇年
山口昌男『天皇制の文化人類学』岩波現代文庫、二〇〇〇年

山口昌男『石田英一郎 河童論』講談社、一九七九年
山下紘一郎『神樹と巫女と天皇 初期柳田国男を読み解く』梟社、二〇〇九年
湯川豊『大岡昇平の時代』河出書房新社、二〇一九年
吉田麻子『知の共鳴 平田篤胤をめぐる書物の社会史』ぺりかん社、二〇一二年
吉田麻子『平田篤胤 交響する死者・生者・神々』平凡社新書、二〇一六年
吉本隆明『改訂新版 共同幻想論』角川ソフィア文庫、一九八二年
吉本隆明『柳田国男論・丸山真男論』ちくま学芸文庫、二〇〇一年
吉本隆明『アジア的ということ』筑摩書房、二〇一六年
米山俊直『小盆地宇宙と日本文化』岩波書店、一九八九年
米山俊直『クニオとクマグス』河出書房新社、一九九五年
『ウィリアム・ブレイク 無垢の歌・予言と神秘の書』牧神社、一九七七年
「現代思想 柳田國男」青土社、二〇一二年一〇月臨時増刊号
『文芸の本棚 柳田国男 民俗学の創始者』河出書房新社、二〇一四年

I・A・リチャーズ、岩崎宗治訳『文藝批評の原理』(上・下)垂水書房、一九六一〜六二年
アナトオル・フランス、水野成夫訳『アナトオル・フランス長篇小説全集 第十一巻』白水社、一九五〇年
ヴァルター・ベンヤミン、鹿島徹訳『[新訳・評注] 歴史の概念について』未来社、二〇一五年
ウィリアム・バトラー・イエイツ、井村君江編訳『ケルト幻想物語』ちくま文庫、一九八七年
ウィリアム・バトラー・イエイツ、井村君江訳『ケルトの薄明』ちくま文庫、一九九三年
ウィリアム・バトラー・イェイツ、小堀隆司訳『イェイツ詩集 塔』思潮社、二〇〇三年
ウィリアム・ブレイク、松島正一編『対訳ブレイク詩集』岩波文庫、二〇〇四年
キャスリーン・レイン、吉村正和訳『ブレイクと古代』平凡社、一九八八年

クロード・レヴィ＝ストロース、大橋保夫訳『野生の思考』みすず書房、一九七六年
クロード・レヴィ＝ストロース、仲澤紀雄訳『今日のトーテミスム 新装版』みすず書房、二〇二〇年
ゲルショム・ショーレム、山下肇他訳『ユダヤ神秘主義 その主潮流』法政大学出版局、一九八五年
ゲルショム・ショーレム、石丸昭二訳『サバタイ・ツヴィ伝 神秘のメシア』（上・下）法政大学出版局、二〇〇九年
J・G・フレイザー、吉川信訳『初版 金枝篇』（上・下）ちくま学芸文庫、二〇〇三年
スティーヴン・スペンダー、和田旦訳『エリオット伝』みすず書房、一九七九年
ダンテ、山川丙三郎訳『神曲』（上・中・下）岩波文庫、一九五二〜五八年
ダンテ、平川祐弘訳『神曲 地獄篇』河出文庫、二〇〇八年
ダンテ、平川祐弘訳『神曲 煉獄篇』河出文庫、二〇〇九年
T・S・エリオット、深瀬基寛訳『荒地／文化の定義のための覚書』中公文庫、二〇一八年
デニス・ドノヒュー、大浦幸男訳『イェイツ 現代の思想家』新潮社、一九七二年
ドナルド・キーン『日本文学を読む・日本の面影』新潮選書、二〇二〇年
ハロルド・ブルーム、島弘之訳『カバラーと批評』国書刊行会、一九八六年
ミルチア・エリアーデ、堀一郎訳『永遠回帰の神話 祖型と反復』未来社、一九六三年
ロナルド・A・モース、岡田陽一、山野博史訳『近代化への挑戦 柳田国男の遺産』日本放送出版協会、一九七七年
ロナルド・A・モース、赤坂憲雄編、菅原克也監訳、伊藤由紀、中井真木訳『世界の中の柳田国男』藤原書店、二〇一二年
ロバート・ノージック、嶋津格訳『アナーキー・国家・ユートピア』（上・下）木鐸社、一九八五、八九年

装幀　水戸部 功

大江健三郎の「義《ギ》」

ōe kenzaburō no “gi”

尾崎真理子
ozaki mariko

講談社